高等学校"十二五"规划教材
电子信息与通信工程系列

计算机通信网络与仿真

周成　李丽　张裕　李会　编著

哈尔滨工业大学出版社

内容简介

本书是作者在多年教学工作经验的基础上整理编写而成的,全书共 10 章,内容包括计算机通信网络基础知识、网络体系结构与协议、现代通信网及数据交换技术、数据通信及物理层、数据链路层、介质访问控制、网络层、传输层、高层协议以及计算机通信网仿真等知识。

本书的内容有一定的系统性,重视计算机通信网络中的基本原理和概念的讲解,既可作为普通高等院校计算机、通信、电子信息、自动化、电气工程、电子商务等专业的本科生教材,也可作为职业学校的教材,还可作为网络工程师和网络管理人员的参考材料。

图书在版编目(CIP)数据

计算机通信网络与仿真/周成等编著. - 哈尔滨:
哈尔滨工业大学出版社,2011.1
　　(电子信息与通信工程系列)
ISBN 978 - 7 - 5603 - 3168 - 3

Ⅰ.①计… Ⅱ. ①周… Ⅲ. ①计算机通信网 - 计算机
仿真 Ⅳ. ①TN915

中国版本图书馆 CIP 数据核字(2011)第 012888 号

责任编辑　　许雅莹
封面设计　　刘长友
出版发行　　哈尔滨工业大学出版社
社　　址　　哈尔滨市南岗区复华四道街 10 号　邮编 150006
传　　真　　0451 - 86414749
网　　址　　http://hitpress.hit.edu.cn
印　　刷　　哈尔滨工业大学印刷厂
开　　本　　787mm×1092mm　1/16　印张 13.25　字数 310 千字
版　　次　　2011 年 2 月第 1 版　2011 年 2 月第 1 次印刷
书　　号　　ISBN 978 - 7 - 5603 - 3168 - 3
印　　数　　1～2 000 册
定　　价　　33.00 元

高等学校"十二五"规划教材

电子信息与通信工程系列

编委会

主 任　吴　群

编　委　（按姓氏笔画排序）

于晓洋　　王艳春　　史庆军　　齐怀琴　　刘　梅

孙道礼　　邹　斌　　何　鹏　　杨明极　　周　成

宗成阁　　孟维晓　　胡　文　　姜成志　　姚仲敏

赵志杰　　赵金宪　　童子权　　冀振元　　魏凯丰

高等学校"十二五"规划教材

电子信息与通信工程系列

总　　序

　　电子信息与通信工程是当今世界发展最快的领域,该技术领域的新概念、新理论、新技术不断涌现,其知识更新速度也是令人吃惊。这就使得从事电子信息与通信工程技术的科技人员要不断学习,把握前沿动态,吸收最新知识。近年来,各高校通过教学改革,在引导学生将最新知识应用于社会实践,解决实际问题,培养学生实践动手能力、探索性学习能力和创新思维能力等方面取得了可喜成就。

　　为了培养国家和社会急需的电子信息与通信工程领域的高级科技人才,配合高等院校电子信息与通信工程专业的教学改革和教材建设,哈尔滨工业大学出版社组织哈尔滨工业大学、哈尔滨理工大学、齐齐哈尔大学、佳木斯大学、黑龙江科技学院等多所高校通过研讨和合作,相互取长补短、发挥各自的优势和特色,联合编写了这套面向普通高等院校的"电子信息与通信工程系列"教材。

　　本系列教材的编写目标:结合新的专业规范,融合先进的教学思想、方法和手段,体现科学性、先进性和实用性,强调对学生实践能力的培养,以适应新世纪对通信、电子人才培养的需求。

　　本系列教材编写要求:专业基础课教材概念清晰、理论准确、深度合理、内容精炼,并注意与专业课教学的衔接;专业课教材覆盖面广、深度适中,体现相关领域的新发展和新成果,注重理论联系实际。

　　本系列教材的编委会阵容强大,编者都是教学工作第一线的骨干教师。他们具有多年丰富的教学和科研经历,掌握最新的理论知识,具有丰富的实践经验,是一支高水平的教材编写队伍。

　　本系列教材理论性与工程实践性紧密结合,旨在引导读者将电子信息与通信工程的理论、技术与应用有机结合,适合于高等学校电子、信息、通信和自动控制等专业使用。我深信:这套教材的出版,对促进电子信息与通信工程领域的教学改革、提高人才培养质量必将起到积极的推动作用,并以其内容的先进性、实用性和系统性为特色而获得成功。

吴群

哈尔滨工业大学教授

2010 年 4 月

前　言

计算机通信是现代通信技术领域中的一个重要组成部分。计算机通信网是指多台计算机系统经过通信系统互连起来,使得任何一台计算机按其需要随时与其他任何一台或多台计算机相互交换信息,以达到计算机软件、硬件及信息资源的共享。计算机通信网络技术结合了计算机技术和通信技术,它不仅是信息时代的核心技术,更是与科技、经济、社会发展以及人们日常生活密切相关的技术。

近年来,计算机通信网有了飞速的发展,Internet 上互连的终端与计算机的数量以及传输和交换的业务量都呈指数增长,它已经对人们的社会生活产生了并将继续产生深远的影响。作为一门高新技术,计算机通信的研究与开发、应用领域的挖掘与扩展,都离不开掌握其技术要领的人才。为了适应电子与信息类及相关专业人才培养的需要,我们编写了本书。

本书共 10 章。第 1 章主要对计算机通信网络的发展、概念、分类以及网络的组成与结构进行了概括性的介绍,通过对本章的学习,可以对本课程有一个比较全面的了解。第 2 ~ 9 章详细讲述了计算机通信网络体系结构、物理层、数据链路层、网络层、传输层和高层的网络协议、相关的传输技术以及基本原理等内容,使读者能够比较深刻地理解网络层次概念,增强对计算机通信网络体系结构的认识。第 10 章主要是利用 OPNET 软件对网络结构和网络协议进行仿真,通过对 OPNET 软件的介绍以及对实例的讲解,使读者能够更形象地认识网络结构与协议,并能较好地掌握软件程序设计方法。

全书由周成统稿。第 2、3、10 章由周成编写,第 1、5 章由李丽编写,第 4、6 章由张裕编写,第 7、8、9 章由李会编写,同时李丽和李会老师为全书的排版和校对做了大量工作。

由于水平有限,时间紧迫,书中难免有不妥之处,恳请专家和同行批评指正,也希望读者能提出宝贵建议。

作者
2010 年 12 月

目　录

CONTENTS

第 1 章

计算机通信网概述

计算机的出现,带来了一场伟大的信息化变革。在 1946 年世界上第一台计算机诞生时,它主要被用来进行数学计算,而且由于技术的限制,计算机体积庞大,只能单机使用,或主机与外设之间进行通信,后来根据人们的需求及科学技术的发展产生了计算机与计算机之间进行信息交换的需要,于是就出现了计算机通信。

1.1 计算机通信网的发展

计算机网络近年来飞速发展。20 年前,接触过网络的人还很少,而现在,计算机通信已经成为我们社会结构的一个基本组成部分。Internet 是当今世界上最大的国际性计算机互联网络,而且还在不断地迅速发展之中。纵观计算机网络的发展历史可以发现它同样经历了从简单到复杂、从低级到高级的过程。在这一过程中,计算机技术与通信技术紧密结合,相互促进,共同发展,最终产生了计算机网络。

网络的发展可概括地分为 3 个阶段:

①以单个计算机为中心的远程联机系统,构成面向终端的网络。

②多个主计算机通过线路互联的网络。

③具有统一的网络体系结构,并遵循国际标准化协议的网络。

1.1.1 面向终端的网络

早期的计算机系统是高度集中的,所有的设备安装在单独的机房中,后来出现了批处理和分时系统,分时系统所连接的多个终端连接着主计算机。20 世纪 50 年代中后期,许多系统都将地理上分散的多个终端通过通信线路连接到一台中心计算机上,出现了第一代计算机网络。它是以单个计算机为中心的远程联机系统,即面向终端的网络,如图 1.1 所示。

随着远程终端的增多,为了提高通信线路的利用率并减轻主机负担,已经使用了多点通信线路、终端集中器、前端处理机(Front – End Processor,FEP),这些技术对以后计算机网络发展有着深刻影响,以多点线路连接的终端和主机间的通信建立过程,可以用主机对各终端轮询或者由各终端连接成雏菊链的形式实现。考虑到远程通信的特殊情况,对传输的信息还要按照一定的通信规程进行特别的处理。

当时的计算机网络定义为"以传输信息为目的而连接起来,以实现远程信息处理或进一步达到资源共享的计算机系统",这样的计算机系统具备了通信的雏形。

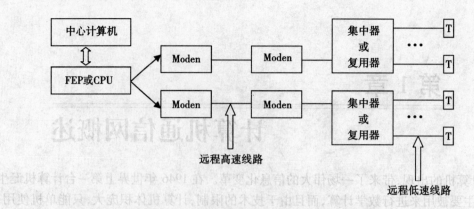

图 1.1 以单个计算机为中心的远程联机系统

1.1.2 多个主计算机通过线路互联的网络

20 世纪 60 年代出现了大型主机,因而也提出了对大型主机资源远程共享的要求,以程控交换为特征的电信技术的发展为这种远程通信需求提供了实现手段。在 20 世纪 60 年代后期出现的第二代网络(见图 1.2)以多个主机通过通信线路互联,为用户提供服务。这种网络中主机之间不是用线路直接相连,而是由接口报文处理机(IMP)转接后互联。IMP 和它们之间互联的通信线路一起负责主机间的通信任务,这就构成了通信子网。通信子网互联的主机主要负责运行程序,提供资源,以实现资源共享,这就组成了资源子网。任意两个主机间通信必须要对传送信息内容的理解、信息的表示形式,以及各种情况下的应答信号遵守同一个约定,这就是"协议"。在 ARPA 网中,将协议按功能分成了若干层次。如何分层,以及各层中具体采用的协议总和,成为网络体系结构。

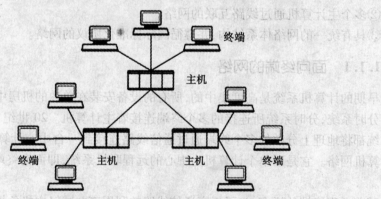

图 1.2 多个主计算机通过线路互联的网络

现代意义上的计算机网络始于 1969 年美国国防部高级研究计划局(DARPA)建成的 ARPAnet 实验网,这个网络当时只有 4 个节点,以电话网为主干网络,两年后,建成了 15 个节点,进入工作阶段,从这以后规模不断扩大,20 世纪 70 年代后期,网络节点超过 60 个,主机 100 多台,地理范围跨越美洲大陆,连通了美国东西部的许多大学和研究机构,而且通过通信卫星将夏威夷和欧洲地区的计算机网络相互连通起来。

这种网络的主要特点是：

①资源共享。

②分散控制。

③分组交换。

④采用专门的通信控制处理机。

⑤分层的网络协议。

在现代计算机网络中，这些特点被认为是一般特征。

20 世纪 70 年代后期是通信网大发展的时期，各发达国家政府部门、研究机构和电报、电话公司都在发展分组交换网络。这些网络都以实现计算机之间的远程数据传输和信息共享为主要目的，通信线路大多采用租用的电话线，只有少数铺设专用线路，这一时期的网络称为第二代网络，以通信子网为中心，以远程大规模互联为主要特点，此时的计算机网络的概念为"以相互共享资源为目的，相互连接的并具有独立功能的计算机的集合体"。

1.1.3　具有统一的网络体系结构、遵循国际标准化协议的网络

随着计算机网络技术的成熟，网络应用越来越广泛，网络规模也不断扩大，通信变得更加复杂。各大计算机公司纷纷制定了自己的网络技术标准。IBM 于 1974 年推出了系统网络结构（System Network Architecture，SNA），为用户提供能够互联的成套通信产品；1975 年 DEC 公司宣布了自己的数字网络体系结构（Digitao Network Architecture，DNA）；1976 年 UNIVAC 宣布了该公司的分布式通信体系结构（Distributed Communication Architecture，DCA），但是这些网络技术标准只是在一个公司范围内有效，对于其他范围的网络就不适用了，所以遵从某种标准的、能够互联的网络通信产品，只是对同一公司生产的同构型设备而言的。网络通信市场上，这种各自为政的状况使得用户在投资方向上无所适从，也不利于多厂商之间的公平竞争。于是 1977 年 ISO 组织的 TC97 信息处理系统技术委员会 SC16 分技术委员会开始着手制定开放系统互联参考模型（Open System Interconnection Reference Model，OSI/RM）。

1981 年国际标准化组织（ISO）制定出了开放系统互联参考模型——OSI/RM，标志着第三代计算机网络的诞生。此时的计算机网络在共同遵循 OSI 标准的基础上，形成了一个具有统一网络体系结构，并遵循国际标准的开放式和标准化的网络。OSI/RM 把网络划分为 7 个层次，并规定计算机之间只能在对等层之间进行通信，大大简化了网络通信原理，是公认的新一代计算机网络体系结构的基础，为普及局域网奠定了基础。

1.1.4　下一代计算机网络

NGN 被认为是因特网、移动通信网络、固定电话通信网络的结合，IP 网络和光网络的结合；是可以提供语音、数据和多媒体等多种业务的综合开放的网络构架；是一种业务驱动、业务与呼叫控制分离、呼叫与承载分离，并基于统一协议、分组技术的网络。

NGN 在功能上分为 4 层：接入和传输层、媒体层、控制层、网络服务层，并涉及软交换、MPLS、E - NUM 等多种技术。

1.2 计算机通信和计算机通信网的概念

1.2.1 计算机通信和通信网

计算机通信包括了两个主要的技术：一是计算机技术；二是通信技术。一方面，通信网络为计算机之间的数据传递和交换提供了必要的手段；另一方面，数字计算技术的发展渗透到通信技术中，又提高了通信网络的各种性能。

为了协同工作的目的，在两台或多台独立的计算机之间经由数据通路进行的信息交换，通常称为计算机通信。"独立"可以理解为：一台计算机的启动、关闭等基本操作完全不受其他计算机的控制，可由自己完成，是功能完整的计算机。

计算机通信网是指能够互换信息且独立的计算机及通信子网的集合，具体描述为：
计算机通信网＝{计算机主机，通信子网，协议/自治的主机按协议经通信子网互联}

1.2.2 计算机网络与分布系统

与计算机通信网相似的概念是计算机网络。地理位置不同，功能独立的多个计算机通过通信线路连接起来，由专门的网络操作系统管理，以实现资源共享为目的的系统，被称为计算机网络。从计算机网络与计算机通信网这两个概念中，我们发现计算机通信网强调的是通信本身，它是以传输信息为目的；而计算机网络则将重点放在了资源共享上，它是以资源共享为目的。

分布式系统(distributed system)是建立在网络之上的软件系统。正是因为软件的特性，所以分布式系统具有高度的内聚性和透明性。因此，网络和分布式系统之间的区别更多地在于高层软件(特别是操作系统)，而不是硬件。

在一个分布式系统中，一组独立的计算机展现给用户的是一个统一的整体，就好像是一个系统。系统拥有多种通用的物理和逻辑资源，可以动态地分配任务，分散的物理和逻辑资源通过计算机网络实现信息交换。系统中存在一个以全局的方式管理计算机资源的分布式操作系统。通常，对用户来说，分布式系统只有一个模型或范型，在操作系统之上有一层软件中间件(middleware)负责实现这个模型。一个著名的分布式系统的例子是万维网(World Wide Web)，在万维网中，所有的一切看起来就好像是一个文档(Web 页面)。

在计算机网络中，这种统一性、模型以及其中的软件都不存在。用户看到的是实际的机器，计算机网络并没有使这些机器看起来是统一的。如果这些机器有不同的硬件或者不同的操作系统，那么，这些差异对于用户来说都是完全可见的。如果一个用户希望在一台远程机器上运行一个程序，那么，他必须登陆到远程机器上，然后在那台机器上运行该程序。

分布式系统和计算机网络系统的共同点是：多数分布式系统是建立在计算机网络之上的，所以分布式系统与计算机网络在物理结构上是基本相同的。

它们的区别在于：分布式操作系统的设计思想和网络操作系统是不同的，这决定了它们在结构、工作方式和功能上也不同。网络操作系统要求网络用户在使用网络资源时首先必须了解网络资源,网络用户必须知道网络中各个计算机的功能与配置、软件资源、网络文件结构等情况,在网络中如果用户要读一个共享文件时,用户必须知道这个文件放在哪一台计算机的哪一个目录下,知道相应的路径才能读取文件;分布式操作系统是以全局方式管理系统资源的,它可以为用户任意调度网络资源,而且这个过程是"透明"的,用户本身不需要知道具体过程如何。当用户提交一个作业时,分布式操作系统能够根据需要在系统中选择最合适的处理器,将用户的作业提交给该处理程序,在处理器完成作业后,将结果传给用户。在这个过程中,用户并不会意识到有多个处理器的存在,这个系统就像是一个处理器。

1.3　计算机通信网的分类

计算机通信网可以从不同的角度进行分类,根据拓扑结构可以分为:总线型网络、星型网络、环型网络、树型网络和网状型网络;根据传输介质可以分为:有线网络和无线网络;根据传输特点可以分为:点到点的传输网络和广播网;根据网络覆盖范围的大小可以分为:家庭网、局域网、城域网、广域网和互联网。对于拓扑结构将在后面详细介绍,这里主要介绍根据传输介质、传输特点和覆盖范围分类的方法。

1.3.1　根据传输介质分类

1. 有线网络

有线网络是利用双绞线及光纤等有形介质的网络传输系统。利用双绞线及光纤等布线材料进行综合布线构建而成的有线局域网是当今局域网建设的主要方式,它的标准化布线设计以及成熟的数据传输技术满足了人们对网络的基本要求。

2. 无线网络

无线网络的"无线"是相对传统利用双绞线、光纤等有形介质的网络传输系统而言的。一般来讲,凡是采用无线传输媒体的计算机局域网都可称为无线局域网。

目前无线局域网采用的传输媒体主要有微波与红外线两种。采用微波作为传输媒体的无线局域网根据调制方式的不同,又可分为扩展频谱方式与窄带调制方式。

1.3.2　根据传输特点分类

1. 点到点的传输网络

在点到点通信信道中,一条通信线路只能连接一对节点,如果两个节点之间没有直接连接的线路,那么它们只能通过中间节点转接。点到点网络是由一对对计算机之间的多条连接所构成。为了能从源地到达目的地,这种网络上的分组可能通过一台或多台中间机器。假如两台计算机之间没有直接连接的线路,那么它们之间的分组传输就要通过中间节点的接收、存储、转发,直至目的节点。出于连接多台计算机之间的线路结构可能是复杂的,因此从源节点到目的节点可能存在多条路由。

2. 广播网

在广播通信信道中,多个节点共享一个通信信道,如果其中一个节点广播信息,那么其他节点就只能接收信息。在广播式网络中,多个计算机连接到一条通信线路上的不同分支点上,任意一个节点所发出的报文被其他所有节点接受。当一台计算机利用共享通信信道发送报文分组时,所有其他的计算机都会"收听"到这个分组,由于发送的分组中带有目的地址与源地址,一台机器收到了一个分组以后,检查目的地址。如果目的地址与本节点地址相同,则表示这个分组数据正是发送给它的,于是它对该分组进行处理;如果该分组是发送给其他节点的,那么就忽略该分组。

广播式网络可以进一步分为静态的和动态的,划分的准则是信道的分配方式。一种典型的静态分配方案是,将时间分为离散的间隔,并且使用一种轮询算法,每一台机器只有在它自己的时槽(time slot)到达的时候才可以广播数据。如果一台机器在它所分配到的时槽中不需要发送数据时,则该时槽为空,那么这种静态分配方法就浪费了信道传输容量,所以大多数系统都采用动态分配方案。

1.3.3 根据网络覆盖范围分类

1. 家庭网(Home Network,HN)

家庭网是正在成长和新出现的网络,它指融合家庭控制网络和多媒体信息网络于一体的家庭信息化平台,是在家庭范围内实现信息设备、通信设备、娱乐设备、家用电器、自动化设备、照明设备、保安(监控)装置及水电气热表设备、家庭求助报警等设备互连和管理,以及数据和多媒体信息共享的系统。家庭网络系统构成了智能化家庭设备系统,提高了家庭生活、学习、工作、娱乐的品质,是数字化家庭的发展方向。

未来的家庭将是一个网络化和信息化的家庭,外部有高速数字通信线路相连,内部有家庭服务器控制着功能各异的信息家电。家庭网络将能操作和控制所有的家用设备,出门在外的时候,你也可以通过通信方式操控家中的各种设备,譬如打开自动窗帘或关掉微波炉;当你在电脑上工作时,你也可以从电脑屏幕上的一个小窗口中观察到由门上的数码相机或摄像机传送过来的敲门者的影像,如果有异常情况发生,就会发出报警信息;同样,通过互联的网络,你可以使各种家用设备之间进行信息传输。

在组建一个家庭网络时,可能会用到的器材包括:网卡、网线、RJ-45 插头(水晶头)、集线器以及插座。网卡一般分为 10 M 和 10 M/100 M 自适应两种,品牌产品有 3com、Intel、D-Link、TP-Link、Topstar 以及联想、实达等。一块普通的 10 M 网卡一般价格为 40~50 元,一块 100 M 的网卡一般为 60~70 元。除去网卡费用,组建家庭局域网的投资一般在 300 元左右,这在新房装修的总成本中是很少一部分,所以在对新房准备装修之前,应该首先考虑网络布线问题。

2. 局域网(Local Area Network,LAN)

局域网的地理范围比较小,一般在几公里以内,像校园、办公室和某个单位内部等场合建立的都是局域网。这种网络是由使用者自己建立并管理和使用的,其结构在早期时有总线型、环型和星型,现在几乎全部采用以交换机为中心节点的星型结构。

以太网(IEEE 802.3 标准)是最常用的局域网组网方式,它使用双绞线作为传输媒介。在没有中继的情况下,最远可以覆盖 200 m 左右的范围。最普及的以太网类型数据传输速率为 100 Mb/s,更新的标准则支持 1 000 Mb/s 和 10 000 Mb/s 的速率。

其他主要的局域网类型有令牌环(IEEE 802.5 标准)和 FDDI(光纤分布数字接口,IEEE 802.8)。令牌环网络采用同轴电缆作为传输媒介,具有更好的抗干扰性;但是网络结构不很容易改变。FDDI 采用光纤传输技术,网络带宽比较大,适合作连接多个局域网的骨干网。

近年来,随着 IEEE 802.11 标准的制定,无线局域网应用的普及,采用了 2.4 GHz 和 5.8 GHz 的频段,数据传输速度可达 11 Mb/s 和 54 Mb/s,覆盖范围为 100 m。

3. 城域网(Metropolitan Area Network,MAN)

它覆盖几十公里的范围,基本上属于一种大型的 LAN,通常使用与 LAN 相似的技术。这里将 MAN 单独列出的主要原因是它有一个标准:分布式队列双总线 DQDB(Distributed Queue Dual Bus),即 IEEE 802.6。DQDB 能把所有的计算机都连接在上面。

宽带城域网是在城市范围内,以 IP 和 ATM 电信技术为基础,以光纤作为传输媒介,集数据、语音、视频服务于一体的高带宽、多功能、多业务接入的多媒体通信网络。它能够满足政府机构、金融保险、大中小学校、公司企业等单位对高速率、高质量数据通信业务日益增加的需求,也能满足快速发展起来的互联网用户群对宽带高速上网的需求。

4. 广域网(Wide Area Network,WAN)

这种网络的地理覆盖范围从几百公里到几千公里,跨越一个国家或一个国家的几个省份,显然这类网络是由专门的网络运营商来维护和管理,如固定电话网、移动电话网、卫星网、ATM 网均属于广域网。

广域网在原理和网络结构上与局域网有很大不同,局域网是在某一区域内的,而广域网要跨越较大的地域,那么这个区域应该怎样界定呢? 比如,一家大型公司的总公司位于上海,而分公司遍布全国各地,如果该公司将所有的分公司都通过网络连接在一起,那么一个分公司就是一个局域网,而整个公司的网络就是一个广域网。广域网结构如图 1.3 所示。

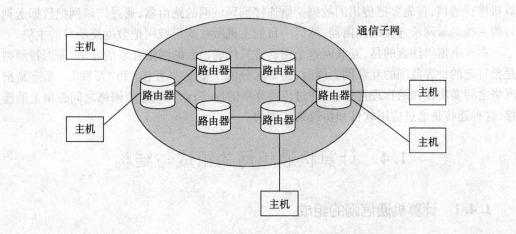

图 1.3　广域网

一个广域网由两部分组成:主机和通信子网。主机是主要处理应用程序的机器,通信子网在主机之间进行数据交换。在这样大的范围中进行点到点的通信时,通路是多条的,这就涉及如何选择传输路径的问题,即路由选择,这将在后面章节中详细讲述。而局域网的结构简单,节点间的通信只需要中间节点的转发即可,无需路由选择。

5. 互联网(Internet)

互联网是指多个网络相互连接在一起工作,可能是多个局域网互联,也可能是局域网与广域网互连、广域网与广域网互连。举个例子来说明互联网,如图 1.4 所示。

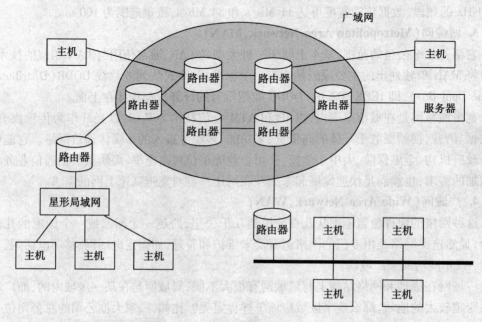

图 1.4 互联网

广域网除了连接主机和服务器外,还有两个局域网。一个是星型结构的局域网,另一个是总线型结构的局域网。如果星型局域网上的某一台计算机要与总线局域网上一台计算机进行通信,首先要把传出的数据交给连接到局域网的路由器,通过广域网把数据送到目的主机局域网所连接的路由器,然后由目的主机所在的局域网把数据交给目的主机。

在这里值得注意的是,互联网这个词通常只代表一般的网络互联的意思,而因特网则是指特定的世界范围的互联网。同时,还要区分两个概念:"互连"和"互联"。互连是指网络之间实实在在的物理连接,是通过传输介质的连接;而互联是指网络之间逻辑上的连接,这种连接是通过应用软件和协议来实现的。

1.4 计算机通信网的组成与结构

1.4.1 计算机通信网的组成

计算机通信网由一系列计算机的终端、具有信息处理与交换功能的交换节点以及节点间的传输线路组成。从逻辑功能上可以将计算机通信网分为两大部分:用户资源子网和通信子网。

1. 用户资源子网

用户资源子网由主机、终端及终端控制器等组成,负责全网的数据处理业务,向网络用户提供各种网络资源与网络服务。

(1)主机

主机可以是大型机、中型机、小型机、工作站或微机,它是用户资源子网的主要组成单元,它通过一条高速通信线路与通信子网的某一节点相连。主机主要负责数据处理,为各个终端用户访问网络其他主机设备、共享资源提供服务。普通用户终端可以通过主机入网。

(2)终端和终端控制器

终端可以是简单的输入、输出终端,也可以是带有微处理机的智能终端。智能终端除具有输入、输出信息的功能外,本身还具有存储与处理信息的能力。终端可以通过主机连入网内,也可以通过终端控制器等连入网内。终端控制器为一组终端提供控制,从而减少了对这些终端的功能要求,因此也就减少了终端的成本。它提供的功能包括对有关链路的控制以及各级终端提供网络协议接口。

2. 通信子网

通信子网是由网络节点(即交换机)及连接它们的传输链路组成,负责主机或终端之间的数据信息传输与交换。

(1)网络节点

计算机通信网的网络节点一般由小型机或微型机配置通信控制硬件和软件组成。网络节点具有双重作用,它一方面作为与用户资源子网的主机、终端的接口节点,将主机的终端连入网内,提供诸如信息的接收和发送以及信息传输状态的监视等功能;另一方面它又作为通信子网中的分组储存——转发节点,完成分组的接收、检验、储存和转发功能,实现源主机的信息准确发送到目的主机的作用。

(2)传输链路

传输链路是指用于传输数据的通信信道,这些链路的容量可以从几十比特每秒到几百兆比特每秒,甚至更高。传输链路可以是双绞线、同轴电缆、光纤、微波以及卫星通信信道等。为了提供更宽的宽带或为了提高网络的可靠性,有时可在一对相邻节点间使用多条链路。

1.4.2 计算机通信网的结构

通过网络拓扑结构来研究计算机通信网络的结构。所谓网络拓扑结构是指抛开网络中的具体设备,把工作站服务器等网络单元抽象为"点",把网络中的电缆等通信介质抽象为"线",这样从拓扑学的角度看,网络结构为点和线组成的几何图形。计算机通信网的结构一共有 5 种:总线型、星型、环型、树型和网状型。

1. 总线型

如图 1.5 所示,由一条同轴电缆将若干台计算机连接起来,任意两台计算机之间的通信都通过这条被称为总线的同轴电缆进行传输,这种结构称为总线结构。早期的以太网

（Ethernet）就采用这种结构。这种结构的最大优点是结构简单灵活，容易扩充，最节省传输线路，而且当某个工作站出现故障时，对整个网络影响很小。但是，多个工作站共用一条传输线路，在任意时刻只能有一个工作站占用总线，否则发生冲突，因此，数据传输的实时性较差，这也正是这种结构的一大缺点。

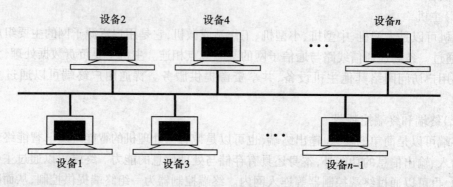

图 1.5　总线型结构

总线型结构网络具有如下特征：

（1）安装容易

总线拓扑网络通常相对容易安装布线，只需简单地将主干电缆从一处拉到另一处，粗同轴电缆以太网比细同轴电缆以太网布线和连接略难，光纤总线网比细缆以太网安装难度大。由于每个站点之间通常选择最短路径，故总线拓扑网络比其他拓扑网络使用的电缆少，但电缆的电气和物理特性使得总线拓扑网络受到限制。

（2）重新配置困难

由于大多数总线拓扑网络都设计成尽可能少用电缆，同时又要保持分支点之间的适当距离（如粗同轴电缆两个相邻收发器间的距离不能小于 2.5 m），这就造成重新配置较困难，尤其是粗缆以太网。当可接受的分支点达到极限时，就不得不修改主干甚至更换主干，还可能涉及重新配置中继器、剪裁电缆、调整端子位置等工作。

（3）维护困难

由于总线拓扑网络非集中控制，所以故障检测需在各个站点上进行，不易管理。由于总线拓扑网络基于一根电缆，要将故障隔离到某一网段也非易事。

（4）系统可靠性差

若总线电缆发生故障或断开，则造成全网瘫痪，原因有两点：第一，每台设备都会接收到来自故障点的额外噪声（存在信号反射）；第二，网上设备相当于连在两段分离的电缆上，无法交换信号。

2. 星型结构

如图 1.6 所示，星型结构由一个功能较强的转接中心连接若干从节点组成。从星型结构中可以看出，从节点间不能直接通信，只能通过中心节点的转发来实现。目前局域网基本都采用这种结构，其中中心节点大部分是集线器或交换机。这种结构的优点是建网容易，结构简单；但是网络对中心节点的依赖性大，如果中心节点出现故障，整个网络就瘫痪了。

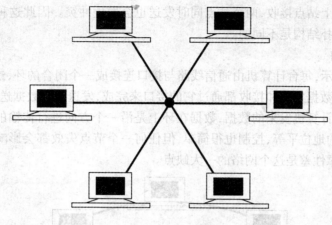

图 1.6　星型结构

星型结构网络具有如下特征：

（1）安装困难

星型拓扑结构网络安装工作量大，一般情况下是与建筑物其他线路一起设计施工，这是综合布线系统技术得以迅猛发展的原因之一。否则，尽管星型网络的设计很简单，双绞线连接的安装与施工也较方便，但必须为网上每个站点铺设一根传输介质，这样会比其他大多数拓扑结构使用更多的电缆。设计施工时还应注意留有一定余量，因而比总线型、环型拓扑结构的成本高。

（2）重新配置容易

只要最初的线路设计合理并预留足够的余量，那么，星型拓扑结构网络就比较容易重新配置，灵活性、适应性很强。移去、增加或改变一个设备位置都仅涉及被改变的那台设备与集线器某个端口的连接；否则就要重新布线、扩展集线器或安装新的集线器。

（3）维护容易

由于星型网络上的所有数据通信都要经过中心设备，通信状况在中心设备处被收集，所以网络维护管理很容易，很方便地就能检测出故障并进行隔离。

（4）系统可靠性高

由于每个集线器端口只接一台设备，故星型结构能较好地处理传输介质故障。如果网络上的传输介质发生故障，可以用集线器端口来确定哪条链路有问题，并将它从网络中移去，因此这只会影响连接到该段传输介质上的单台设备，对其他设备并无影响。由此可见，星型对集线器的可靠要求很高。

目前流行的采用双绞线综合布线系统的"智能"大厦中的 100 Base-T 以太网以及利用程控交换机联网的局域网大多采用星型或树型拓扑结构。这种拓扑结构对传输介质的要求较低，使用非屏蔽双绞线即可。采用光纤作为传输介质，光纤星型网络又可细分为无源星型网和有源星型网。无源星型网采用的耦合器是把许多光纤熔化在一起制成的，任何一条光纤输入到耦合器后，光信号被等分，再输出到该耦合器的每条光纤上。而有源星型网（如 FiberNet Ⅱ）采用的耦合器是有源中继器，无需进行信号分割。对于光纤星型网从物理上看是一种星型结构，但却以总线方式进行工作。这是因为任何一个站点发送的信号能被所有网上站点接收,两个站点同时发送也会发生冲突。因此这种网络的逻辑拓扑结构与物理拓扑结构是不同的。

3. 环型结构

如图 1.7 所示,每台计算机由通信线路与接口连接成一个闭合的环,这种结构为环型结构。计算机的数据发送和接收都通过它的接口来完成,发送时把数据送到环上,接收时从环上接收其他计算机发来的数据,数据在环上是沿一个方向进行传输的。这种网络结构简单,各节点的地位平等,控制也很简单,但任何一个节点失效都会影响整个网络的正常工作,所以可靠性差是这个网络的一大缺点。

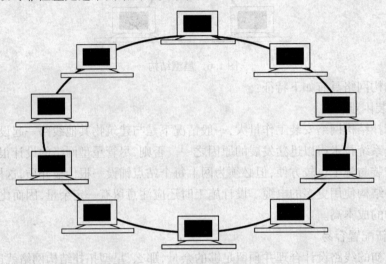

图 1.7　环型结构

环型结构网络具有如下特征:

(1)安装容易

在初始安装时,环型拓扑网络比较简单,由于环型结构是封闭(头尾衔接)的,这就要求传输介质的长度比总线型拓扑结构网络略多一点,但远远少于其他拓扑结构;环型拓扑网络中信号的传递是单方向的(一般为逆时针),故反射信号效应不大。

(2)重新配置困难

要在环型网络中增加、删除、改变站点均不容易,需要先停止网络工作,可扩展性、灵活性较差。每当一个网段需要改变时,这一网段就要被截分成两段或由两个新段代替。在总线型拓扑结构中,两个分支点之间必须保持一段距离;而环型拓扑结构却不受这种限制,但环的总长度及环上节点总数也有一定限制。

(3)维护容易

每个入网站点都唯一对应一个中继器,这样可以很容易找到介质的故障点。比如下游中继器在特定时间内不接收信号,就表明它有故障。但是,入网站点的故障诊断仍需要对每个站点进行检测。

(4)系统可靠性差

大多数物理环只用一个环(称为单环),在单环系统上出现的任何错误将导致全网不能工作,单环的可靠性较差。

采用双环系统有助于提高系统容错性和可靠性以及改善网络传输性能。双环系统中包含两个电子的或物理的分离环,两个环的传输方向是相反的。在双环系统中,网络上一根电缆出现故障时,可以利用环路冗余及不同方向上的传输,网络仍能正常运行。改变传输方向可能会使传输距离变长,但可以避免网络设备被隔离出去。环型拓扑网络的单向通信特征,往往导致多采用光纤作为传输介质。

FDDI、令牌环等就是典型的环型拓扑网络,常用于局域网、校园网或城域网的主干网,采用分组(包)形式发送信息,接收站点将带有自己地址的分组从环上取下来。由于多个站点共享一个环,因此需要一种分布控制手段,以决定每个站何时才能将要发送的分组投入环中传输,这是采用这种拓扑的物理层和层协议要解决的问题。

4. 树型结构

如图 1.8 所示,树型结构就是星型的扩展,像一个倒立的树的形状,越靠近树根的节点,处理能力就越强,最底层的节点为 0 级,最底层完成繁琐的重复性很强的功能,如数据采集、交换等工作,而最高层则进行数据处理。

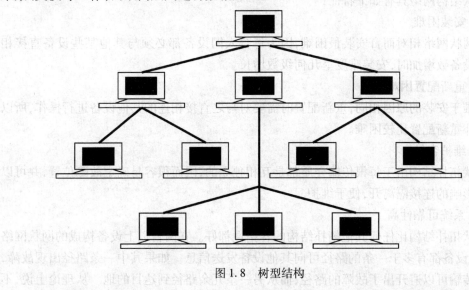

图 1.8　树型结构

只要采用合理的连接方案,树型结构通信线路的总费用比星型结构低很多,但结构比星型复杂,数据在传输中要经过多条链路,时延较大,适用于分级管理和控制的系统。

5. 网状结构

如图 1.9 所示,网状结构是最复杂的一种结构,其特点是网络中每一节点和其他所有节点之间均有链路连接,任何两节点间均可以直接通信。这种网络的最大优点是可靠性高,因为每一节点和其他节点都有通信链路,如果某条通路发生故障,那么可以通过其他节点进行转发。正是因为通路多,所以网状结构的网络需要进行路由选择以及流量控制等措施对链路进行管理,而且需要的链路也比其他结构的网络要多,所以网状结构主要用在骨干网中。

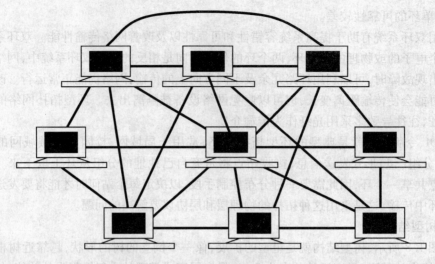

图 1.9　网状结构

网状结构网络具有如下特征：

（1）安装困难

纯网状网络相对而言安装最困难，因为每台入网设备都必须与其他某些设备直接相连。当设备数增加时，安装难度呈几何级数增长。

（2）重新配置困难

与难于安装的原因相同，重新配置时需要对与之直接相连的其他设备进行操作，所以网状拓扑重新配置比较困难。

（3）维护容易

网状拓扑结构由于每根传输介质都是互相独立的，因而很容易确定故障位置，并可以将受到影响的连接隔离开，便于维护。

（4）系统可靠性高

网状拓扑结构比任何其他拓扑结构的容错性都好。在两台以上设备构成的网状网络中，每台设备都有多于一条的路径可向其他设备发送信息。如果其中一条路径出现故障，信息的传输可以避开出了故障的路径，而从另一条冗余路径到达目的地。从理论上说，不会有设备受到传输介质故障的影响。但是，如果所有路径都使用每条链路的最大容量，则当信息通过冗余路径传输时，通常会增加一些延迟，性能会有所下降。

在实际应用中，往往采用混合型网络，如公用通信子网 X.25、PDN、DDN、PSTN 等大多采用混合型网络。在企业网中，通常也采用这种拓扑结构，将企业中重要的站点之间使用纯网状网络拓扑互联起来，而对于不太重要的节点间则采用其他拓扑结构互联。

1.5　计算机通信网的主要任务

虽然各种特定的计算机通信网可以有其各自的主要任务，但一般可以将它们共同的任务归纳为以下几点。

（1）数据传输

在网络用户之间、处理器之间以及用户与处理器之间提供通信功能，这是计算机通信的最基本功能。

（2）资源共享

这包括了通信资源共享与计算机资源共享两方面。计算机资源主要指的是计算机的硬件、软件和数据资源。资源共享功能能够使网络用户克服地理位置的差异性，通过通信资源共享网络中的计算机资源，以达到提高硬件、软件的利用率，实现充分利用信息资源的目的。

（3）提高系统的可靠性

计算机通信网可以通过确认、检错、重发以及多重链路等手段来提高网络的可靠性。

（4）分布式处理

分布式计算机通信网络可以将本应由一个大型计算机完成的多个处理功能分散到不同的计算机上进行分布处理。这样既可以减轻主处理器的负担，降低主机和链路的成本，又可以提高网络的可靠性。

（5）对分散对象进行实时集中控制和管理功能

在一些情况下，需要对分散的系统进行集中控制，同时计算机通信网还可以对整个网络进行集中管理以及集中分配网络资源。

（6）节省硬件、软件设备开销

可以兼容不同类型的设备及软件，充分发挥这些硬件、软件的作用。

第 2 章
计算机网络的体系结构与协议

2.1　网络体系结构

在讲述网络体系结构之前,我们先用一个例子来讲解一下邮政系统是怎样工作的。假设小李给小张邮信,小张顺利地拿到了信件,从结果上看小李的信件到了小张的手上,但实际这是经过三层来完成的,邮政系统的分层模型如图2.1所示。

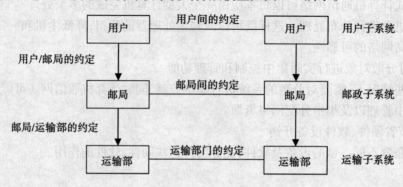

图 2.1　邮政系统的分层模型

小李写的信投到邮箱里,邮递员从邮箱里把信件取出送到邮局,然后邮局将信件打包送到运输部门,由运输工具送到对方的运输部门,运输部门把邮包送到邮局,再由邮局派邮递员将信件送到收信人的邮箱里,最后从邮箱中取出信件,小张就是这样收到小李信件的。这就相当于将邮信这个完整的事件分成了几个层次来完成,对于计算机网络而言亦可如此。

2.1.1　网络体系结构定义

计算机网络系统是一个十分复杂的系统。将一个复杂系统分解为若干个容易处理的子系统,然后"分而治之",这种结构化设计方法是工程设计中常见的手段。为了完成计算机间很好地通信合作,把每个计算机互连的功能划分成有明确定义的层次来完成,而且规定同层次之间通信的协议及相邻层之间的接口及服务,这些同层间的通信协议以及相邻层接口通称为网络体系结构。具体而言是关于计算机网络应设置哪几层,每层应具有哪些功能的精确定义。至于这些功能应如何实现,则不属于网络体系结构部分。

2.1.2　层次结构

分层就是系统分解的最好方法之一,它是一种结构技术。分层可以把网络在逻辑上看成是由若干相邻的层组成的。在计算机通信网络中,每一层的目的都是向上一层提供一定的服务,而上层不需要知道下层是如何实现的,所以在分层结构中,高层的功能是以下层提供的服务为基础的,而下层的任务是向上层提供无误码的信息传送,至于下层是如何实现的,上层不必关心。

计算机网络的层次结构如图 2.2 所示。其中任意层以"N 层"为标记,而分别把它的下一层和上一层记为"($N-1$)层"和"($N+1$)层"。N 层中的实体记为"(N)层实体",这里实体是指在每一层执行该层功能的活动单元,它可以是一个进程(运行的程序)或是一个硬件(如一个专用的芯片)。在不同机器上的同层实体我们把它们称为对等实体。

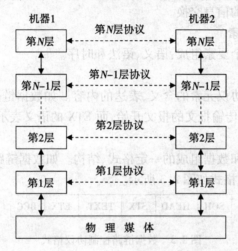

图 2.2　网络层次结构

分层的基本概念就是在结构中的每一层都以某种方式在其低层提供的服务之上再附加一定的功能,使整个系统的最高层能够提供分布式应用所需要的所有服务。通过分层把总的问题分成了若干较小的问题来解决,同时,分层还有另一个目的:保证层间的独立性。由于只定义了本层向高层所提供的服务,至于本层怎样提供这种服务则不作任何规定,所以每一层在如何完成自己的功能上都具有一定的独立性。这样就允许任意一层或几层在工作中做各种变动,灵活性较强。

在分层时,我们应该注意以下原则:

(1) 每层的功能应是明确的,并且是相互独立的。当某一层的具体实现方法更新时,只要保持上、下层的接口不变,便不会影响到邻居。

(2) 层间接口必须清晰,跨越接口的信息量应尽可能少。

(3) 层数应适中。若层数太少,则造成每一层的协议太复杂;若层数太多,则体系结构过于复杂,使描述和实现各层功能变得困难。

2.2 网络通信协议

2.2.1 通信协议

前面已经多次提到"协议"这个名词,在网络系统中为了保证数据通信双方能正确而自动地进行通信,对通信过程的各种问题制定了一整套约定,这就是网络系统的通信协议。

1. 通信协议的定义

通信协议是指相互通信的双方(或多方)对如何进行信息交换所一致同意的一整套规则。一个网络有一系列的协议,每个协议都规定了一个特定任务的完成。协议的作用是完成计算机之间有序的信息交换。

2. 通信协议的三要素

通信协议主要由 3 个要素组成:语义、语法和时序。

(1)语义

语义是构成协议的协议元素的含义、表达的内容。如数据链路控制协议中规定了协议元素 SOH 的语义表示传输报文的报文开始,而 ETX 的语义表示正文结束。

(2)语法

语法是指协议元素和数据组成的一定格式、结构。如数据链路控制协议,在传输一份数据报文时,协议元素的格式如图 2.3 所示。

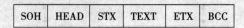

| SOH | HEAD | STX | TEXT | ETX | BCC |

图 2.3 数据链路控制协议格式

(3)时序

时序是指通信中相关操作的时间或次序的先后关系。如通信双方总有不同的传输和处理速度,假设发送端速度快,接收端速度慢,这样就会造成数据丢失,所以双方需要同步,发送端知道什么时候可以发送,发送的速度如何,其实这就是时序问题。当接收端收到正确的数据返回 ACK,发送端收到 ACK 后发下一个数据,如果接收端收到的是错误数据,则接收端返回 NAK,发送端收到 NAK 则重发数据,这一个动作接着一个动作有序地进行就是时序。

2.2.2 通信协议的分类

目前常见的通信协议主要有:NetBEUI、IPX/SPX、NWLink 和 TCP/IP,在这几种协议中用得最多、最为复杂的是 TCP/IP 协议,最为简单的是 NetBEUI 协议,它简单得不需要任何设置即可成功配置。

1. NetBEUI 协议

NetBEUI 协议的全称是 NetBIOS Extend User Interface,即用户扩展接口,它是 1985 年由 IBM 公司开发的,是一种体积小、效率高、速度快的通信协议。它主要适用于早期的微软操作系统,如 DOS、LAN Manager、Windows 3. x 和 Windows for Workgroup 等。但微软在当今流行的 WIN9X 和 WINNT 中仍把它视为固有缺省协议,由此可见它并不是"多余"的,而且在有的操作系统中联网还是必不可少的,如在用 WIN9X 和 WINME 组网进入 NT 网络时不能只用 TCP/IP 协议,还必须加上"NetBEUI"协议,否则就无法实现网络连通。

因为 NetBEUI 协议出现的比较早,所以有一定的局限性:是专门为几台到几百台所组成的单段网络而设计的,不具有跨网段工作的能力,即不具有"路由"功能,如果在一台服务器或工作站上安装了多个网卡作网桥,那么就不能使用 NetBEUI 作为通信协议。

NetBEUI 通信协议的特点如下:

①体积小,因原来就是 DOS、LAN Manger 等较低版本的操作系统,故它对系统的要求不高,运行后占用系统资源较少。

②主要服务的对象是较低版本的操作系统,它不具有路由功能,不能实现跨网络通信。

③简单,对系统要求低,适合初学组网人员学习使用。

2. IPX/SPX 协议

IPX/SPX(Internetwork Packet Exchange/Sequences Packet Exchange)为网际包交换/顺序包交换,是 NOVELL 公司为了适应网络的发展而开发的通信协议,它的体积比较大,但在复杂环境下有很强的适应性,同时也具有"路由"功能,能实现多网段间的跨段通信。当用户接入的是 NetWare 服务器时,IPX/SPX 及其兼容协议应是最好的选择。但如在 Windows 环境中一般不选用它,特别需要强调的是在 NT 网络和 WIN9X 对等网中无法直接用 IPX/SPX 进行通信。

IPX/SPX 的工作方式较简单,不需要任何配置,即可以通过"网络地址"来识别自己的身份。在整个协议中,IPX 是 NetWare 最底层的协议,它只负责数据在网络中的移动,并不保证数据传输是否成功;而 SPX 在协议中主要对整个传输的数据进行无差错处理。在 NT 中提供了两个 IPX/SPX 的兼容协议:NWLink IPX/SPX 和 NWLink NetBIOS。两者统称为 NWLink 通信协议。NWLink 通信协议继承了 IPX/SPX 协议的优点,更适应了微软的操作系统和网络环境,当需要利用 Windows 系统进入 NetWare 服务器时,NWLink 通信协议是最好的选择。

3. TCP/IP 协议

TCP/IP 协议的全称是 Transmission Control Protocol /Internet Protocol,即传输控制协议/网际协议。它是微软公司为了适应不断发展的网络,实现自己主流操作系统与其他系统间不同网络的互联而收购开发的,它是目前最常用的一种协议(包括 Internet),也可算是网络通信协议的一种通信标准协议,同时它也是最复杂、最为庞大的一种协议。TCP/IP 协议最早用于 UNIX 系统中,现在是 Internet 的基础协议。

TCP/IP 通信协议具有很好的灵活性,支持任意规模的网络,几乎可连接所有的服务器和工作站,正因为这种灵活性也带来了它的复杂性,它需要针对不同网络进行不同设置,且每个网络节点至少需要一个"IP 地址"、一个"子网掩码"、一个"默认网关"和一个"主机名"。但是在局域网中微软为了简化 TCP/IP 协议的设置,在 NT 中配置了一个动态主机配置协议(DHCP),它可为客户端自动分配一个 IP 地址,避免了出错。

TCP/IP 通信协议当然也有路由选择功能,它的地址是分级的,不同于 IPX/SPX 协议,这样系统就很容易找到网上的用户(IPX/SPX 协议用的是一种广播协议,它经常会出现广播包堵塞,无法获得最佳网络带宽)。

注意:在用 WIN9X 和 WINME 组网进入 NT 网络时,除了使用 TCP/IP 协议,还要加上"NetBEUI"协议,否则就无法实现网络连通。

2.3 开放系统互联参考模型(OSI)

1974 年,美国 IBM 公司首先公布了世界上第一个计算机网络体系结构——SNA(System Network Architecture),凡是遵循 SNA 的网络设备都可以很方便地进行互联。1977 年 3 月,国际标准化组织(ISO)的技术委员会 TC97 成立了一个新的技术分委会 SC16,专门研究"开放系统互联",并于 1983 年提出了开放系统互联参考模型(Open System Interconnection Reference Model),即著名的 ISO 7498 国际标准(我国相应的国家标准是 GB 9387),记为 OSI/RM,简称为 OSI。"开放系统"是指只要遵循 OSI 标准,一个系统就可以和位于世界上任何地方的也遵循同一标准的其他任何系统进行通信。

OSI 包括了体系结构、服务定义和协议规范三级抽象。OSI 的体系结构定义了一个 7 层模型,以实现进程间的通信,并作为一个框架来协调各层标准的制定;OSI 的服务描述了各层所提供的服务内容,及层与层之间的接口和交互用的服务原语;OSI 各层的协议规范,精确地定义了应该发送哪一种控制信息及用哪种过程来解释该控制信息。

需要强调的是,OSI 参考模型并非具体实现的描述,它只是一个为制定标准而提供的概念性框架。在 OSI 中,只有各种协议是可以实现的,且网络中的设备与 OSI 和有关协议相一致时才能互联。

2.3.1 数据的传送过程

图 2.4 描述了主机 1 向主机 2 传输数据的过程。

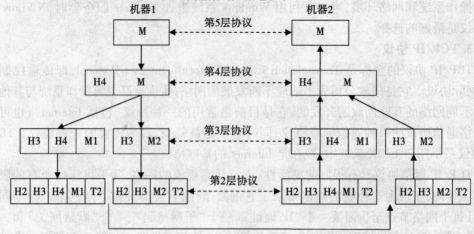

图 2.4 主机通信的信息流

2.3.2　协议与服务

1. 协议与服务的关系

在 OSI/RM 模型中,协议和服务是两个非常重要的概念。控制两个(N)层对等实体通信过程的规则集合称为(N)协议;两个(N)层实体间的通信在(N)层协议的控制下,能够使(N)层向上一层提供某些操作,这称为(N)服务,接受(N)层服务的是($N+1$)层实体。实体利用协议来实现它们的服务。

协议和服务的关系如图 2.5 所示。服务是在相邻层之间进行的,协议是在对等实体之间进行的;服务是用户可见的,协议是用户不可见的。一个网络各层的服务是不能改变的,但提供同一服务可以采用不同的协议来实现,只要保持服务不变,协议是可以修改的。

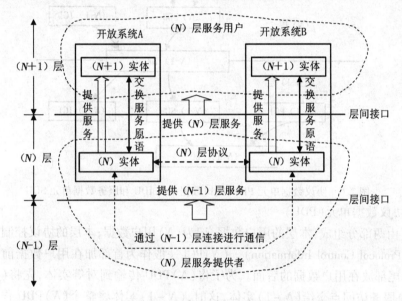

图 2.5　协议和服务的关系

多数的服务有一个服务提供者和两个服务用户,并且在这两个服务用户之间有一条(N)连接。但是,也有超过两个服务用户的情况,这就是多点连接和广播通信的情况,在这种情况下,信息从一个源点被传送到多个终点。有时在两个服务访问点之间可以建立多条连接,这就需要采用连接端点(Connection End Point,CEP)的概念。一个服务访问点中可以有多个连接端点,而每条连接的两端都必须使用不同的连接端点。

虽然两层之间可以允许有多个服务访问点,但一个(N)服务访问点只能被一个(N)实体所使用,并且也只能为一个($N+1$)实体所使用,但是,一个(N)实体可以向多个(N)服务访问点提供服务,这就是连接复用的情况;有时一个($N+1$)实体也可以使用多个(N)服务访问点,这就是连接分裂的情况。

2. 服务访问点

服务访问点(SAP)是指相邻层之间进行通信的接口,N 层的 SAP 就是 $N+1$ 层,可以访问 N 层服务的地方。简单地说,服务访问点就是邻层实体之间的逻辑接口。从物理层开始,每一层都是通过服务访问点向上层提供服务。在连接因特网的普通主机上,物理层的服务访问点是网卡接口(RJ45 接口或 BNC 接口);数据链路层的服务访问点是 MAC 地址;网络层的服务访问点是 IP 地址;传输层的服务访问点是端口号;应用层的服务访问点是用户界面。

3. 数据单元

在 OSI 参考模型中,信息传递的单元(即各种数据单元)共分为:协议数据单元(Protocal Data Unit,PDU)、接口数据单元(Interface Data Unit,IDU)和服务数据单元(Service Data Unit,SDU)3 种,如图 2.6 所示。

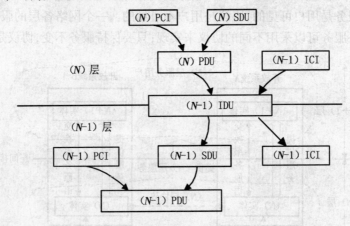

图 2.6   协议数据单元 PDU、接口数据单元 IDU 和服务数据单元 SDU

(1)协议数据单元(PDU)

PDU 由两部分组成:本层的用户数据,记为(N)用户数据;本层的协议控制信息,记为(N)PCI(Protocol Control Information)。(N)PCI 一般作为首部加在用户数据前面,但有时也可作为尾部放在用户数据的后面。为了将(N)PDU 传输到对等实体,先将(N)PDU 通过($N-1$)服务访问点交给($N-1$)实体,这时,($N-1$)实体将整个(N)PDU 作为($N-1$)的用户数据,再加上($N-1$)层的 PCI,就组成了($N-1$)层的协议数据单元,即($N-1$)PDU。依次一层一层向下传输,到对方再一层一层向上传输,对等实体间通过协议完成通信。

有时,在某一层中的协议数据单元只用做控制信息,那么这时该协议数据单元中,就只有该层的 PCI 而没有用户数据这一项了。

(2)接口数据单元(IDU)

以上我们没有讨论一个(N)PDU 是怎样通过层间接口传到下一层的,以下来进行说明。OSI 规定,在同一个系统的相邻两层实体的依次交互中,经过层间接口的信息单元的大小,称为接口信息单元 IDU。根据层间接口的特性,接口信息单元的大小是有一定要求的。但是,接口信息单元的大小和相应的协议数据单元的大小并无直接的联系。例如,协议数据单元可以是 1 000 个字节,但接口可能要求每次只能通过 1 个字节。另一方面,协议数据单元在通过层间接口时,需要加上一些控制信息,例如,说明一共通过多少字节,或说明是否要加速传输,这些控制信息成为接口控制信息 ICI。显然,这种接口控制信息只是在协议数据单元通过接口时才起作用,而对构成下一层的协议数据单元,并没有直接的作用,因此,一个协议数据单元 PDU 加上适当的接口控制信息 ICI 后,就变成了接口数据单元 IDU。当 IDU 通过层间接口后,即将原先加上的接口控制信息 ICI 去掉。

（3）服务数据单元（SDU）

从服务用户的角度来看,它并不用管下面的 PDU 或 IDU 有多大,实际上,它也看不见 PDU 和 ICU 有多大。一个(N)服务用户最关心的是:下面的(N)实体为了完成服务用户所请求的功能究竟需要多大的数据单元。这种数据单元就称为服务数据单元 SDU。这个(N)服务数据单元实际上是一个供接口用的数据,它只是需要在(N)连接的两端保持大小,而不管在数据传送过程中有些什么变化。也就是说,(N)服务数据单元就是(N)服务所需要传送的逻辑数据单元。

在许多情况下,服务数据单元并不等同于协议数据单元。有时(N)SDU 较长,而(N)协议所要求的(N)协议数据单元较短,这时就要对(N)SDU 进行分段处理。就是将一个 SDU 分成两个 PDU 来传送,需要注意的是,这两个协议数据单元的协议控制信息是不同的,否则到了接收端就无法区分这两个 PDU。当 PDU 要求的长度比 SDU 大时,也可以将几个 SDU 机器相应的 PCI 合并成一个 PDU,称为"合块"。

2.3.3　服务原语

服务原语（Service Primitive）是指服务用户与服务提供者之间进行交互时所交换的必要信息。"服务"在形式上是用一组原语来描述的,这些原语供用户实体访问该服务或向用户实体报告某事件的发生。OSI/RM 规定了 4 种服务原语类型：

①请求（Request）:用户实体要求服务做某项工作。

②指示（Indication）:用户实体被告知某事件发生。

③响应（Response）:用户实体表示对某事件的响应。

④确认（Confirm）:用户实体收到关于它的请求的答复。

第 1 类原语是"请求"（Request）原语,服务用户用它促成某项工作,如请求建立连接和发送数据。服务提供者执行这一请求后,将用"指示"（Indication）原语通知接收方的用户实体。例如,发出"连接请求"（CONNECT _ request）原语之后,该原语地址段内所指向的接收方的对等体会得到一个"连接指示"（CONNECT _ indication）原语,通知它有人想要与它建立连接。接到"连接指示"原语的实体使用"连接响应"（CONNECT _ response）原语表示它是否愿意接受建立连接的请求。但无论接收方是否接受该请求,接收方的态度都要通过"连接确认"（CONNECT _ confirm）原语告知请求建立连接的一方（实际上传输层以及其他层的服务用户若要拒绝建立连接请求,不是采用 CONNECT _ response 原语而是采用 DISCONNECT _ request 原语）。

原语可以带参数,而且大多数原语都带有参数。"连接请求"原语的参数可能指明它要与哪台机器连接、需要的服务类别和拟在该连接上使用的最大报文长度。"连接指示"原语的参数可包含呼叫者的标志、需要的服务类别和建议的最大报文长度。如果被呼叫的实体不同意呼叫方建立的最大报文长度,它可以在"连接响应"原语中提出一个新的建议,呼叫方会从接收到的"连接确认"原语中得知。这一协商过程的细节属于协议的内容。例如,在两个关于最大报文长度的建议不一致的情况下,协议可能规定选择较小的值。

服务包括"有确认"和"无确认"两种。有确认服务有"请求"、"指示"、"响应"和"确认"4个原语。无确认服务则只有"请求"和"指示"两个原语。建立连接的服务是一种有确认服务,可用"连接响应"作肯定应答,表示同意建立连接;或者用"断连请求"(DIS-CONNECT_request)表示拒绝,作否定应答。数据传送既可以是有确认的也可是无确认的,这取决于发送方是否需要确认。

为了使服务原语的概念更具体化一些,我们将考查一个简单的面向连接服务的例子。它使用了下述8个服务原语:

①连接请求:服务用户请求建立一个连接。

②连接指示:服务提供者向被呼叫方示意有人请求建立连接。

③连接响应:被呼叫方用来表示接受建立连接的请求。

④连接确认:服务提供者通知呼叫方建立连接的请求已被接受。

⑤数据请求:请求服务提供者把数据传至对方。

⑥数据指示:表示数据的到达。

⑦断连请求:请求释放连接。

⑧断连指示:将释放连接请求通知对等端。

在本例中,连接是有确认服务(需要一个明确的答复),而断连是无确认的(不需要应答)。与电话系统作一比较,可以有助于理解这些原语是如何应用的。请考虑一下打电话邀请你的同事到家里来吃饭的步骤:

①连接请求:拨同事家的电话号码。

②连接指示:她家的电话铃响了。

③连接响应:她拿起电话。

④连接确认:你听到响铃停止。

⑤数据请求:你邀请她来吃饭。

⑥数据指示:她听到了你的邀请。

⑦数据请求:她说她很高兴来。

⑧数据指示:你听到她接受邀请。

⑨断连请求:你挂断电话。

⑩断连指示:她听到了,也挂断电话。

用一系列服务原语来表示上述各步,每一步都涉及其中一台计算机内两层之间的信息交换。每一个"请求"或"响应"稍后都在对方产生一个"指示"或"确认"动作。本例中服务用户(你和同事)在 $N+1$ 层,服务提供者(电话系统)在 N 层。

从使用服务原语的角度考虑,可将服务分为需要证实的服务和不需要证实的服务,前者每次服务要使用4种服务原语,而后者只使用两种服务原语,这两种服务如图2.7所示。

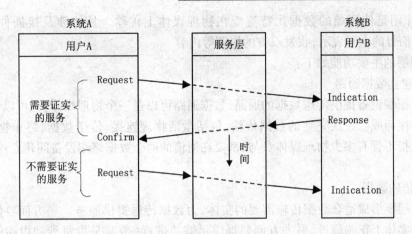

图 2.7 有证实与非证实的服务

2.3.4 OSI 参考模型 7 层结构概述

如图 2.8 所示,OSI 7 层模型从下到上分别为物理层(Physical Layer)、数据链路层(Data Link Layer)、网络层(Network Layer)、传输层(Transport Layer)、会话层(Session Layer)、表示层(Presentation Layer)和应用层(Application Layer)。这些层次相互配合共同完成网络通信任务。

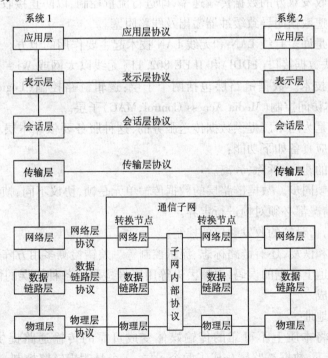

图 2.8 OSI 参考模型

1. 物理层

物理层定义了为建立、维护和拆除物理链路所需的机械的、电气的、功能的和规程的特性,其作用是使原始的数据比特流能在物理媒体上传输。具体涉及接插件的规格,"0"、"1"信号的电平表示,收发双方的协调等内容。

物理层的主要功能如下:

(1)建立数据通路

为数据端设备提供传送数据的通路,数据通路可以是一个物理媒体,也可以是多个物理媒体连接而成。一次完整的数据传输,包括激活物理连接、传送数据、终止物理连接。激活就是指不管有多少物理媒体参与,都要在通信的两个数据终端设备间建立连接,形成一条通路。

(2)传输数据

物理层要形成适合数据传输需要的实体,为数据传送提供服务。一方面要保证数据能在传输实体上正确通过,另一方面要提供足够的带宽(带宽是指每秒钟内能通过的比特(bit)数),以避免信道上的拥塞。传输数据的方式能满足点到点、一点到多点、串行或并行、半双工或全双工、同步或异步传输的需要。

2. 数据链路层

比特流被组织成数据链路协议数据单元(通常称为帧),并以其为单位进行传输,帧中包含标志、地址、控制、数据及校验码等信息。数据链路层的主要作用是通过校验、确认和反馈重发等手段,将不可靠的物理链路改造成对网络层来说无差错的数据链路。数据链路层还要协调收发双方的数据传输速率,即进行流量控制,以防止接收方因来不及处理发送方送来的高速数据而导致缓冲器溢出及线路阻塞。

数据链路层是许多有线 LAN 和无线 LAN 技术起主要作用的地方。例如,以太网、令牌网、光纤分布式数据接口(FDDI)和 IEEE 802.11(无线以太网或 Wi-Fi),这些有时被称为数据链路层技术。数据链路层包括两个子层:逻辑链路控制(Logical Link Control,LLC)子层和媒体访问控制(Media Access Control,MAC)子层。

数据链路层是为网络层提供数据传送服务的,这种服务要依靠本层具备的功能来实现。数据链路层应具备如下功能:

①链路连接的建立、拆除、分离。

②帧定界和帧同步。数据链路层的数据传输单元是帧,协议不同,帧的长短是有差别的,但无论什么情况都必须对帧进行定界。

③顺序控制,指对帧的收发顺序的控制。

④差错检测和恢复,还有链路标志、流量控制等。差错检测多用方阵码校验和循环冗余校验来检测信道上数据的误码,而帧丢失等用序号检测。各种错误的恢复通常利用反馈重发手段来完成。

⑤提供物理地址。

数据链路层将本质上不可靠的传输媒体变成可靠的传输通路提供给网络层。在 IEEE 802.3 情况下,数据链路层分成了两个子层:一个是逻辑链路控制,另一个是媒体访问控制。

数据链路层上常常由于数据帧或反馈信息帧丢失而导致发送方永远收不到接收方发来的反馈信息,进而使传输过程停滞,为解决这两个问题数据链路层引入了超时计时器机制,同时为了避免出现重复帧,这里采用了帧编号的方法,即赋予每帧一个序号,从而使接收方能从该序号来区分是新发送的帧还是已经接收但又重新发送来的帧。独立的链路产品中最常见的当属网卡,网桥也是链路产品。

3. 网络层

网络层是 OSI 参考模型中的第3层,是通信子网的最高层。网络层关系到通信子网的运行控制,体现了网络应用环境中资源子网访问通信子网的方式。

数据以分组(网络协议数据单元)为单位进行传输。网络层关心的是通信子网的运行控制,主要负责将数据分组跨越通信子网从源端传送到目的端,在该过程中就需要对数据分组进行路由选择。另外,为避免通信子网中出现过多的分组而造成网络阻塞,需要对流入的分组数量进行控制。当分组要跨越多个通信子网才能到达目的地时,还要解决网际互联的问题。

网络层向上层只提供简单灵活的、无连接的、尽最大努力交付的数据报服务,且不提供服务质量的承诺。概括地说,网络层应该具有以下功能:

(1)为传输层提供服务

网络层提供的服务有两类:面向连接的网络服务:虚电路服务和无连接的网络服务,即数据报服务。

虚电路服务在进行数据传输之前先建立连接,然后数据在连接上进行传输,它是网络层向传输层提供的一种使所有数据包按顺序到达目的节点的可靠的数据传送方式,进行数据交换的两个节点之间存在着一条为它们服务的虚电路;而数据报服务是不可靠的数据传送方式,不需要预先建立连接,源节点发送的每个数据包都要附加地址、序号等信息,目的节点收到的数据包不一定按序到达,还可能出现数据包的丢失现象。

典型的网络层协议是 X.25,它是由 ITU – T(国际电信联盟电信标准部)提出的一种面向连接的分组交换协议。

(2)组包和拆包

在网络层,数据传输的基本单位是数据包(也称为分组)。在发送方,传输层的报文到达网络层时被分为多个数据块,在这些数据块的头部和尾部加上一些相关控制信息后,即组成了数据包(组包)。数据包的头部包含源节点和目标节点的网络地址(逻辑地址)。在接收方,数据从低层到达网络层时,要将各数据包原来加上的包头和包尾等控制信息去掉(拆包),然后组合成报文,送给传输层。

(3)路由选择

路由选择也称为路径选择,是根据一定的原则和路由选择算法在多节点的通信子网中选择一条最佳路径。确定路由选择的策略称为路由算法。

在数据报方式中,网络节点要为每个数据包做出路由选择;而在虚电路方式中,只需在建立连接时进行路由选择,传输数据的过程中不需要路由。

(4)拥塞控制

拥塞控制的作用是防止网络性能下降或其业务陷入停顿,避免死锁。

网络的吞吐量(数据包数量/秒)与通信子网负荷(即通信子网中正在传输的数据包数量)有着密切的关系。

拥塞控制与流量控制的区别如下:拥塞控制是确保子网能够承载所达到的流量,这是一个全局性的问题,涉及多方面的行为,包括主机、路由器及路由器内部的转发处理过程等;而流量控制只与特定的发送方与接收方之间的点到点流量有关,确保数据传输速率不超过接收方的接收能力。

进行拥塞控制方法有许可证、抑制分组、分组丢弃各种控制;进行流量控制,通常可采用滑动窗口、停止等待和分组丢弃3种方法。

（5）逻辑地址

逻辑地址就是主机地址,在数据分组中包含逻辑地址,也就是发送数据分组的源主机地址和接收数据分组的目的主机地址。

4. 传输层

传输层是在两个主机上的两个进程之间传送报文。进程是一个运行着的程序,计算机基本上都是多进程的,而且一个进程对应一个端口地址,所以,也可以说传输层提供的端到端的透明数据传输服务,使高层用户不必关心通信子网的存在,由此用统一的运输原语书写的高层软件便可运行于任何通信子网上。传输层还要处理端到端的差错控制和流量控制问题。

传输层提供了主机应用程序进程之间的端到端的服务,基本功能如下:

①分割与重组数据。

②端口号寻址。

③连接管理。

④差错控制和流量控制。

传输层要向会话层提供通信服务的可靠性,避免报文的出错、丢失、延迟时间紊乱、重复、乱序等差错。传输层是整个协议层次结构的核心,是唯一负责总体数据传输和控制的一层。

在 OSI 7 层模型中传输层是负责数据通信的最高层,又是面向网络通信的低 3 层和面向信息处理的高 3 层之间的中间层。因为网络层不一定保证提供可靠服务的,用户也不能直接控制通信子网,所以在网络层上加一层(传输层)以改善传输质量。

传输层利用网络层提供的服务,并通过传输层地址提供给高层用户传输数据的通信端口,使系统间高层资源的共享不必考虑数据通信方面和不可靠的数据传输方面的问题。它的主要功能是:对一个进行的对话或连接提供可靠的传输服务,在通向网络的单一物理连接上实现该连接的复用,在单一连接上提供端到端的序号与流量控制、差错控制及恢复等服务。

在协议栈中,传输层位于网络层之上,传输层协议为不同主机上运行的进程提供逻辑通信,而网络层协议为不同主机提供逻辑通信,这个区别很微妙,但是却非常重要。用一个例子来说明网络层与传输层的区别。

假如,有两所房子,一个位于东边城市而另一个位于西边城市,每所房子里都住着 10 个小孩。东边城市房子里的小孩和西边城市房子里的小孩是好朋友。两所房子里的孩子喜欢互相通信,每个孩子每周都给每一个好朋友写一封信,每一封信都由老式的邮局分别用信封来寄。这样,每一家每周就都有 100 封信要送到另一家。在每一家里面,都由一个孩子负责邮件的收集和分发,西边房子里由小明负责,东边房子里由小强负责。每周小明都从他的兄弟姐妹那里收集起来信件,并将这些信件送到每天都来的邮递服务员那里。当信件到达西边房子,小明又将这些信件分发给他的兄弟姐妹。小强在东边房子里做着同样的工作。

在这个例子中,邮递服务提供着两所房子之间的逻辑通信——邮递服务在两所房子之间传递邮件,而不是针对每个人的服务。另一方面,小明和小强提供小朋友之间的逻辑通信——小明和小强从他们的兄弟姐妹那里收集邮件并将邮件递送给他们。

注意:从这些小朋友的角度看,小明和小强是邮件的服务人,尽管他们俩只是端到端寄送服务的一部分(终端系统部分)。

这个例子是传输层和网络层之间关系的一个形象比喻:

主机(也称为终端系统) = 房子

进程 = 小孩

应用程序消息 = 信封里的信

网络层协议 = 邮递服务(包括邮递员)

传输层协议 = 小明和小强

假设小明和小强请假出去了,那么另外选两个小朋友(小丽和小文)来代替他们,提供家庭内部的邮件收取和分发工作。但小丽和小文所提供的收集和分发工作与小明和小强所提供的不完全相同。对于年龄更小的小丽和小文来说,他们收集和分发邮件的频率比较少,而且偶尔会发生丢失信件的事情(这些信件偶尔被家里的狗吃掉了)。这样,小丽和小文提供了一套不同于小明和小强的服务(也就是说,服务模型不同)。这正如一个计算机网络可以接受不同的传输层协议一样,每一个协议为应用程序提供不同的服务模型。

另外,即使下面的网络层协议提供的服务并不可靠,比如使网络层协议丢失、篡改或者复制了传送的数据包,传输层协议也可以提供可靠的数据传输服务,来弥补网络上的缺陷。

5. 会话层

会话层主要功能是组织和同步,不同主机上各种进程间的通信(也称为对话)。会话层负责在两个会话层实体之间进行对话连接的建立和拆除。在半双工情况下,会话层提供一种数据权标来控制某一方何时有权发送数据。会话层还提供在数据流中插入同步点的机制,使得数据传输因网络故障而中断后,可以不必从头开始而仅重传最近一个同步点以后的数据。

会话层允许不同机器上的用户之间建立会话关系。会话层循序进行类似的传输层的普通数据的传送,在某些场合还提供了一些有用的增强型服务。允许用户利用一次会话在远端的分时系统上登陆,或者在两台机器间传递文件。会话层提供的服务之一是管理对话控制。会话层允许信息同时双向传输,或任一时刻只能单向传输。如果是后一种,就像物理信道上的半双工模式,会话层将记录此时该轮到哪一方。一种会话层服务是与对话控制有关的令牌管理(token management)。有些协议会保证双方不能同时进行同样的操作,这一点很重要。为了管理这些活动,会话层提供了令牌,令牌可以在会话双方之间移动,只有持有令牌的一方可以执行某种关键性操作。另一种会话层服务是同步。如果在平均每小时出现一次大故障的网络上,两台机器之间要进行一次两小时的文件传输,则会怎样?每一次传输中途失败后,都不得不重新传送这个文件。当网络再次出现大故障时,可能又会半途而废。为解决这个问题,会话层提供了一种方法,即同步机制。在传输的数据中插入同步点,当网络出现故障时,仅仅重传最后一个同步点以后的数据(其实就是断点下载的原理)。

6. 表示层

表示层为上层用户提供共同的数据或信息的语法表示变换。为了让采用不同编码方法的计算机在通信中能相互理解数据的内容,可以采用抽象的标准方法来定义数据结构,并采用标准的编码表示形式。表示层管理这些抽象的数据结构,并将计算机内部的表示形式转换成网络通信中采用的标准表示形式。数据压缩和加密也是表示层可提供的表示变换功能。

通过前面的介绍,我们可以看出,会话层以下5层完成了端到端的数据传送,并且是可靠、无差错的传送。但是数据传送只是手段而不是目的,最终是要实现对数据的使用。由于各种系统对数据的定义并不完全相同,比如相同的字母在不同系统中的表示会有差异,这自然给利用其他系统的数据造成了障碍。表示层和应用层就担负了消除这种障碍的任务。

对于用户数据来说,可以从两个侧面来分析,一个是数据含义被称为语义;另一个是数据的表示形式,称为语法。像文字、图形、声音、文种、压缩、加密等都属于语法范畴。表示层设计了3类15种功能单位,其中上下文管理功能单位就是沟通用户间的数据编码规则,以便双方有一致的数据形式,能够互相通信。

7. 应用层

应用层是开放系统互联环境的最高层。不同的应用层为特定类型的网络应用提供访问 OSI 环境的手段。网络环境下不同主机间的文件传送访问和管理(FTAM)、传送标准电子邮件的文电处理系统(MHS)、使不同类型的终端和主机通过网络交互访问的虚拟终端(VT)协议等都属于应用层的范畴。

应用层是直接为应用进程提供服务的。其作用是在实现多个系统应用进程相互通信的同时,完成一系列业务处理所需的服务。其服务元素分为两类:公共应用服务元素 CASE 和特定应用服务元素 SASE。

CASE 提供最基本的服务,它成为应用层中任何用户和任何服务元素的用户,主要为应用进程通信、分布系统实现提供基本的控制机制;特定服务 SASE 则要满足一些特定服务,如文件传送、访问管理、作业传送、银行事务、订单输入等。这些都涉及虚拟终端、作业传送与操作、文件传输及访问管理、远程数据库访问、图形核心系统、开放系统互联管理等。

2.4 TCP/IP 体系结构

TCP/IP 参考模型是计算机网络的祖父 ARPANET 和其后继的因特网使用的参考模

型。ARPANET 是由美国国防部 DoD(U. S. Department of Defense)赞助的研究网络,逐渐通过租用的电话线连接了数百所大学和政府部门。当无线网络和卫星出现以后,现有的协议在和它们相连的时候出现了问题,所以需要一种新的参考体系结构。这个体系结构在它的两个主要协议出现以后,被称为 TCP/IP 参考模型(TCP/IP reference model)。

2.4.1　TCP/IP 分层概述

TCP/IP 是一组用于实现网络互联的通信协议。Internet 网络体系结构以 TCP/IP 为核心。基于 TCP/IP 的参考模型将协议分成四个层次,它们分别是:网络接口层、网际互联层、传输层和应用层。TCP/IP 参考模型如图 2.9 所示。

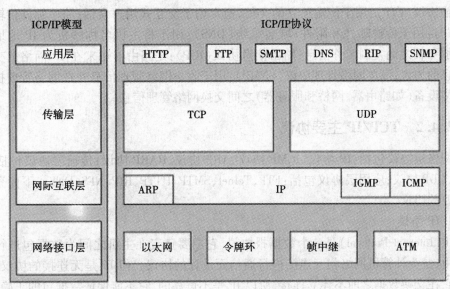

图 2.9　TCP/IP 参考模型

1. 网络接口层

网络接口层与 OSI 参考模型中的物理层和数据链路层相对应。事实上,TCP/IP 本身并未定义该层的协议,而由参与互联的各网络使用自己的物理层和数据链路层协议,然后与 TCP/IP 的网络接口层进行连接。

网络接口层又称为“网络访问层”,主要负责向网络媒体发送 TCP/IP 数据包并从网络媒体接收 TCP/IP 数据包。TCP/IP 独立于网络访问方法、帧格式和媒体,可以使用 TCP/IP 接口层技术组织以太网、无线 LAN 和 WAN 网络之间进行通信。

TCP/IP 支持的网络接口类型包括:标准以太网、令牌环、串行线路网际协议(SLIP)、FDDI、串行光学、ATM、点对点协议(PPP)、虚拟 IP 地址等。网络接口层技术将在本书后续章节详细介绍。

2. 网际互联层

网际互联层对应于 OSI 参考模型的网络层,主要解决主机到主机的通信问题。该层有 4 个主要协议:网际协议(IP)、地址解析协议(ARP)、互联网组管理协议(IGMP)和互联网控制消息协议(ICMP)。

IP 协议是网际互联层最重要的协议,它提供的是一个不可靠、无连接的数据报传递服务。

3. 传输层

传输层对应于 OSI 参考模型的传输层,为应用层实体提供端到端的通信功能。该层定义了两个主要的协议:传输控制协议(TCP)和用户数据报协议(UDP)。TCP 协议提供的是一种可靠的、面向连接的数据传输服务;而 UDP 协议提供的是不可靠的、无连接的数据传输服务。

4. 应用层

应用层对应于 OSI 参考模型的高层,为用户提供所需要的各种服务,应用层包括了大量协议。例如,超文本传输协议(HTTP):用于传输那些构成万维网上的页面的文件;文件传输协议(FTP):用于传输独立的文件,通常用于交互式用户会话;简单邮件传输协议(SMTP):用于传输邮件和附件;域名系统(DNS):用于将主机名称解析为 IP 地址并在DNS 服务器之间复制名称信息;路由信息协议(RIP):是路由器用来在 IP 网络上交换路由信息的协议;简单网络管理协议(SNMP):用于收集网络管理信息并在网络管理控制台和网络设备(如路由器、网桥和服务器)之间交换网络管理信息。

2.4.2 TCP/IP 主要协议

网络层协议包括:IP 协议、ICMP 协议、ARP 协议、RARP 协议;传输层协议包括:TCP协议、UDP 协议;应用层协议包括:FTP、Telnet、SMTP、HTTP、RIP、NFS、DNS。下面介绍几种主要的协议。

1. IP 协议

IP(Internet Protocol)是一个数据报协议,它主要负责在主机之间为数据包进行寻址和路由,是为计算机网络相互连接进行通信而设计的协议。但 IP 是无连接的协议,这就是说它在交换数据之前不建立连接,所以 IP 是不可靠的,它不能保证数据包的正确传送,比如数据包的丢失、错序发送、重复或延迟,所以需要更高层协议(传输层的 TCP 或某个应用协议)必须能够确认所传送的数据包并根据需要恢复丢失的数据包。

在因特网中,它能使连接到网上的所有计算机网络实现相互通信的一套规则,规定了计算机在因特网上进行通信时应当遵守的规则。任何厂家生产的计算机系统,只要遵守IP 协议就可以与因特网互通。IP 地址具有唯一性,根据用户性质的不同,可以分为 5 类。另外,IP 还有进入防护、知识产权、指针寄存器等含义。

各个厂家生产的网络系统和设备,如以太网、分组交换网等,它们相互之间是不能互通的,不能互通的主要原因是因为它们所传送数据的基本单元(技术上称之为“帧”)的格式不同。IP 协议实际上是一套由软件程序组成的协议软件,它把各种不同“帧”统一转换成“IP 数据包”格式,这种转换是因特网的一个最重要的特点,使所有各种计算机都能在因特网上实现互通,即具有“开放性”的特点。

数据包则是分组交换的一种形式,就是把所传送的数据分段打成“包”,再传送出去。但是,与传统的“连接型”分组交换不同,它属于“无连接型”,是把打成的每个“包”(分组)都作为一个“独立的报文”传送出去,所以称为“数据包”。这样,在开始通信之前就不需要预先建立连接,各个数据包不一定都通过同一条路径传输,所以称为“无连接型”。

这一特点非常重要,它大大提高了网络的坚固性和安全性。

每个数据包都有报头和报文这两个部分,报头中有目的地址等必要内容,使每个数据包不经过同样的路径都能准确地到达目的地。在目的地重新组合还原成原来发送的数据,这就要 IP 具有拆分和组装的功能。IP 数据包头部结构如图 2.10 所示。

版本	头部长度	服务类型	总长度	
标识			分段标志	分段偏移量
生存时间		协议	校验和	
源地址				
目的地址				
选项			填充	
数据				

图 2.10　IP 数据包头部结构

IP 数据包头部各部分解释如下:

①版本:规定了传输数据的 IP 版本,大小为 4 bit。

②头部长度:规定报头长度,大小为 4 bit。

③服务类型:设置数据传输的优先权或者优先级,大小为 8 bit。

④总长度:指出数据报的总长,数据报总长包括报头长度和数据长度两部分,大小为 16 bit。

⑤标识:用于标识所有的分段,大小为 16 bit。

⑥分段标志:确定一个数据报是否可以分段,同时也指出当前分段后面是否还有更多分段,大小为 3 bit。

⑦分段偏移量:由目标计算机用于查找分段在整个数据报中的位置,大小为 13 bit。

⑧生存时间:在路由器丢弃数据报之前允许数据报通过的网段数;TTL 是由发送主机设置的;路由器在转发 IPv4 数据包时会使 TTL 递减 1,此字段用于防止数据包在 IPv4 网络中无休止地循环传播,长度为 8 bit。

⑨协议:指定用于创建数据字段中的数据的上层协议,大小为 8 bit。

⑩校验和:检查所传输数据的完整性,大小为 16 bit。

⑪源地址:源主机 IP 地址,字段长度为 32 bit。

⑫目的地址:目的主机 IP 地址,字段长度为 32 bit。

⑬选项:此字段长度是可变的,具体长度主要取决于所选择的 IP 选项。

⑭填充:用来确保报头结束在 3 位边界。

⑮数据:包含网络中传输的数据,IP 数据报还包括上层协议的报头信息。

在实际传送过程中,数据包还要能根据所经过网络规定的分组大小来改变数据包的长度,IP 数据包的最大长度可达 65 535 个字节。

IP 协议中还有一个非常重要的内容,那就是给因特网上的每台计算机和其他设备都规定了一个唯一的地址,称为“IP 地址”。由于有这种唯一的地址,才保证了用户在联网的计算机上操作时,能够高效而且方便地从无数台计算机中找出自己的传输对象。现在电信网即将与 IP 网走向融合,以 IP 为基础的新技术是热门的技术,如用 IP 网络传送话音的技术(即 VoIP,Voice over IP)就很热门,其他如 IP over ATM、IP over SDH、IP over WDM

等,都是 IP 技术的研究重点。

2. 地址解析协议(ARP)

地址解析协议(Address Resolution Protocol, ARP)把 IP 地址解析成 LAN 硬件使用的媒体访问控制地址。IP 数据包常通过以太网发送,但以太网设备并不识别 32 位 IP 地址,它们是以 48 位以太网地址传输以太网数据包。因此,必须把 IP 目的地址转换成以太网目的地址。在以太网中,一个主机要和另一个主机进行直接通信,必须要知道目标主机的MAC 地址。这个目标 MAC 地址通过地址解析协议获得。ARP 协议用于将网络中的 IP地址解析为目标硬件地址(MAC 地址),以保证通信的顺利进行。

反向地址解析协议(Reverse Address Resolution Protocol, RARP)负责将主机的物理地址转换为 IP 地址。例如,局域网中有一台主机只知道物理地址而不知道 IP 地址,那么可以通过 RARP 协议发出寻求自身 IP 地址的广播请求,然后由 RARP 服务器负责回答。ARP 和 RARP 使用相同的报头结构,如图 2.11 所示。

硬件类型		协议类型
硬件地址长度	协议长度	操作类型
发送方的硬件地址(0~3 字节)		
源物理地址(4~5 字节)		源 IP 地址(0~1 字节)
源 IP 地址(2~3 字节)		目标硬件地址(0~1 字节)
目标硬件地址(2~5 字节)		
目标 IP 地址(0~3 字节)		

图 2.11 ARP 和 RARP 报头结构

另外,为使广播量最小,ARP 维护 IP 地址到媒体访问控制地址映射的缓存以便将来使用。ARP 缓存可以包含动态和静态项目。动态项目随时间推移自动添加和删除。静态项目一直保留在缓存中,直到重新启动计算机为止。

每个动态 ARP 缓存项的潜在生命周期是 10 min。新加到缓存中的项目带有时间戳,如果某个项目添加后 2 min 内没有使用,则视此项目过期并从 ARP 缓存中删除;如果某个项目已在使用,则会再收到 2 min 的生命周期;如果某个项目始终在使用,就会又一次收到 2 min 的生命周期,一直到 10 min 的最长生命周期。在工作站 PC 的 Windows 环境中,可以使用命令"arp – a"查看当前的 ARP 缓存,如图 2.12 所示。

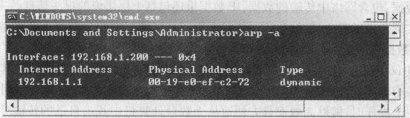

图 2.12 ARP 缓存

下面举例说明 ARP 和 RARP 协议的工作原理。两个位于同一个物理网络上运行 TCP/IP 的主机,如图 2.13 所示,主机 A 和主机 B。主机 A 分配的 IP 地址是 192.168.2.1,主机 B 分配的 IP 地址是 192.168.2.2。

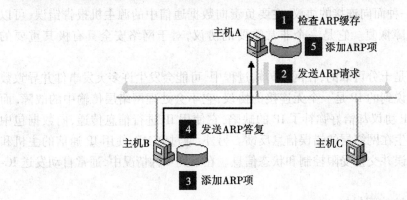

图 2.13　ARP 工作原理

当主机 A 要与主机 B 通信时,以下步骤可以将主机 B 软件指定的地址 (192.168.2.2)解析成主机 B 硬件指定的媒体访问控制地址。

第 1 步:根据主机 A 上的路由表内容,IP 确定用于访问主机 B 的转发 IP 地址是 192.168.2.2。然后主机 A 在自己的本地 ARP 缓存中检查与主机 B 匹配的硬件地址。

第 2 步:如果主机 A 在缓存中没有找到映射,它将询问"192.168.2.2 的硬件地址是什么?"便将 ARP 请求帧在本地网络上进行广播。源主机 A 的硬件和软件地址都包括在 ARP 请求中。本地网络上的每台主机都接收到 ARP 请求并且检查是否与自己的 IP 地址匹配。如果主机没有找到匹配值,便丢弃 ARP 请求。

第 3 步:主机 B 确定 ARP 请求中的 IP 地址与自己的 IP 地址匹配,将主机的硬件/软件地址映射添加到本地 ARP 缓存中。

第 4 步:主机 B 将包含其硬件地址的 ARP 回复消息直接发送回主机 A。

第 5 步:当主机 A 收到从主机 B 发来的 ARP 回复消息时,利用主机 B 的硬件/软件地址映射更新 ARP 缓存。主机 B 的媒体访问控制地址一旦确定,主机 A 就能向主机 B 发送 IP 通信,为它找到主机的媒体访问控制地址。

3. 互联网管理协议(IGMP)

互联网管理协议(Internet Group Multicast Protocol,IGMP)运行于主机和与主机直接相连的组播路由器之间,是 IP 主机用来报告多址广播组成员身份的协议。通过 IGMP,一方面可以通过 IGMP 主机通知本地路由器希望加入并接收某个特定组播组的信息。另一方面,路由器通过 IGMP 周期性地查询局域网内某个已知组的成员是否处于活动状态。

IGMP 的主要作用是解决网络上广播时占用带宽的问题。在网络中,当给所有客户端发出广播信息时,支持 IGMP 的交换机会将广播信息不经过滤地发给所有客户端。但是这些信息只需要通过组播的方式传输给某一个部分的客户端。

4. ICMP 协议

ICMP(Internet Control Message Protocol)是 Internet 控制报文协议,它是 TCP/IP 协议

簇的一个子协议,用于在 IP 主机、路由器之间传递控制消息。控制消息是指网络通不通、主机是否可达、路由是否可用等网络本身的消息。这些控制消息虽然并不传输用户数据,但是对于用户数据的传递起着重要的作用。

ICMP 协议是一种面向连接的协议,主要负责向数据通信中的源主机报告错误,可以实现故障隔离和故障恢复。它是一个非常重要的协议,对于网络安全具有极其重要的意义。

网络本身并不是十分可靠的,在网络传输过程中,可能会发生许多突发事件并导致数据传输失败。前面说到的 IP 是一个无连接的协议,它不会处理网络层传输中的故障,而位于网络层的 ICMP 协议却恰好弥补了 IP 的缺陷,它使用 IP 进行信息传递,向数据包中的源端节点提供发生在网络层的错误信息反馈。另外,通过 ICMP,使用 IP 通信的主机和路由器可以报告错误并交换受限控制和状态信息。在下列 4 种情况中,通常自动发送 IC-MP 消息:

①IP 数据报无法访问目标。

②IP 路由器(网关)无法按当前的传输速率转发数据报。

③IP 路由器将发送主机重定向为使用到达目标的更佳路由。

④在 IP 数据包中封装和发送 ICMP 消息,如图 2.14 所示。

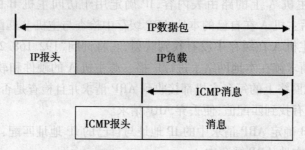

图 2.14 在 IP 数据包中封装和发送 ICMP 消息

ICMP 协议是 TCP/IP 协议集中的一个子协议,属于网络层协议,主要用于在主机与路由器之间传递控制信息,包括报告错误、交换受限控制和状态信息等。当遇到 IP 数据无法访问目标、IP 路由器无法按当前的传输速率转发数据包等情况时,都会自动发送 ICMP 消息。

ICMP 提供易懂的出错报告信息。发送的出错报文返回到发送原数据的设备,因为只有发送设备才是出错报文的逻辑接收者。发送设备随后可根据 ICMP 报文确定发生错误的类型,并确定如何才能更好地重新发送失败的数据报。但是 ICMP 唯一的功能是报告问题而不是纠正错误,纠正错误的任务由发送方完成。

我们在网络中经常会使用到 ICMP 协议,比如用于检查网络是否通畅的 Ping 命令(Linux 和 Windows 中均有),这个"Ping"的过程实际上就是 ICMP 协议工作的过程。还有其他的网络命令,如跟踪路由的命令 Tracert 也是基于 ICMP 协议的。

3. TCP 协议

TCP(Transmission Control Protocol)称为传输控制协议,它是一种面向连接(连接导向)的、可靠的、基于字节流的运输层(Transport layer)通信协议。在简化的计算机网络 OSI 模型中,它完成第 4 层传输层所指定的功能,UDP 是同一层内另一个重要的传输协议。

在因特网协议族(Internet protocol suite)中,TCP 层是位于 IP 层之上,应用层之下的中间层。不同主机的应用层之间经常需要可靠的、像管道一样的连接,但是 IP 层不提供这样的流机制,而是提供不可靠的包交换。

(1)TCP 功能

传输控制协议主要包含下列任务和功能:

①确保 IP 数据报的成功传递。

②对发送的大块数据进行分段和重组。

③确保正确排序及按顺序传递分段的数据。

④通过计算校验和,进行传输数据的完整性检查。

⑤根据数据是否接收成功发送肯定消息。通过使用选择性确认,也对没有收到的数据发送否定确认。

⑥为必须使用可靠的、基于会话的数据传输程序,如客户端/服务器数据库和电子邮件程序,提供首选传输方法。

(2)TCP 报头结构

TCP 报头总长最小为 20 个字节,其报头结构如图 2.15 所示。

源端口 (16)			目的端口 (16)
序列号 (32)			
确认号 (32)			
TCP 偏移量 (4)	保留 (6)	标志 (6)	窗口 (16)
校验和 (16)			紧急 (16)
选项 (0 或 32)			
数据 (可变)			

图 2.15　TCP 报头结构

①序列号:指明了段在即将传输的段序列中的位置。

②确认号:规定成功收到段的序列号,确认序号包含发送确认的一端所期望收到的下一个序号。

③TCP 偏移量:指定了段头的长度。段头的长度取决于段头选项字段中设置的选项。

④保留:指定了一个保留字段,以备将来使用。

⑤标志:SYN(表示同步)、ACK(表示确认)、PSH(表示尽快地将数据送往接收进程)、RST(表示复位连接)、URG(表示紧急指针)、FIN(表示发送方完成数据发送)。

⑥窗口:指定关于发送端能传输的下一段大小的指令。

⑦校验和:校验和包含 TCP 段头和数据部分,用来校验段头和数据部分的可靠性。

⑧紧急:指明段中包含紧急信息,只有当 URG 标志置 1 时紧急指针才有效。

⑨选项:指定了公认的段大小,时间戳,选项字段的末端,以及指定了选项字段的边界选项。

（3）TCP 的连接与释放

TCP 的连接建立过程我们可以称为 TCP 三次握手。首先发送方主机向接收方主机发起一个建立连接的同步（SYN）请求，其中包含连接的初始序列号 x 和一个窗口大小（表示客户端上用来存储从服务器发送来的传入段的缓冲区的大小）；接收方主机在收到这个请求后向发送方主机回复一个同步/确认（SYN/ACK）应答，其中包含它选择的初始序列号 y、对客户端的序列号的确认 $x+1$ 和一个窗口大小（表示服务器上用来存储从客户端发来的传入段的缓冲区的大小）；客户端接收到服务器端返回的 SYN + ACK 报文后，向服务器端返回一个确认号 $y+1$ 和序号 $x+1$ 的 ACK 报文，一个标准的 TCP 连接完成。如图 2.16 所示。

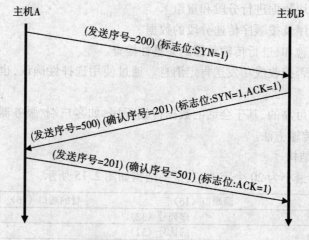

图 2.16　TCP 建立连接的过程

一旦初始的三次握手完成，在发送和接收主机之间将按顺序发送和确认段。关闭连接之前，TCP 使用类似的握手过程验证两个主机是否都完成发送和接收全部数据。TCP 工作过程比较复杂，具体如下：

①TCP 连接关闭：发送方主机和目的主机建立 TCP 连接并完成数据传输后，会发送一个将结束标记置 1 的数据包，以关闭这个 TCP 连接，并同时释放该连接占用的缓冲区空间。

②TCP 重置：TCP 允许在传输的过程中突然中断连接。

③TCP 数据排序和确认：在传输的过程中使用序列号和确认号来跟踪数据的接收情况。

④TCP 重传：在 TCP 的传输过程中，如果在重传超时时间内没有收到接收方主机对某数据包的确认回复，发送方主机就认为此数据包丢失，并再次发送这个数据包给接收方。

⑤TCP 延迟确认：TCP 并不总是在接收到数据后立即对其进行确认，它允许主机在接收数据的同时发送自己的确认信息给对方。

⑥TCP 数据保护（校验和）：TCP 是可靠传输的协议，它提供校验和计算来实现数据在传输过程中的完整性。

4. UDP 协议

UDP(User Datagram Protocol)是用户数据包协议,它是 OSI 参考模型中一种无连接的传输层协议,该服务对消息中传输的数据提供不可靠的、最大努力传送。这意味着它不保证数据报的到达,也不保证所传送数据包的顺序是否正确,它是 IETF RFC 768 是 UDP 的正式规范。

UDP 是一个无连接协议,传输数据之前源端和终端不建立连接,当它想传送时就简单地去抓取来自应用程序的数据,并尽可能快地把它扔到网络上。在发送端,UDP 传送数据的速度仅仅是受应用程序生成数据的速度、计算机的能力和传输带宽的限制;在接收端,UDP 把每个消息段放在队列中,应用程序每次从队列中读一个消息段。

UDP 是一个不可靠的协议,但它是分发信息的一个理想协议。例如,在屏幕上报告股票市场,在屏幕上显示航空信息等。UDP 也用在路由信息协议 RIP(Routing Information Protocol)中修改路由表。在这些应用场合下,如果有一个消息丢失,在几秒之后另一个新的消息就会替换它。UDP 广泛用在多媒体应用中,例如,Progressive Networks 公司开发的 RealAudio 软件,它是在因特网上把预先录制的或者现场音乐实时传送给客户机的一种软件,该软件使用的 RealAudio audio – on – demand protocol 协议就是运行在 UDP 之上的协议,大多数因特网电话软件产品也都运行在 UDP 之上。

(1)UDP 报头结构

UDP 报头结构如图 2.17 所示。

①源、目的端口:作用与 TCP 数据段中的端口号字段相同,用来标识源端和目标端的应用进程。

②用户数据包的长度:标明 UDP 头部和 UDP 数据的总长度字节。

源端口	目的端口
用户数据包的长度	校验和
数据	

图 2.17　UDP 报头结构

③校验和:用来对 UDP 头部和 UDP 数据进行校验。对 UDP 来说,此字段是可选项的,这与 TCP 不同,TCP 数据段中的校验和字段是必须有的。

(2)TCP 和 UDP 端口号

TCP 和 UDP 都是 IP 层的传输协议,是 IP 与上层之间的处理接口。TCP 和 UDP 端口号被设计来区分运行在单个设备上的多重应用程序的 IP 地址。由于同一台计算机上可能会运行多个网络应用程序,所以计算机需要确保目标计算机上接收源主机数据包的软件应用程序的正确性,以及响应能够被发送到源主机的正确应用程序上,该过程正是通过使用 TCP 或 UDP 端口号来实现的。

在 TCP 和 UDP 头部分,有"源端口"和"目标端口"段,主要用于显示发送和接收过程中的身份识别信息。IP 地址和端口号合在一起被称为"套接字"。TCP 端口比较复杂,其工作方式与 UDP 端口不同。UDP 端口对于基于 UDP 的通信作为单一消息队列和网络端点来操作,而所有 TCP 通信的终点都是唯一的连接。每个 TCP 连接由两个端点唯一识别。由于所有 TCP 连接由两对 IP 地址和 TCP 端口唯一识别(每个所连主机都有一个地址/端口对),因此每个 TCP 服务器端口都能提供对多个连接的共享访问,如图 2.18 所示。

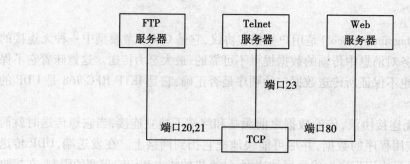

图 2.18　TCP 程序使用保留或已知的端口号

IETF IANA 定义了 3 种端口组:公认端口(Well Known Ports),从 0~1 023;注册端口(Registered Ports),从 1 024~49 151;动态和/或专用端口(Dynamic and/or Private Ports),从 49 152~65 535。

所有小于 1 024(当然,也有一些更高的数)的 TCP 服务器端口号都是 Internet 号码指派机构(IANA)保留和注册的。

要使用 UDP,应用程序必须提供源和目标应用程序的 IP 地址和 UDP 端口号。尽管某些 UDP 端口和 TCP 端口使用相同的编号,但这两种端口是截然不同且相互独立的。与 TCP 端口一样,1 024 以下的 UDP 端口号是由 IANA 分配的端口。表 2.1 列出了一些常用的 UDP 端口。

表 2.1　UDP 常见端口号

UDP 端口号	描　　述
53	DNS 名称查询
69	TFTP 简单文件传输协议
137	NetBIOS 名称服务
138	NetBIOS 数据报服务
161	简单网络管理协议(SNMP)
520	路由信息协议(RIP)

UDP 是一种不可靠的网络协议,那么为什么我们还要使用它呢? 在有些情况下 UDP 可能会变得非常有用,因为 UDP 具有 TCP 所望尘莫及的速度优势。虽然 TCP 中具有各种安全保障功能,但是在实际执行的过程中会占用大量的系统开销,这样就会影响到系统的运行速度。相反 UDP 由于放弃了信息可靠传递机制,将安全和排序等功能移交给上层应用来完成,这样便极大地降低了系统执行时间,使速度得到了保证。

5. FTP 协议

FTP(File Transfer Protocol)是文件传输协议,可简称为"文传协议",用于 Internet 上的控制文件的双向传输,它也是一个应用程序(Application)。用户可以通过它把自己的 PC 机与世界各地所有运行 FTP 协议的服务器相连,访问服务器上的大量程序和信息。FTP 的主要作用,就是让用户连接上一个远程计算机(这些计算机上运行着 FTP 服务器程序)察看远程计算机有哪些文件,然后把文件从远程计算机上拷到本地计算机,或把本地计算机的文件送到远程计算机去。

一般来说,用户联网的首要目的就是实现信息共享,文件传输是信息共享中非常重要的一项。早期 Internet 上实现传输文件,是一件很不容易的事,大家知道 Internet 是非常复杂的,连接在 Internet 上的计算机有成千上万台,而这些计算机运行操作系统可能不同,有运行 Unix 的服务器,也有运行 Dos、Windows 的 PC 机和运行 MacOS 的苹果机等,而各种操作系统之间的文件交流问题,需要建立一个统一的文件传输协议,这就是所谓的FTP。基于不同的操作系统有不同的 FTP 应用程序,而所有这些应用程序都遵守同一种协议,这样用户就可以把自己的文件传送给别人,或者从其他的用户环境中获得文件。

2.5　OSI 参考模型和 TCP/IP 参考模型的比较

OSI 参考模型与 TCP/IP 协议作为两个为了完成相同任务的协议体系结构,因此二者有比较紧密的关系,下面我们从以下几个方面逐一比较它们之间的联系与区别。

1. 分层结构

OSI 参考模型与 TCP/IP 协议都采用了分层结构,都是基于独立的协议栈的概念。OSI 参考模型有 7 层,而 TCP/IP 协议只有 4 层,即 TCP/IP 协议没有表示层和会话层,并且把数据链路层和物理层合并为网络接口层。不过,二者的分层之间有一定的对应关系,如图 2.19 所示。

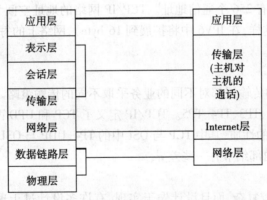

图 2.19　OSI 参考模型和 TCP/IP 参考模型对比

2. 标准的特色

OSI 参考模型的标准最早是由 ISO 和 CCITT(ITU 的前身)制定的,有浓厚的通信背景,因此也打上了深厚的通信系统的特色,比如对服务质量(QoS)、差错率的保证,只考虑了面向连接的服务,并且是先定义一套功能完整的构架,再根据该构架来发展相应的协议与系统。

TCP/IP 协议产生于对 Internet 网络的研究与实践中,是针对实际需求而制定的,再由IAB、IETF 等组织标准化,而并不是之前定义一个严谨的框架,而且 TCP/IP 最早是在UNIX 系统中实现的,考虑了计算机网络的特点,比较适合计算机实现和使用。

OSI 参考模型明确了 3 个主要概念:服务、接口和协议。一个对象有一组方法,该对象外部的进程可以使用它们,这些方法的语义定义该对象提供的服务,方法的参数和结果就是对象的接口,对象内部的代码实现它的协议。当然,这些代码在该对象外部是不可见的。而 TCP/IP 参考模型最初没有明确区分服务、接口和协议。因此可以说,OSI 参考模型中的协议比 TCP/IP 参考模型中的协议具有更好的面向对象的特性,在技术发生变化时,能够比较容易地进行替换和更新。

TCP/IP 参考模型由于没有明确区分服务、接口和协议的概念,对于使用新技术设计新网络来说,这种参考模型就会遇到许多问题。另外,TCP/IP 参考模型不是通用的,不适合描述该模型以外的其他协议栈。

3. 连接服务

TCP/IP 参考模型比 OSI 参考模型更注重面向无连接的服务。TCP/IP 从开始就同时兼顾了对面向连接和无连接两种服务,而 OSI 在开始时只强调面向连接服务,经过相当长的一段时间之后,OSI 才开始制定无连接服务的相关标准。例如,OSI 参考模型在传输层仅支持面向连接的通信方式,而 TCP/IP 参考模型在该层支持面向连接和无连接两种通信方式,供用户选择。这对简单的请求/应答协议是十分重要的。

4. 寻址方式

OSI 的网络层基本与 TCP/IP 的网际层对应,二者的功能也基本相似,但是寻址方式有较大的区别。OSI 的地址空间为不固定的可变长,由选定的地址命名方式决定,最长可达 160 byte,可以容纳非常大的网络,因而具有较大的扩展空间。根据 OSI 的规定,网络上每个系统至多可以有 256 个通信地址。TCP/IP 网络的地址空间为固定的 4 byte(在目前常用的 IPV4 中是这样,在 IPV6 中将扩展到 16 byte),网络上的每一个系统至少有一个唯一的地址与之对应。

5. 传输服务

OSI 与 TCP/IP 的传输层都对不同的业务采取不同的传输策略。OSI 定义了 5 个不同层次的服务:TP1、TP2、TP3、TP4、TP5。TCP/IP 定义了 TCP 和 UPD 两种协议,分别具有面向连接和面向无连接的性质,其中 TCP 与 OSI 中的 TP4、UDP 与 OSI 中的 TP0 在构架和功能上大体相同,只是内部细节有一些差异。

6. 应用范围

OSI 由于体系比较复杂,而且设计先于实现,有许多设计过于理想且繁琐,不太方便计算机软件实现,因而完全实现 OSI 参考模型的系统并不多,应用的范围有限。而 TCP/IP 协议最早在计算机系统中实现,在 UNIX、Windows 平台中都有稳定的实现,并且提供了简单方便的编程接口(API),可以在其上开发出丰富的应用程序,因此得到了广泛的应用。TCP/IP 协议已成为目前网际互联事实上的国际标准和工业标准。

2.6 OSI 参考模型与 TCP/IP 协议的发展趋势

从以上的比较可以看出,OSI 参考模型和 TCP/IP 协议大致相似,也各具特色。虽然 TCP/IP 在目前的应用中占了统治地位,在下一代网络(NGN)中也有强大的发展潜力,甚至有人提出了"Everything is IP"的预言。但是 OSI 作为一个完整、严谨的体系结构,也有它的生存空间,它的设计思想在许多系统中得以借鉴,同时随着它的逐步改进,必将得到更广泛的应用。

　　TCP/IP 目前面临的主要问题有地址空间问题、QoS 问题、安全问题等。地址空间问题有望随着 IPV6 的引入而得到解决，QoS、安全保证也正在研究，并取得了不少的成果。因此，TCP/IP 在一段时期内还将保持它强大的生命力。

　　OSI 的确定在于太理想化，不易适应变化与实现，因此，它在这些方面做出适当的调整，也将会迎来自己的发展机会。

第 3 章
现代通信网及数据交换技术

3.1 交换技术概述

交换是一种集中和转接的概念。广域网分布范围广,用户众多,网络拓扑结构复杂。多个用户之间的通信,如果采用点对点直接连接的方式,网络规模大,费用高,线路利用率低。采用交换方式,利用集中和转接的概念,通过选择和复用技术,可以提高线路资源的利用率,简化网络拓扑结构,降低网络成本。

数据交换技术是实现地区、省、国家乃至全球数据通信必须依靠的技术,这种技术可把数据信号从一个节点传向另一个节点,直至到达目的地。网络中常使用的交换技术有电路交换和存储转发交换。存储转发交换包括报文交换和分组交换。由于电路交换的电路利用率不高,而报文交换实时性又不好,因此现有的公用数据交换网都采用分组交换技术。下面对各种交换技术的工作原理进行详细介绍。

3.2 交换基本原理

3.2.1 电路交换原理

电路交换是一种传统且简单的交换方式,在数据传输之前,首先必须在信道和信宿之间建立一条物理信道,完成线路连接之后,信源和信宿之间就好像被一条专用的物理线路连接起来,在通信过程中自始至终使用该条链路进行信息传输,并且该链路只被信源和信宿独占,不允许其他计算机或终端同时共享该链路。

电路交换属于电路资源预分配系统,即在一次接续中,电路资源预先分配给一对用户固定使用,不管电路上是否有数据传输,电路一直被占用着,直到通信双方要求拆除电路连接为止。

1. 电路交换的原理

（1）链路建立

在传输任何数据之前,先经过呼叫过程建立一条端到端的连接。如图 3.1 所示,若 H1 站要与 H3 站连接,典型的做法是:H1 站先向与其相连的 A 节点提出请求,然后 A 节点在通向 C 节点的路径中找到下一个支路。比如 A 节点选择经 B 节点的电路,在此电路上分配一个未用的通道,并告诉 B 它还要连接 C 节点;B 再呼叫 C,建立电路 BC,最后,节点 C 完成到 H3 站的连接。这样 A 与 C 之间就有一条专用电路 ABC,用于 H1 站与 H3 站之间的数据传输。

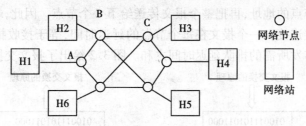

图 3.1　交换网络的拓扑结构

（2）数据传输

电路 ABC 建立以后,数据就可以从 A 发送到 B,再由 B 交换到 C;C 也可以经 B 向 A 发送数据。在整个数据传输过程中,所建立的电路必须始终保持连接状态。

（3）释放链路

数据传输结束后,由某一方（A 或 C）发出释放连接请求,然后逐节拆除直到对方节点。

2. 电路交换技术的优缺点

电路交换技术具有如下优点:

①由于通信线路为通信双方用户专用,数据直达,所以传输数据的时延非常小。

②通信双方之间的物理通路一旦建立,双方可以随时通信,实时性强。

③双方通信时按发送顺序传送数据,不存在失序问题。

④电路交换既适用于传输模拟信号,也适用于传输数字信号。

⑤电路交换的交换设备（交换机等）及控制均较简单。

电路交换技术具有如下缺点:

①电路交换的平均连接建立时间对计算机通信来说太长。

②电路交换连接建立后,物理通路被通信双方独占,即使通信线路空闲,也不能供其他用户使用,因而信道利用率低。

③电路交换时,数据直达,因此不同速率的终端很难相互进行通信,也难以在通信过程中进行差错控制。

3.2.2　报文交换原理

报文交换（Message Switching）属于存储转发交换,与电路交换的原理不同,不需要提供通信双方的物理连接,而是将所接收的报文暂时存储。报文中除了用户要传送的信息以外,还有目的地址和源地址。公用电信网的电报自动交换是报文交换的典型应用,有的专用数据网也采用报文交换方式。

1. 报文交换的原理

报文交换方式的数据传输单位是报文,报文就是站点一次性要发送的数据块,其长度不限且可变。当一个站要发送报文时,不需要预先建立连接,它将目的地址附加到报文上,网络节点根据报文上的目的地址信息进行路由选择,把报文发送到下一个节点,一直转送到目的节点。

具体地说,每个节点在收到整个报文并检查无误后,就暂存这个报文,然后利用路由信息找出下一个节点的地址,再把整个报文传送给下一个节点。因此,端与端之间不需要预先通过呼叫建立连接。一个报文在每个节点的延迟时间,等于接收报文所需的时间加上向下一个节点转发所需的排队延迟时间之和。图3.2给出了报文交换的原理。

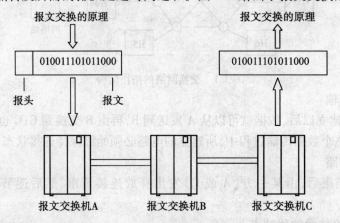

图 3.2　报文交换的原理图

2. 报文交换的优缺点

报文交换具有如下优点:

①报文交换不需要为通信双方预先建立一条专用的通信线路,不存在连接建立时延,用户可随时发送报文。

②采用存储转发的传输方式。存储转发带来了很多好处:第一,在报文交换中便于设置代码检验和数据重发设施,再加上交换节点还具有路径选择,就可以做到某条传输路径发生故障时,重新选择另一条路径传输数据,提高了传输的可靠性。第二,在存储转发中容易实现代码转换和速率匹配,甚至收发双方可以不同时处于可用状态,这样就便于类型、规格和速度不同的计算机之间进行通信。第三,提供多目标服务,即一个报文可以同时发送到多个目的地址,这在电路交换中是很难实现的。第四,允许建立数据传输的优先级,使优先级高的报文优先转换。

③通信双方不是固定占有一条通信线路,而是在不同的时间一段一段地部分占有这条物理通路,因而大大提高了通信线路的利用率。

报文交换具有如下缺点:

①由于数据进入交换节点后要经历存储、转发这一过程,从而引起转发时延(包括接收报文、检验正确性、排队、发送时间等),而且网络的通信量越大,造成的时延就越大,因此报文交换的实时性差,不适合传送实时或交互式业务的数据。

②报文交换只适用于数字信号。

③由于报文长度没有限制,而每个中间节点都要完整地接收传来的整个报文,当输出线路不空闲时,还可能要存储几个完整报文等待转发,所以要求网络中每个节点有较大的缓冲区。为了降低成本,减少节点的缓冲存储器的容量,有时要把等待转发的报文存在磁

盘上,这样又加大了传送时延。

3.2.3　分组交换原理

　　分组交换仍采用存储转发传输方式,但将一个长报文分割成若干段,每一段叫一个分组。每个分组的长度有一个上限,然后把每个分组(携带源、目的地址和编号信息)作为一个独立体发送出去。分组交换是报文交换的一种改进,有限长度的分组使得每个节点所需的存储能力降低了,分组可以存储到内存中,提高了交换速度。它适用于交互式通信,如终端与主机通信。分组交换有虚电路分组交换和数据报分组交换两种,它是计算机网络中使用最广泛的一种交换技术。

　　分组交换包括虚电路分组交换与数据报分组交换,如图 3.3 所示。

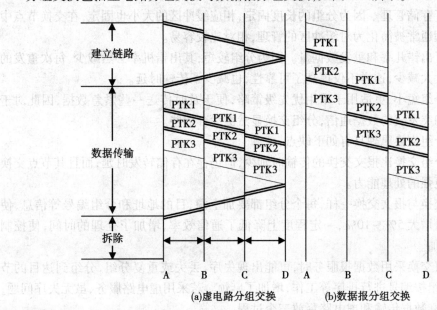

图 3.3　分组交换

1. 虚电路分组交换原理

　　如图 3.3(a)所示,在虚电路分组交换中,网络的源节点和目的节点之间在传输数据之前,要先建一条逻辑通路,每个分组除了包含数据之外还包含一个虚电路标识符,在预先建好的通路上传输到目的节点,数据在通路中的每个节点上都不再需要进行路由选择;最后,由某一个站用清除请求分组来结束这次连接。因为这条预先建立的电路不是专用的,所以它是一条虚拟的通路。

　　虚电路分组交换的主要特点是:在数据传送之前必须通过虚呼叫设置一条虚电路。但并不像电路交换那样有一条专用通路,分组在每个节点上仍然需要缓冲,并在线路上进行排队等待输出。

2. 数据报分组交换原理

　　在数据报分组交换中,每个分组的传送是被单独处理的,它是一种面向无连接的数据传输方式,工作过程类似于报文交换。每个分组自身携带足够的地址信息。一个节点收到一个数据报后,根据数据报中的地址信息和节点所储存的路由信息,找出一个合适的出路,把分组原样地发送到下一节点。由于各分组所走的路径不一定相同,因此不能保证这些分组按发端的顺序到达目的地,所以在目的节点要重新排序。整个过程中,没有虚电路建立,但要为每个分组都做路由选择。因此,数据报分组交换方式的传输延时较大,不适合于大量的、实时的交互通信。

数据报分组交换原理具有如下优点:

①加速了数据在网络中的传输。因为分组是逐个传输,可以使后一个分组的存储操作与前一个分组的转发操作并行,这种流水线式传输方式减少了报文的传输时间。此外,传输一个分组所需的缓冲区比传输一份报文所需的缓冲区小得多,这样因缓冲区不足而等待发送的几率及等待的时间也必然少得多。

②简化了存储管理。因为分组的长度固定,相应缓冲区的大小也固定,在交换节点中存储器的管理通常被简化为对缓冲区的管理,相对比较容易。

③减少了出错几率和重发数据量。因为分组较短,其出错机率必然减少,每次重发的数据量也就大大减少,这样不仅提高了可靠性,也减少了传输时延。

④由于分组短小,更适用于采用优先级策略,便于及时传送一些紧急数据,因此对于计算机之间的突发式的数据通信,分组交换显然更为合适些。

数据报分组交换原理具有如下缺点:

①尽管分组交换比报文交换的传输时延少,但仍存在存储转发时延,而且其节点交换机必须具有更强的处理能力。

②分组交换与报文交换一样,每个分组都要加上源、目的地址和分组编号等信息,使传送的信息量增大 5% ~ 10%,一定程度上降低了通信效率,增加了处理的时间,使控制复杂,时延增加。

③当分组交换采用数据报服务时,可能出现失序、丢失或重复分组,分组到达目的节点时,要对分组按编号进行排序等工作,增加了麻烦。若采用虚电路服务,虽无失序问题,但有呼叫建立、数据传输和虚电路释放三个过程。

总之,若要传送的数据量很大,且其传送时间远大于呼叫时间,则采用电路交换较为合适;当端到端的通路有很多段的链路组成时,采用分组交换传送数据较为合适。从提高整个网络的信道利用率上看,报文交换和分组交换优于电路交换,其中分组交换比报文交换的时延小,尤其适合于计算机之间的突发式的数据通信。

3.2.4　电路交换与分组交换的比较

电路交换方式是指两个用户在相互通信时使用一条实际的物理链路,在通信过程中自始至终使用该条链路进行信息传输,并且链路始终被收发双方独占,同时,中间的交换节点没有存储功能,所以收发双方速率必须相同。

报文交换是利用存储—转发的方式进行交换的,不需要预先建立链路,而且中间的转发节点有存储功能,所以收发双方速率不必相同。

从提高整个网络的信道利用率上看,报文交换和分组交换优于电路交换,其中分组交换比报文交换的时延小,尤其适合于计算机之间的突发式的数据通信。

3.3 现代通信网简介

由于科学技术的不断进步,各种通信功能部件层出不穷,由此构成了不同的通信网,完成不同的通信业务功能。但是,抛开具体的业务功能,抽取其核心的东西不难看出,现代通信网中的通信系统基本构成是一致的,如图3.4所示。

图 3.4 通信系统基本模型示意图

从图中可以看出,一个通信系统主要包括:信源、变换器、信道、噪声、反变换器和信宿6部分。现代通信网按通信的业务类型分类,可以分为数据通信网、电话通信网和综合业务数字网等。

3.3.1 数据通信网

在我国,提供数据通信业务和增值数据通信业务的基础网络有3种,即公用分组交换数据网、公用数字数据网和公用帧中继宽带业务网。

1. 公用分组交换数据网

(1)分组交换数据网的概念

分组交换数据网(PSDN)简称为分组交换网,也称为分组交换公用数据网(PSPDN),它以分组交换方式工作,向用户提供数据传输业务。

(2)公用分组交换网的主要特点

①分组网采用统计复用技术,传输的数据带宽由多个用户共享,可提高网络资源的利用率,降低通信成本;

②分组网具有一套严密的检验纠错、流量控制协议,在通信网络的基础较差、传输线路比特差错率较高的情况下,采用 X.25 协议可以有效地保证用户信息的可靠传送。但因此而增加了的网络开销,限制了传输速率,信息的传送时延较长;

③分组交换机的承载能力有限,可接纳的用户入网速率较低。

分组网适合于为接入速率较低(64 kb/s 以下),只传送数据,不传送语音及图像,业务量少而且具有一定突发性的终端用户提供业务。分组网上提供永久虚电路(PVC)和交换虚电路(SVC)基本业务;支持电子邮件、电子数据交换、传真存储转发等增值业务以及Internet业务。

目前,低、中速用户终端的数据通信业务是分组网的主要市场,例如,各个商业网点的商业收款机、银行的自动取款机、宾馆饭店的低速终端设备和农村信用社的计算机等设备间的网络互联。这些用户的接入速率较低,而且大多不是长时间占用线路,业务量具有一定突发性,分组网按信息量收费,对他们来说是一种十分经济的通信手段。另外,分组网能保证用户信息的可靠传送,非常适合金融、财会、贸易等部门的用户使用。

在一些边远地区,由于线路传输质量不高,分组网协议的检验纠错、反馈重发机制可以有效地保证信息的传送质量,分组网业务在这些地区也受到用户的欢迎。

(3)分组交换网的构成

公用分组交换网的基本组成如图3.5所示,它由分组交换机PS、分组集中器PCE、网络管理中心NMC、终端和数据传输设备及相关协议组成。

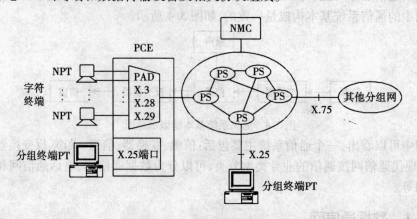

图 3.5 分组交换网的组成

PS—分组交换机;NMC—网络管理中心;PCE—分组集中器;PAD—分组拆装设备

分组交换机是分组交换网的核心,其基本功能是对数据分组进行存储转发交换,实现数据终端设备(DTE)与交换机之间的接口协议(如 X.25)以及交换机和交换机之间的接口协议(如 X.75),并与网管中心协同完成路由选择、计费、流量控制、差错控制等功能。与电话网相比较,X.25 协议和 X.75 协议的基本作用类似于用户信令和局间信令。分组交换机可分为转接交换机和本地交换机两种,转接交换机主要用于骨干网中,多用来实现交换机和交换机之间的互联,因而具有通信容量大(一般每秒可处理上万个分组)、线路端口多(可多达数千个端口)、能进行路由选择的特点。本地交换机主要完成与用户终端接口,通常只和某一个转接交换机相连接。因此,其通信容量较小,线路端口较少,一般只具有数十个线路端口,每秒可处理数百或上千个分组。此外,本地交换机可以只具备局部交换能力,而无需具有路由选择功能。

分组拆装设备(PAD)的主要功能是把普通字符终端的非分组格式转换为分组格式,把各终端的字符数据组装成分组数据,并通过复用技术将所组成的各用户终端的数据分组在同一条物理链路上传送给交换机。或者反之,将来自交换机的分组数据转换成普通字符格式数据后传送给相应的用户终端。一台分组装拆设备一般都可以链接多个用户终端。

网络管理中心是管理分组交换网的工具,用以保证全网有效协调的运行,更好地发挥网络性能,并在部分通信线路及交换机发生故障导致性能稍稍降低的条件下,仍能正常运行。网管中心的主要功能是收集全网信息,如线路或交换机的故障信息、网络拥塞信息、大量分组丢失及通信状况异常信息、通信时长及通信量等计费信息等。利用这些收集的信息,可以为调整网络结构及交换机、通信的容量配置提供必要的数据。此外,网管中心还能和节点交换机共同协调实现路由选择、拥塞控制等功能,并能通过网络对节点交换机进行软件的装载和修改。一般全网只设一个网管中心,但也可以按照区域划分或功能分担的方式设置多个网管中心。

分组集中器又称用户集中器,大多是既有交换功能又有集中功能的设备。其作用类似于本地交换机,通常含有分组装拆功能,一般只能与一个分组交换机相连接。使用集中器可以将多个低速的用户终端进行集中,用一条或两条高速的中继线路与节点机相连,这样可以大大节省线路投资,提高线路利用率。

(4)分组交换网的基本业务

①交换型虚电路(SVC)。用户通信时,通过呼叫建立虚电路,通信结束后释放虚电路。交换型虚电路使用灵活,每次均可以与不同的用户建立虚电路,通信费与通信量有关。CHINAPAC 可以为用户开放多条虚电路。

②永久型虚电路(PVC)。永久型虚电路类似于固定专线,由用户申请时提出,电信部门固定做好,用户一开机即固定建立起电路,不需每次通信时临时建立和释放虚电路,使用于点对点固定连接的用户使用。

(5)X.25 协议

X.25 协议标准和 OSI 的数据链路层、物理层相对应。它用在分组交换网络中,在X.25 网络中有许多中间设备,但是这些中间设备因为需要可能变化很快,因此无法确定固定的东西。早期的 X.25 网络工作在电话线上,电话线这个介质可靠性不好,因此 X.25有一套复杂的差错处理及重发机制,这样 X.25 的运行速度就会慢一些。今天的 X.25 网络定义在同步分组模式主机或其他设备和公共数据网络之间的接口,这个接口实际上是数据终端设备(DTE)和数据电路端接设备(DCE)之间的接口。X.25 协议集有 3 层,与OSI 模型的低 3 层相关联。

①物理层:描述物理环境接口。该组包括 3 种协议:i. X.21 接口运行于 8 个交换电路上;ii. X.21bis 定义模拟接口,允许模拟电路访问数字电路交换网络;iii. V.24 使得 DTE能在租用模拟电路上运行以连接到包交换节点或集中器。

②数据链路层:负责 DTE 和 DCE 之间的可靠数据传输。包括 4 种协议:i. LAPB 源自 HDLC,具有 HDLC 的所有特征,使用较为普遍,能够形成逻辑链路连接;ii. 链路访问协议(LAP)是 LAPB 协议的前身,现在几乎不被使用;iii. LAPD 源自 LAPB,用于 ISDN,在 D信道上完成 DTE,特别是在 DTE 和 ISDN 节点之间的数据传输;iv. 逻辑链路控制(LLC)一种 IEEE802LAN 协议,使得 X.25 数据包能在 LAN 信道上传输。

③分组层(PLP)协议:描述网络层(第三层)中分组交换网络的数据传输协议。分组层负责虚电路上 DTE 设备之间的分组交换,同时该层能在 LAN 和正在运行 LAPD 的ISDN接口上运行逻辑链路控制(LLC)。分组层可以实现 5 种不同的操作方式:呼叫建立(call setup)、数据传送(data transfer)、闲置(idle)、呼叫清除(call clearing)和重启(restarting)。

2. 公用数字数据网

数字数据网(DDN)是为用户提供专用的中高速数字数据传输信道,以便用户用它来组织自己的计算机通信网,当然也可以用它来传输压缩的数字话音或传真信号。数字数据电路包括用户线路在内,主要是由数字传输方式进行的,它不同于模拟线路,也就是以频分复用(FDM)方式传输多路载波电话电路。传统的模拟话路一般只能提供 2 400 ~ 96 b/s的速率,最高能达 14.4 ~ 28.8 kb/s 的速率。而数字数据电路一个话路可为 64 kb/s,如果将多个话路集合在一起可达 $n \times 64$ kb/s,因此数字数据网就是为用户提供点对点、点对多点的中、高速电路,其速率有 2.4 kb/s、4.8 kb/s、9.6 kb/s、19.2 kb/s、64 kb/s、$n \times 64$ kb/s 及2 Mb/s。

数字数据网与传统的模拟数据网相比具有以下优点:

①传输质量好。一般模拟信道的误码率为 1×10^{-5} ~ 1×10^{-6},并且质量随着距离和转接次数的增加而下降,而数字传输则是分段再生不产生噪音积累,通常光缆的误码率会优于 1×10^{-8} 以上。

②利用率高。一条脉冲编码调制(PCM)数字话路的典型速率为 64 kb/s,用于传输数据时,实际可用达 48 kb/s 或 56 kb/s,通过同步复用可以传输 5 个 9.6 kb/s 或更多的低速数据电路,而一条 300 ~ 3 400 Hz 标准的模拟话路通常只能传输 9.6 kb/s 速率,即使采用复杂的调制解调器(MODEM)也只能达到 14.4 kb/s 和 28.8 kb/s。

③不需要价格昂贵的调制解调器。对用户而言,只需一种功能简单的基带传输的调制解调器,价格只有 1/3 左右。

一个数字数据网主要由 4 部分组成:

①本地传输系统,指从终端用户至数字数据网的本地局之间的传输系统,即用户线路,一般采用普通的市话用户线,也可使用电话线上复用的数据设备(DOV)。

②交叉连接和复用系统,复用是将低于 64 kb/s 的多个用户的数据流按时分复用的原理复合成 64 kb/s 的集合数据信号,通常称为零次群信号(DS0),然后再将多个 DS0 信号按数字通信系统的体系结构进一步复用成一次群,即 2.048 Mb/s 或更高次信号。交叉连接是将符号一定格式的用户数据信号与零次群复用器的输入或者将一个复用器的输出与另一复用器的输入交叉连接起来,实现半永久性的固定连接,如何交叉由网管中心的操作员实施。

③局间传输及同步时钟系统,局间传输多数采用已有的数字信道来实现,在一个 DDN 网内各节点间的时钟同步极为重要。通常采用数字通信网的全网同步时钟系统,例如,采用铯原子钟,其精度可达 $n \times 10^{-12}$,下接若干个铷钟,其精度应与母钟一致。也可采用多用多卫星覆盖的全球定位系统(GPS)来实施。

④网路管理系统,无论是全国骨干网,还是一个地区网应设网络管理中心,对网上的传输通道,用户参数的增删改、监测、维护与调度实行集中管理。

3. 公用帧中继宽带业务网

帧中继是在用户 – 网络接口之间提供用户信息流的双向传送,并保持信息顺序不变的一种承载业务。帧中继网的组网方式有两种:采用纯帧中继技术组建的网络和基于异步传输模式(ATM)平台的帧中继网络。在后一种方式下,帧中继作为 ATM 平台上的一种业务而构成帧中继网。

无论采用哪一种方式组网,帧中继技术本身具有如下特点:

①同分组网一样,帧中继也采用统计复用、动态分配数据带宽的技术来提高线路利用率。

②帧中继采用简化的通信协议,网络在信息处理上只是检错,并不纠错,发现出错帧就丢弃,减轻了网络交换机的处理负担,提高了处理效率,降低了网络数据传送时延。

③通信时与用户约定了一个承诺的信息速率(CIR),按照 CIR 计费,保证低于 CIR 的用户信息的传送,同时允许用户传送高于 CIR 的突发性数据(这部分信息传送不收费,网络空闲时传送,拥塞时丢弃)。

④帧中继的帧长较长(可达 4 096 字节),在传送较长(1 500 字节)的局域网数据信息帧时效率较高。

组网帧中继网络,应特别注意网络可扩展性、互联性和灵活性。可扩展性是指网络的容量(包括节点数量、中继线数量的扩展能力)和用户端口的增加(包括各种速率的端口配置能力)。灵活性是指帧中继网络对各种数据型应用的支持能力,用户速率的可变化性和用户的接入能力。而互连性是指帧中继网络应该能够与其他网络互通,包括设备和业务的互通。在互连能力方面要求不同厂家的设备应在统一标准的情况下能够互连工作。

帧中继网适合于为接入速率为 64 kbit/s ~ 2 Mbit/s、业务量大且具有突发性特点的用户提供业务。帧中继网可以提供永久虚电路(PVC)、交换虚电路(SVC)两种基本业务;帧中继网可以支持局域网互联、虚拟专用网、大型文件传送、静态图像传送、Internet 等用户业务及应用。

帧中继业务刚刚起步,主要的服务对象是接入速率在 64 kbit/s ~ 2 Mbit/s 的局域网用户,比如总部和分支机构分散在各地的公司、企业、事业单位,这些用户通过帧中继帧拆装设备(FRAD)、路由器经专线接入网络,通过帧中继的永久虚电路实现局域网之间的互联。另外,在综合业务数字网(ISDN)业务开通以后,通过 ISDN 拨号接入帧中继网的用户也会成为帧中继网的主要服务对象。

3.3.2　电话通信网

1. 电话通信网的概念

电话通信网是进行交互型话音通信,开放电话业务的电信网,简称电话。它是一种电信业务量最大,服务面积最广的专业网,可兼容其他许多种非话业务网,是电信网的基本形式和基础,包括本地电话网、长途电话网和国际电话网。

本地电话网简称本地网,指在同一个长途编号区范围内,由若干个端局,或者由若干个端局和汇接局及居间中继线、用户线和话机终端等组成的电话网。本地网用来疏通本长途编号区范围内任何用户间的电话呼叫和长途发话、来话业务。

长途电话网简称长途网,在不同长途编号区之间由长途交换中心和长市中继、长途电路组成,用来疏通各个本地网之间的电话业务。国际电话网是由各国的长途网互联而成。

2. 电话通信网的构成

根据电话通信的需求,电话通信网通常由用户终端(电话机)、通信信道、交换机、路由器及附属设备等构成。

用户终端(电话机)是电话通信网构成的基本要素,主要完成通信过程中电、声和声、电转换任务,为通信用户所拥有。

交换机是电话通信网构成的核心部件,完成语音信息的交换功能,给用户提供自由选取通信对象的方便。交换机为通信服务部门所拥有。

通信信道是电话通信网构成的主要部分,在电话通信网中为信息的流通提供合适的通路,同样为通信服务部门所拥有。

路由器及附属设备是为了扩充电话通信网功能或提高电话通信网性能而配置的。

3. 电话通信网的分类

电话通信网从各个不同的角度出发,有各种不同的分类,常见的有如下分类:

(1)按通信传输手段分:可分为有线电话通信网、无线电话通信网和卫星电话通信网等。

(2)按通信服务区域分:可分为农话网、市话网、长话网和国际网等。

(3)按通信服务对象分:可分为公用电话通信网、保密电话通信网和军用电话通信网等。

(4)按通信传输处理信号形式分:可分为模拟电话通信网和数字电话通信网等。

(5)按通信活动方式分:可分为固定电话通信网和移动电话通信网等。

3.3.3　综合业务数字网(ISDN)

1. 综合业务数字网的概念

ISDN 是以电话综合数字网为基础发展而成的网,它提供用户端对端的数字连接,用来提供包括语音和非语音业务在内的多种业务。用户能够通过一组标准多用途用户 – 网络接口,接到这个网络中,在该网上实现各种通信业务的综合传输与交换。

2. 综合业务数字网的特点

(1)通信业务的综合化

通过一条用户线就可以提供电话、传真、可视图文及数据通信等多种业务,是 ISDN 的特性。在 ISDN 中,基本用户网络接口可提供二路 64 kbit/s 信息信道和一路 16 kbit/s 控制信道,称为 2B + D(两路宽带信道和一路数字信道)信道。如果需要传输更高速率的信息,可利用 2 048 kbit/s(适用于我国及欧洲等国家)或 1 544 kbit/s(适用于美、日国家)的一次群接口以及传输速率可达数 10 Gbit/s 的高速宽带接口。

(2)通信质量和可靠性高

在 ISDN 中,由于终端到终端已完全数字化,噪声、串音、信号衰落等受距离和链路数增加的影响很小,信道容量大,误码率极低,使通信质量大大提高,而且数字信号的处理易于集成化,便于故障检测,可靠性高。

(3)用户使用方便

在 ISDN 中,信息信道和控制信道分离,信号能在终端与网或终端与终端间自由传输,为提供各种新的业务创造了条件。而且 ISDN 使用了国际统一的插座,就像市电电源插座能够接入各种家用电器那样,在一条 2B + D 用户线上可连接 8 台的终端,并允许有 3 台终端同时工作。这些终端只要插在任何有 ISDN 的插座的地方都能进行通信,为用户使用提供了极大方便。

（4）通信网中的功能分散

在 ISDN 中，为了确保网的运行可靠及未来扩充方便，将整个通信网划分为数字信息传输网、通信处理中心和信息处理中心几个部分，使网络功能分散。每一部分只完成相应的功能，便于网络的维护管理和对各种业务的适应。

（5）费用低廉

ISDN 从总体上入手，使通信网数字化，把各种不同的通信业务纳入到一个统一的数字网中，从而达到网络的最优化，提高了网上设备的利用率，发挥了网络的最大效益。而且，随着微电子技术的发展，交换机及终端设备、传输设备可以采用价格低廉、性能优异的器件来构成，使设备费用、信息传输费用大为降低。

3. ISDN 业务

ISDN 业务是指由 ISDN 网络及接在 ISDN 上的终端提供的用户可能利用的通信能力。也就是说，ISDN 业务除了 ISDN 网络向用户提供的通信能力之外，还包括了利用这种能力（即数字连接和网络智能）的终端的能力。

ISDN 的电信业务可以分为提供基本传输功能的承载业务和包含终端功能的用户终端业务两种。除了这两种基本业务外，还规定了一些补充业务。

（1）承载业务

承载业务是各种用户终端业务的基础，对用户而言，感觉不到它的存在。它是单纯的信息传送业务，由网络提供，具体说，是在用户 - 网络接口处提供。网络用电路交换方式或分组交换方式将信息从一个用户 - 网络接口透明地传送到另一个用户 - 网络接口（即不作任何处理）。承载业务是 ISDN 网络所具有的信息传递能力，它与终端的类型无关，它包含了 OSI 参考模型 1~3 层的功能。

（2）用户终端业务

用户终端业务包括网络提供的通信能力和终端本身具有的通信能力，也可理解为用户通过用户终端的通信所获得的业务。

（3）补充业务

补充业务也称为附加业务，是由网络提供的、在承载业务和用户终端业务基础上附加的业务性能。补充业务不能单独存在，也就是说不能独立向用户提供，必须随基本业务一起提供。

4. 宽带综合业务数字网

宽带通信网描述的是以信息传输的频带和信息传输的速率大小和高低来衡量网络的性能，并用这些相关标准来说明网络的机制。宽带综合业务数字网是从网络体系和网络处理的具体业务等多个方面来说明网络机制的。

宽带综合业务数字网（B-ISDN）是在综合业务数字网（ISDN）基础上发展起来，可支持任意速率的，从语音、数据到视频业务的 ISDN。

B-ISDN 与 ISDN 相比有一定的差别，主要有以下几方面：

（1）传输带宽

ISDN 仅能向用户提供 2 Mbit/s 以下的业务，因此 ISDN 又称窄带综合业务数字网，简称 N-ISDN。

（2）信道应用

N-ISDN 以目前使用电话通信网为基础，其用户线采用双绞线；而 B-ISDN 中，用户线和干线均采用光缆。

（3）速率配置

N-ISDN 各种通路的比特率需预先确定好，而 B-ISDN 使用虚通路，其比特率不必预先确定。

（4）业务处理

ISDN 传送语音为主；B-ISDN 可传送各种数字业务数据（包括数据、语音、图像等）。

（5）交换模式

ISDN 使用电路交换，而 B-ISDN 则使用建立在电路交换和分组交换基础上的一种新的交换技术——异步传输模式（ATM）。

显然，ISDN 可以实现通信业务的综合，B-ISDN 也可以实现通信业务的综合，但是，IS-DN 通信业务的综合是狭义的，只有 B-ISDN 才能实现真正意义上的通信业务综合。

第4章

数据通信及物理层

物理层是网络体系结构中的最低层,但它既不是指连接计算机的具体物理设备,也不是指负责信号传输的具体物理媒体,而是指接口规范。用 OSI 的术语来说,物理层的主要功能就是为它的服务用户(即数据链路层的实体)在具体的物理媒体上提供发送或接收比特流的能力。由于实现物理层功能的具体协议比较复杂,涉及许多数据通信方面的知识,因此本章首先介绍有关现代数据通信的基本理论。

4.1 数据通信技术

4.1.1 数据通信的基本概念

数据通信是通信技术和计算机技术相结合而产生的。发送端与接收端的信息交换其实都是经过多次的点到点的数据传输实现的,点到点的数据传输就是数据通信所要完成的工作。任何两个设备之间按照一定的通信协议,通过传输设备来完成数据信息的传输、交换、存储和处理的过程,称为数据通信。

1. 几个术语的解释

(1)信息(Information)

信息是信息论中的一个术语,常常把消息中有意义的内容称为信息。在题为"通信的数学理论"的论文中指出:"信息是用来消除随机不定性的东西。""信息"是与"不确定性"相联系的。通信的任务就是传递信息,每个消息信号中必定包含有接收者所需要知道的信息。

因此,在计算机通信网络中,我们说信息就是数据的内容和解释。

(2)数据(Data)

数据是载荷或记录信息的按一定规则排列组合的物理符号,可以是数字、文字、符号、图像,也可以是计算机代码。数据是消息的扩展,不只是用语言文字描述,而且是消息的数值化表示,数据中包含着信息。因此,我们可以说数据是信息的表示形式。计算机中处理的都称为数据,例如,文本、图像、音频和视频,而且数据可以分为模拟数据和数字数据两种形式。模拟数据是指在某个区间取连续的值,如温度、声音、视频图像等连续变化的值;数字数据只能取离散的值,例如,整数数列、计算机内部传输的二进制数字序列等。

(3)信号(Signal)

信号(也称为讯号)是运载消息的工具,是消息的载体,也可以说信号是数据在媒体上的具体表示形式。从广义上讲,它包含光信号、声信号和电信号等。信号也有模拟信号和数据信号两种形式。模拟信号和数字信号可通过参量(幅度)来表示,如图4.1所示。

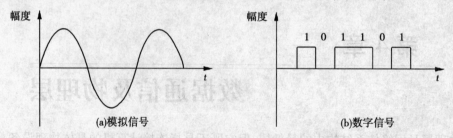

图4.1 模拟信号、数字信号的表示

2. 数字通信与数据通信

如前所述,信号有模拟信号和数字信号两种形式。如果信源产生的是模拟信号,而且在模拟信道上传输,则称为模拟通信。如果信源产生的是模拟信号,但在数字信道上传输,则称为数字通信。如果信源产生的是数字信号,无论在模拟信道还是数字信道上传输都称为数据通信。

数字通信系统模型如图4.2所示。对于数字通信而言,模拟信号需要进行编码,即模数转换以后经过数字信道的传输到达接收端,再经过解码,变为模拟信号后被接收端接收。

图4.2 数字通信系统模型

数据通信系统模型如图4.3所示。

①计算机:作为信源,产生数字信号。

②通信控制器:将计算机产生的并行数据转换为信道中串行的数据。

③信号变换器:将信号变换为适合在信道上传输的形式。

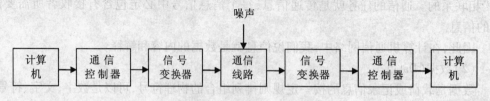

图4.3 数据通信系统模型

数据通信系统中,信道可以是模拟信道也可以是数字信道,在模拟信道上的传输为模拟传输;数字信道上的传输为数字传输。下面比较一下模拟传输与数字传输。

数据通信系统中,模拟传输需要对数据进行调制变成模拟信号,可以将多路数字信号调制在不同的频段上,使用一条信道传输,由于各路信号占用不同频段,所以不会相互干扰,这样可以大大提高信道的利用率,但有一个很大缺点:模拟信号在传输的过程中会产生衰减,而且受到噪声的干扰,对于衰减的信号,我们利用放大器进行放大,但同时也放大了噪声。数字传输中,抗干扰能力强,但是一条信道只能传输一路数字信号,所以信道利用率低。

4.1.2 数据通信方式

从数据传输的方向来看,通信方式分为 3 种,即单工通信、半双工通信和全双工通信。

1. 单工通信方式

单工通信是指数据只能沿一个方向传送,也就是说发送端与接收端是固定的,如图 4.4 所示。A 端只有发送器,B 端只有接收机,所以 A 只能发送数据,B 只能接收数据,数据只能沿着从 A 向 B 的方向传送。例如,广播就是单工通信。

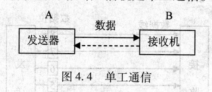

图 4.4　单工通信

2. 半双工通信方式

在半双工通信中,数据可以双向传送,但不能同时发送和接收,即在某一时刻只允许数据在一个方向上传送,是一种切换方向的单工通信,如图 4.5 所示。在 A 方有发送器和接收机,在 B 方也有发送器和接收机,数据可以从 A 传到 B,也可以由 B 传到 A,但是需要开关切换来控制,也就是说不可以同时发送和接收。例如,对讲机就是半双工通信。半双工通信中,频繁切换开关,效率很低,但节省通信线路。

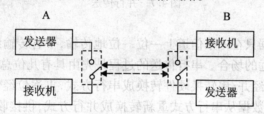

图 4.5　半双工通信

3. 全双工通信方式

在全双工通信中,数据可以同时进行双向传输,如图 4.6 所示。全双工通信可以看做是两个单工通信方式组成的。在 A、B 双方都有发送器和接收机,这一点和半双工通信方式相同,但在全双工通信方式中,A 方的发送器和 B 方接收机之间有一条数据信道,同时在 A 方的接收机和 B 方发送器之间也有一条数据信道,因此在 A、B 之间传输数据可以同时且双向进行。

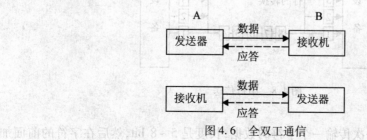

图 4.6　全双工通信

4.1.3 数据传送方式

数据在发送端与接收端之间的传送有并行和串行两种方式。

1. 并行传送

如图 4.7 所示,多个数据线并行连接,一次能传送多个比特数据。发送设备将这些数据位通过对应的数据线传送给接收设备,还可附加一位数据校验位。接收设备可同时接收到这些数据,不需要做任何变换就可直接使用。并行传送的效率高,一般用在要求高传输速率的系统中,而且传输的设备相距不远的场合,计算机内的总线结构就是并行传送的例子。

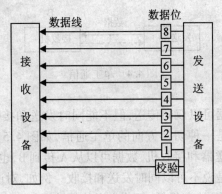

图 4.7 并行传送

2. 串行传送

这种传送是指数据只在一条信道上一位一位地传输,节省传输线,但传输的效率低,一般用在传输距离较远的场合。串行传送的过程是先由具有几位总线的计算机内的发送设备,将几位并行数据经并/串转换硬件转换成串行方式,再逐位经传输线到达接收站的设备中,并在接收端将数据从串行方式重新转换成并行方式,供接收方使用,如图 4.8 所示。串行传送包括异步传送和同步传送两种。异步和同步是使发送端与接收端达成同步的两种方式,下面分别介绍这两种传送方式。

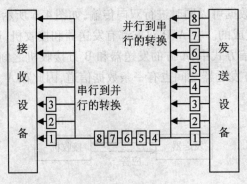

图 4.8 串行传送

(1)异步传送

这种传送方式是指一次传输一个字符的数据,长度是 5~8 bit,然后在字符的前面加上一个 1 bit 的 0 作为起始码,表示字符的开始,在字符的后面加一个 1~2 bit 的 1 作为停止码,表示字符的结束。一般情况下,5 bit 的字符数据用 1.5 bit 的停止码,8 bit 的字符数据用 2 bit 的停止码。异步传送的字符格式如图 4.9 所示。

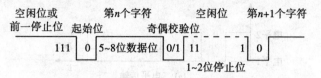

图 4.9　异步传送的字符格式

在这种异步传送方式中,因为每个字符都有起始码和停止码,所以接收端能够很准确的接收每一个字符,不需收发双方的时钟达成同步,而且发送端可以随意发送字符,字符之间可以空闲任意的时间,在不发送数据时,线路上一直保持高电平,当有字符时,高电平立刻跳到低电平。

(2)同步传送

这种传送方式是以字符块或位块为单位进行传输,每一个字符的前后不需要加起始码和停止码,而是依靠发送端与接收端的时钟同步,但为使接收双方能判别数据块的开始和结束,还需要在每个数据块的开始处和结束处各加一个帧头和一个帧尾,加有帧头、帧尾的数据称为一帧。这种同步包括外同步法和自同步法。

外同步法就是在发送方和接收方之间提供一条时钟线,这样双方的时钟便达成同步。即在发送数据之前,发送端先向接收端发出一串同步时钟脉冲,接收端按照这一时钟脉冲频率和时序锁定接收端的接收频率,以便在接收数据的过程中始终与发送端保持同步。

自同步法是从接收的数据中提取时钟信号,进而使双方达成同步。典型例子就是著名的曼彻斯特编码,常用于局域网传输。在曼彻斯特编码中,每一位的中间有一跳变,位中间的跳变为时钟信号。

从异步传送和同步传送的特点来看,同步传送必须要求时钟严格同步,稍有差异,误差积累就会造成通信失效,而异步传送不需要时钟同步,所以对时钟上的要求就不用那么严格,但是异步传送的传输效率没有同步传送的效率高,异步传送的附加信息占 20% 左右,而同步传送的附加信息仅占 1% 左右。

4.1.4　数据通信中的主要技术指标

1. 数据传输速率

描述数据传输速率有比特率和波特率两种方式,它们都是用来衡量数据传输的速度。

(1)比特率

每秒钟传输的比特数,即每秒钟所传输的二进制数的位数,单位为位/秒,记作 bit/s,b/s 或 bps。图 4.10(a)中,在 1 秒内传输了 7 个比特数据,所以比特率为 7 b/s;在图 4.10(b)中,1 秒内传输了 8 个比特数据,所以比特率为 8 b/s。

(2)波特率

波特率有 3 种定义:信道上每秒传送的信号样本数;每秒钟传送的码元数;每秒钟传送的脉冲数,单位为波特,记作 Baud。在图 4.10(a)中,1 秒内传输了 7 个脉冲,所以波特率为 7 Baud;在图 4.10(b)中,1 秒内传输了 4 个脉冲,所以波特率为 4 Baud。

从图 4.10 中,我们可以得到比特率和波特率的关系,即,比特率 = 波特率 ,其中 L 表示共几级电平。

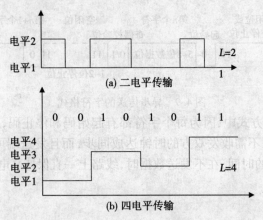

图 4.10   比特率和波特率

2. 信道容量

信道容量是指单位时间内最大可传送的比特数,单位为位/秒(b/s)。信道容量与数据传输速率的区别是,前者表示信道的最大数据传输速率,是信道传输数据能力的极限,而后者是实际的数据传输速率。在计算信道容量时分为两种情况:无噪声信道和有噪声信道。

(1)无噪声信道的信道容量

计算无噪声信道的信道容量时,以奈奎斯特定理为基础,在无噪声信道上的最大波特率等于两倍的信道带宽,即对于一个带宽为 B 的信道,则此信道的最大波特率为 $2B$。因此,对于无噪声信道的信道容量应为

$$C = 2B\log_2 L \ (\text{b/s})$$

(2)有噪声信道的信道容量

对于有噪声信道的信道容量,应该根据香农公式来计算,即

$$C = B * \log_2(1 + \text{SNR})(\text{b/s})$$

式中   SNR——信道上的信噪比,信号功率与噪声功率的比值。

【例 4.1】已知信噪比为 30 dB,带宽为 3 kHz,求信道的最大数据传输速率。

解

因为

$$10 \lg(\text{SNR}) = 30$$

$$\text{SNR} = 10^{30/10} = 1\,000$$

所以

$$C = 3 \text{ k} * \log_2(1 + 1\,000) \approx 30 \text{ kb/s}$$

3. 误码率

误码率是指二进制数据位在传输时出错的概率其计算式为

$$Pe = Ne/N$$

式中 Ne——出错的二进制数位数;

N——传输的二进制数据总数。

它是用来衡量数据通信系统在正常工作情况下的传输可靠性的指标。在计算机网络中,一般要求误码率低于 10^{-6},若误码率达不到这个指标,可通过差错控制方法检错和纠错。

4.2　传输媒体

传输媒体是通信网络中发送方和接收方之间的物理通路,计算机通信网络中采用的传输媒体可分为有线传输媒体(导向传输媒体)和无线传输媒体(非导向传输媒体)两大类。

4.2.1　有线传输媒体

有线传输媒体又称为导向传输媒体,是指电磁波沿着固定媒体路径进行传播,如明线、双绞线、同轴电缆和光纤等都属于有线传输媒体,它们的信号在其中传输时都有固定的路径。

1. 明线

明线就是架在电线杆上的裸线线路,材料一般使用铜、铝或钢线,这种明线很容易受气候和电磁波的干扰,因此通信质量不稳定,而且信号衰减也很大,但价格低廉是最早使用的传输介质,现在极少使用。

2. 双绞线

双绞线也可以称为双扭线,是最常用的一种传输介质。双绞线是由具有绝缘保护层的两根铜导线,按一定密度互相绞在一起组成的。按一定密度相绞的目的是使两根导线在传输信号过程中辐射的电磁波能够相互抵消,降低信号干扰。如图 4.11 所示。

图 4.11　双绞线

在计算机网络中使用的双绞线可以分为"屏蔽双绞线"(Shielded Twisted Pair,STP)和"非屏蔽双绞线"(Unshielded Twisted Pair,UTP)两种。STP 双绞线是以金属箔进行屏蔽包裹的,以减少芯线间的干扰和串音;而 UTP 双绞线则没有这一层屏蔽用的金属箔,分别如图 4.12(a)、(b)所示。

一般情况下我们都采用 UTP。现在使用的 UTP 可分为 3 类、4 类、5 类和超 5 类 4 种。其中:3 类 UTP 适应了以太网(10 Mbps)对传输介质的要求,是早期网络中重要的传输介质;4 类 UTP 因标准的推出比 3 类晚,而传输性能与 3 类 UTP 相比并没有提高多少,所以一般很少使用;5 类 UTP 因价廉质优而成为快速以太网(100 Mbps)的首选介质;超 5 类 UTP 的用武之地是千兆位以太网(1 000 Mbps)。

EIA/TIA 的布线标准中规定了两种双绞线的线序 568A 与 568B。

568A 标准:绿白—1,绿—2,橙白—3,蓝—4,蓝白—5,橙—6,棕白—7,棕—8。

568B 标准:橙白—1,橙—2,绿白—3,蓝—4,蓝白—5,绿—6,棕白—7,棕—8。

在整个网络布线中应该只采用一种网线标准。如果标准不统一,几个人共同工作时就会出现混乱;更让人头疼的是,在施工过程中一旦出现线缆差错,想从成捆的线缆中找到出错的那条线缆是很难的,因此,建议统一采用 568B 标准。而且同种类型设备之间使用交叉线连接,也就是双绞线一端做成 568A,另一端做成 568B;不同类型设备之间使用直通线连接,即双绞线两端都做成 568B 标准。

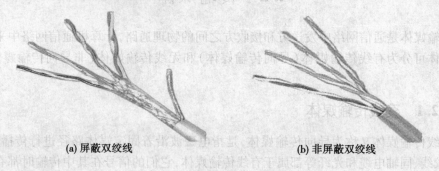

(a) 屏蔽双绞线　　　　　　　　　　　　　　　　(b) 非屏蔽双绞线

图 4.12　屏蔽双绞线和非屏蔽双绞线

3. 同轴电缆

如图 4.13 所示,同轴电缆常用于设备与设备之间的连接,或应用在总线型网络拓扑中。同轴电缆中心轴线是一条铜导线,外加一层绝缘材料,在这层绝缘材料外边是由一根空心的圆柱网状铜导体包裹,起屏蔽作用,最外一层是起保护作用的塑料外套。由于它们是按"同轴"形式构成,因此称为同轴电缆。与双绞线相比,同轴电缆的抗干扰能力强、屏蔽性能好、传输数据稳定、价格也便宜,而且它不用连接在集线器或交换机上即可使用。同轴电缆分为基带同轴电缆和宽带同轴电缆。

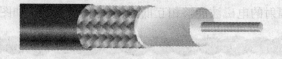

图 4.13　同轴电缆

基带同轴电缆的阻抗为 50 Ω,因此又称为 50 Ω 同轴电缆。它又可分为粗缆和细缆两种,都用于直接传输数字信号,细缆的直径为 0.26 cm,最大传输距离为 185 m,如 RG - 58 电缆;粗缆的直径为 1.27 cm,最大传输距离为 500 m,如 RG - 11。

宽带同轴电缆的阻抗为 75 Ω,故又称为 75 Ω 同轴电缆,用于传输模拟信号,因此在用宽带同轴电缆传数字信号时,先进行 D/A 变换,最后再进行 A/D 变换,传输距离可达 100 km。

4. 光纤

光纤全称称为"光导纤维"(Optical Fiber),由能传导光波的石英玻璃纤维外加保护层构成,用来传递光脉冲。石英玻璃纤维是用纯石英经特别的工艺拉成的细丝,其直径为 50～100 μm。用光纤传输电信号时,在发送端采用发光二极管或半导体激光器将其转换成光信号,而在接收端使用光电二极管或光检测器还原成电信号。一般而言,有光脉冲表示比特 1,没有光脉冲表示比特 0。在目前来说,已经实现一根光纤的传输速率在

100 Gb/s 以上,而且这个速率还远远不是光纤的传输速率的极限。

光纤一般分为三层:中心高折射率玻璃芯(芯径一般为 50 μm 或 62.5 μm),中间为低折射率硅玻璃包层(直径一般为 125 μm),最外是加强用的树脂涂层。光脉冲在光线中发生全反射现象。光纤分为单模光纤和多模光纤两种。

(1)多模光纤

中心玻璃芯较粗(50 ~ 100 μm),可传多种模式的光,即以不同的入射光线沿不同路径经多次反射到达光接收器。但其模间色散较大,这就限制了传输数字信号的频率,而且随距离的增加会更加严重。例如,600 MB/kM 的光纤在 2 kM 时则只有 300 MB 的带宽了。因此,多模光纤传输的距离就比较近,一般只有几公里。

(2)单模光纤

中心玻璃芯较细(芯径一般为 8 ~ 10 μm),只能传一种模式的光,即以直线形式传播。因此,其模间色散很小,适用于远程通讯,传输距离可达几十公里,但其色度色散起主要作用,这样单模光纤对光源的谱宽和稳定性有较高的要求,即谱宽要窄,稳定性要好。

4.2.2　无线传输媒体

无线传输媒体又称为非导向传输媒体,就是指电磁波在自由空间中传输,我们称电磁波的这种传输为无线传输。如在无线局域网、手机的无线电波传输等都属于非导向传输,其中的传输介质就是空气。

目前常用的技术有:无线电波、微波、红外线和激光。它的应用也有几种不同的传输方式,主要表现为无线电传输、微波传输、地球卫星通信、激光传输和红外线传输等几种。

1. 无线电波传输

无线电和光波一样都是电磁波,是电场和磁场相互叠加而形成的。简单说就是电流的周围可以形成磁场,之后所形成的磁场中线再形成电流,这样周期性交替就形成了电磁波。无线电将信号向空间中的某一方向传播出去,这样我们就应该知道电磁波传播的媒介是电场和磁场,而与空气无关。其实即使在真空中电磁波也可以传播。但是,空气却可以影响电磁波的传播,因为电磁波在不同介质中的传播速度是不同的,当空气中微粒含量不同时,就会影响电磁波的传播;另外介质对电磁波有吸收、反射和折射的作用,而这种作用的强弱都与介质的成分有关,比如当两地的空气介质不均匀时,在其界面上就会产生一定程度的反射和折射,这会影响电磁波的传播。

无线电波很容易产生,也可以传输很长的距离,具有较强的穿透能力,所以无线电波被广泛应用于通信领域。如无线手机通信,还有计算机网络中的无线局域网(WLAN)。因为无线电波是全方向的,所以它将信号向所有方向散播,这样在有效距离范围内的接收设备就无需对正某一个方向来与无线电波发射者进行通信连接,大大简化了通信连接。这也是无线电传输的最重要优点之一。在 VLF(超高频)、LF(高频)和 MF(中频)波段,无线电波是沿着地面传播的。在较低频率下,可以在 1 000 km 内检测到这些电磁波,在频率较高的情况下,这个距离范围要小些。

在无线电传输中,短波通信是应用最广的。它是指利用波长为 10 ~ 100 m(频率为 3 ~ 30 MHz)的电磁波进行的无线电通信。实际使用中,也把中波的高频段(1.5 ~ 3 MHz)

归到短波波段中去。短波通信也称为高频(HF)无线电通信,它在地面部分的无线电波会被地球吸收,而到达大气电离层的电磁波却可以被电离层折射回来,再送到地球上。在某些特定条件下,信号可以被多次反射,业余无线电爱好者就是利用这些无线电波进行长距离通话的。无线电传输被广泛应用于政府、军事、外交、商业等部门,用以传送语言、文字、图像、数据等信息。尤其在军事部门,它始终是军事指挥的重要手段之一。短波通信也存在一些不足,主要表现在以下两方面:

①不能和高频媒体本身存在的弱点相匹配。

②无法抵御窃听和各种有意的干扰。

为了克服短波通信存在的缺点,现代的短波通信系统中采用了许多新的技术,以求在发射功率不大的情况下,能提高系统的性能。

2. 地面微波接力通信

无线电微波通信在数据通信中占重要地位。微波的频率范围为 300 MHz ~ 300 GHz,在这个范围内,它在空中主要沿直线传播,可经电离反射到很远的地方。因为微波在空中是直线传播,而地球表面是个曲面,因此传输距离受到限制。通信方式如图 4.14 所示。

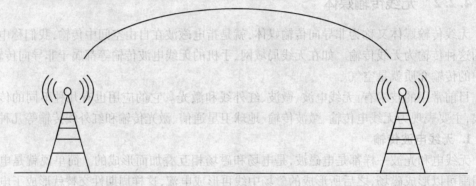

图 4.14　地面微波接力通信

如果两个站点相距太远,那么地球本身就会阻碍电磁的传输,因此在中间每隔一段距离就需要安装一个中继器来转发电磁波,这就构成了地面微波接力通信。中继器间的距离大约与站高的平方根成正比,如果站高为 100 m,则中继器之间的距离可以约为 80 km(距离一般为 50 ~ 100 km)。这种微波接力通信可传输电话、电报、图像、数据等信息。

地面微波接力通信主要有以下优点:

(1)质量高。因为工业干扰和电干扰的主要频谱成分比微波频率低得多,对微波通信的危害比对短波和米波通信小得多,因此微波传输质量较高。

(2)容量大。微波波段频率很高,其频段范围也很宽,故其通信信道的容量很大。

(3)投资小。与相同容量和长度的电缆载波通信比较,微波接力通信建设投资少,见效快。

地面微波接力通信主要有以下缺点:

(1)容易失真。与带频的无线电传输不同的是,微波并不能很好地穿透建筑物,而且微波即使在发射器处已经会聚,但在空气中仍然会有一些散发。所以在微波通信中,相邻站之间必须直视,不能有障碍物,有时一个天线发射出的信号也会分成几条略有差别的路径到达接收天线(称为"多径衰减"),因而造成失真。

(2)易受环境因素影响。微波的传播性能有时也会受到恶劣气候的影响,如雨水天气。因为微波只有几厘米的波长,因而容易被水吸收。

(3)安全性差。与电缆通信系统比较,微波通信的隐蔽性和保密性较差。

(4)维护难度大。对大量中继站的使用和维护要耗费一定的人力和物力。

3. 卫星通信

卫星通信系统由卫星和地球站两部分组成。卫星在空中起中继站的作用,即把地球站发上来的电磁波放大后再返送回另一地球站。地球站则是卫星系统与地面公众网的接口,地面用户通过地球站出入卫星系统形成链路。通信卫星分为静止卫星和运动卫星两种,常用的是静止卫星。在赤道上空3 600 km,它绕地球旋转一周的时间恰好与地球自转一周的时间(23 小时 56 分 4 秒)一致,从地面看上去如同静止不动一般,这就是静止卫星。三颗相距120°的静止卫星就能几乎覆盖整个地球,故卫星通信易于实现越洋和洲际通信。最适合卫星通信的频率是 1 ~ 10 GHz 频段,即微波频段。为了满足越来越多的需求,已开始研究应用新的频段,如12G Hz、14G Hz、20 GHz 及 30 GHz。卫星通信就是借助于地球卫星所进行的数据通信,如图 4.15 所示。

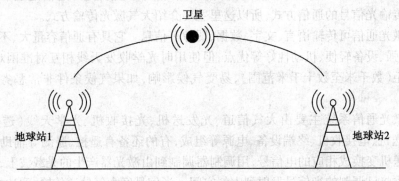

图 4.15 卫星通信

在微波频带,整个通信卫星的工作频带约有 500 MHz 宽度,为了便于放大和发射及减少变调干扰,一般在卫星上设置若干个转发器。每个转发器的工作频带宽度为 36 MHz 或 72 MHz。目前的卫星通信多采用频分多址技术,不同的地球站占用不同的频率,即采用不同的载波。它对于点对点大容量的通信比较适合。近年来,已逐渐采用时分多址技术,即每一地球站占用同一频带,但占用不同的时隙,它比频分多址有一系列优点,如不会产生互调干扰,不需用上下变频把各地球站信号分开,适合数字通信,可根据业务量的变化按需分配,可采用数字话音插空等新技术,使容量增加 5 倍。另一种多址技术是码分多址(CDMA),即不同的地球站占用同一频率和同一时间,但由不同的随机码来区分不同的地址。它采用了扩展频谱通信技术,具有抗干扰能力强,有较好的保密通信能力,可灵活调度话路等优点。其缺点是频谱利用率较低。它比较适合于容量小、分布广,有一定保密要求的系统使用。卫星通信通常采用 C 波段的 4 ~ 6 GHz 频段,上行链路为 5.925 ~ 6.425 GHz;下行链路为 3.7 ~ 6.2 GHz。如果采用 KU 波段的 12 ~ 14 GHz 频段,则上行链路为 14 ~ 16.5 GHz;下行链路为 11.7 ~ 12.2 GHz。

卫星通信主要有以下几个优点：

①通信范围大。

②不易受陆地灾害影响。建设速度快，通信容量大，通信距离远。

③易于实现广播和多址通信。

④电路和话务量可灵活调整，且通信费用与通信距离无关。

⑤同一信道可用于不同方向和不同区域。

卫星通信的主要缺点如下：

①信号到达有延迟。

②10 GHz以上频带受天气的影响。

③天线受太阳噪声的影响。

④安全保密性较差，造价高。

4. 激光传输

激光通信是利用激光传输信息的通信方式。激光是一种新型光源，具有亮度高、方向性强、单色性好、相干性强等特征。按传输媒体的不同，可分为"大气激光通信"和"光纤通信"。大气激光通信是利用大气作为传输媒质的激光通信；光纤通信是上节所介绍的利用光纤传输光信号的通信方式，所以这里主要介绍大气激光传输方式。

大气激光通信可传输语言、文字、数据、图像等信息。它具有通信容量大、不受电磁干扰、保密性强、设备轻便、机动性好等优点，但使用时光学收发天线相互对准困难，通信距离限于视距（数千米至数十千米范围），易受气候影响，如果气候条件非常恶劣则会造成通信中断。

大气激光通信系统主要由大气信道、光发送机、光接收机、光学天线（透镜或反射镜）、电发送机、电接收机、终端设备、电源等组成，有的还备有遥控、遥测等辅助设备。信息经电发送机变换成相应的电信号，用调制器调制到由激光器产生的光载波上，再通过光学发射天线将已调制的光信号发射到大气空间。光信号经大气信道传输，到达接收端，光学接收天线对接收到的光信号进行聚焦，再送到光检测器，经放大恢复成原来的电信号，送到电接收机解调成原信息。必要时，可在线路中使用中继器，以延长通信距离。

在外层空间如果运用激光进行通信，可以不受大气的影响。目前卫星通信的载波是微波，数据传输率很难达到50 Mb/s以上，主要原因是通信卫星无法容纳体积很大的天线，而未来的卫星通信数据率却要求工作在每秒数百、数亿比特，因此，只能由激光通信来实现。在理想情况下，激光载体话路带宽如果是4 kHz，可容纳100亿条话路；彩色电视带宽如果是10 MHz，则可同时传送1 000万套节目而互不干扰。

激光的频率单一，能量高度集中，波束非常细密，波长在微波与红外之间。如果利用激光所特有的高强度、高单色性、高相干性和高方向性等诸多特性，进行星间链路通信，就可以获得容量更大、波束更窄、增益更高、速度更快、抗干扰性更强和保密性更好的通信质量，从而使激光成为发展空间通信卫星中最理想的载体。

4.3　编码与调制

上一节介绍的传输介质就是通信过程中的信道,信道根据信号的形式不同分为两种:模拟信道和数字信道。在模拟信道上的传输为模拟传输,在数字信道上的传输为数字传输,而且数据在传输之前需要经过编码或调制,将数据变为适合信道的形式,再送到信道上进行传输。编码就是将数字数据和模拟数据变为数字信号的过程;调制就是将数字数据和模拟数据变为模拟信号的过程。编码和调制跟数据的传输技术有着密切的关系。

4.3.1　数据传输技术

由于数据分为模拟数据和数字数据两种形式;传输分为模拟传输和数字传输两种形式,因此数据传输技术有 4 种:模拟数据的模拟传输、模拟数据的数字传输、数字数据的模拟传输和数字数据的数字传输。根据这 4 种数据传输技术,编码和调制分别分为两种:数字数据的编码和模拟数据的编码;数字数据的调制和模拟数据的调制。

4.3.2　数字数据的编码

数字信号可以在线路中直接以数字信号电脉冲的形式进行传送,它是一种最简单的传输方式,近距离通信的局域网都采用基带传输。下面介绍几种基带传输中的编码。

1. 不归零(NRZ)编码和归零(RZ)编码

NRZ 编码是指编码后的波形在每个数据比特的中间信号不回到零值;RZ 编码是指编码后的信号在每个数据比特的中间回到零值。对于 NRZ 编码来说,具体分为以下 3 种:

(1)NRZ

比特 1 用正电平表示,比特 0 用 0 电平表示,也可以称为单极性不归零码,如图 4.16(a)所示。

(2)NRZ - L 不归零电平编码

比特 1 用正电平表示,比特 0 用负电平表示,也可以称为双极性不归零码,如图 4.16(b)所示。

(3)NRZ - I 不归零翻转编码

利用每位电平相对于前一位电平的翻转与不翻转这两个状态来表示比特 1 和比特 0,即比特 1 用电平翻转来表示,比特 0 用电平不翻转来表示,如图 4.16(c)所示。

归零(NR)编码是指比特 0 用负电平回到零值来表示,比特 1 用正电平回到零值来表示,如图 4.16(d)所示。

不归零码在传输中难以确定一位的结束和另一位的开始,需要用某种方法使发送器和接收器之间进行定时或同步;归零码每位中间都有一个跳变,这种跳变包含了时钟信息,因此接收端可以提取信号中的时钟信息与发送端达成同步。

2. 曼彻斯特编码和差分曼彻斯特编码

曼彻斯特编码和差分曼彻斯特编码都属于双相码,每位的中间都有一个跳变。

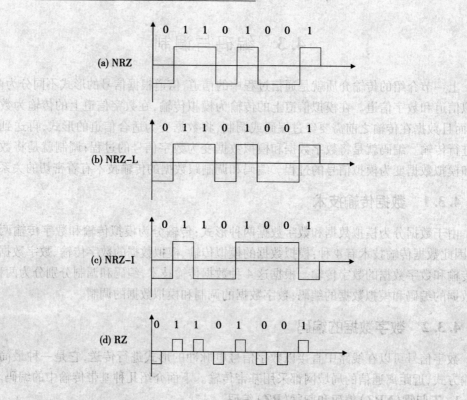

图 4.16 不归零编码与归零编码

（1）曼彻斯特编码

在这种编码中，比特 0 用电位由高跳到低来表示，比特 1 用电位由低跳到高来表示。如图 4.17（a）所示。

（2）差分曼彻斯特编码

在这种编码中，每位电平与前一位电平之间存在跳变表示比特 0，每位电平与前一位电平之间不存在跳变表示比特 1，如图 4.17（b）所示。

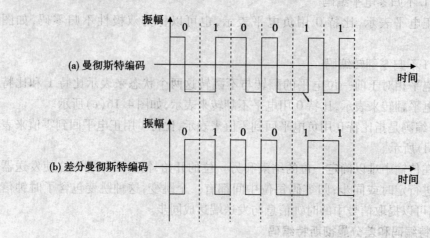

图 4.17 曼彻斯特编码和差分曼彻斯特编码

4.3.3 模拟数据的编码

1. 脉码编码调制 PCM(Pulse Code Modulation)

脉冲编码调制经过采样、量化和编码三个步骤将模拟信号变为数字信号,其中采样是指每隔一段相同的时间间隔,取模拟信号的当前值作为样本;量化是使连续模拟信号变为时间轴上的离散值;编码是将离散值变成一定位数的二进制数码。在接收端利用这些二进制数码再恢复成原始的模拟信号,为了保证恢复信号的质量,采样时应遵循采样定理,即

$$f_s \geqslant 2f_m$$

式中　f_s——采样频率;

　　　f_m——原始信号的最高频率。

2. 增量调制 DM(Delta Modulation)

增量调制每次抽样只用一位二进制码表示,它表示了相邻样值的增减变化。增量调制的基本思想是用一个阶梯波去逼近一个模拟信号。

增量调制的过程:首先根据信号的幅度大小和抽样频率确定阶梯信号的台阶,在抽样时刻,比较模拟信号的当前抽样值和前一时刻的阶梯波,如果抽样值大于阶梯波,则阶梯波上升一个台阶,此时编码器输出比特 1;如果抽样值小于阶梯波,则阶梯波下降一个台阶,此时编码器输出比特 0。

4.3.4 数字数据的调制

当数字数据利用模拟信道传输时,数字数据必须进行数模变换,这就是数字数据的调制。这里的调制就是用数据比特的值来控制载波的参数变化。载波有三大要素:幅度、频率和相位,因此,数字数据的调制主要有三种形式:幅移键控 ASK、频移键控 FSK、相移键控 PSK。

1. 幅移键控 ASK(Amplitude – Shift Keying)

幅移键控是通过改变载波信号的振幅大小来表示数字信号"1"和"0"的,即这种调制中,载波的频率和相位都不变,只有幅度随数字信号 0、1 的不同而变化。通常情况下,用有载波来表示比特 1,用无载波表示比特 0。幅移键控方式技术简单、实现容易,但却易受干扰影响,是一种效率较低的调制技术。

如有一个数字信号 10011,每位数字持续时间为 T,现在用 2.5/T 频率的载波去调制这个数字信号,则调制后的波形如图 4.18 所示。

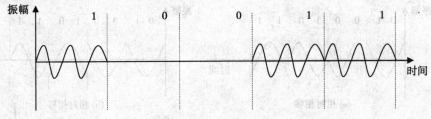

图 4.18　幅移键控

2. 频移键控 FSK(Frequency – Shift Keying)

频移键控法也称为调频。在频移键控法下,用载波的两个不同频率来表示数字信号"1"和"0"。而载波信号的振幅和相位都不变。这种方案比起幅移键控方式来,不容易受干扰的影响。假设对数字信号 10011 进行频移键控调制,f_1 表示比特 0,f_2 表示比特 1,且 $f_2 = 2f_1$,则调制后波形如图 4.19 所示。

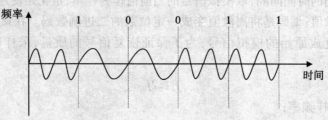

图 4.19　频移键控

3. 相移键控 PSK(Phase – Shift Keying)

相移键控又称为调相,是利用载波的不同相位值表示数字信号,而载波的幅值与频率保持不变。相移键控分为绝对相移和相对相移两种。

在绝对相移中,利用载波相位的绝对数值表示数字信号,而相对相移则是用前后码元的相对载波相位值传送数字信息,所谓相对载波相位是指本码元初相与前一码元初相之差。下面分别用二进制相移键控和四进制相移键控来说明绝对相移和相对相移的区别。

(1)二进制相移键控 BPSK

在绝对相移中,二进制相移键控利用 0° 来表示比特 0,180° 表示比特 1,如图4.20(a)所示。在相对相移中,用本码元初相与前一码元初相之差为 0° 来表示比特 0,用本码元初相与前一码元初相之差为 180° 来表示比特 1,如图 4.20(b)所示。

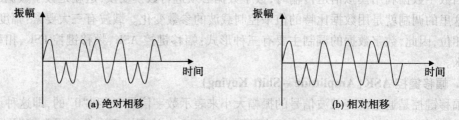

图 4.20　二进制相移键控

(2)四进制相移键控 QPSK

在绝对相移中,四进制相移键控利用 0°、90°、180°、270° 四个相位分别表示比特 00、01、10 和 11,如图 4.21(a)所示。在相对相移中,用本码元初相与前一码元初相之差 0°、90°、180°、270° 分别表示 00、01、10 和 11,如图 4.21(b)所示。

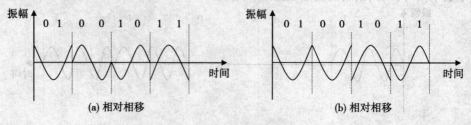

图 4.21　四进制相移键控

4.3.5　模拟数据的调制

这种调制是指用一个模拟信号携带另一个模拟信号的过程。比如模拟的语音信号的带宽是 4 kHz 信道以内,电视的视频信号带宽为 6 MHz,而语音广播的频率在几十兆赫兹以上,模拟电视的载波频率是几百兆赫兹,为了将模拟信号能在模拟信道上传输,必须采用模拟信号的调制。做法就是用频率低的信号来改变另一个频率高的信号的参数。

4.4　复用技术

为了充分利用信道,往往把多个低带宽的信号组合成一个高带宽的信号放在一个信道上传输,这就是复用技术。复用包括频分复用、波分复用、时分复用和码分复用 4 种。

4.4.1　频分复用 FDM(Frequency – Division Multiplexing)

这种复用技术就是将一条物理信道的总带宽分割成若干个与传输单个信号带宽相同(或略宽)的子信道,每个子信道传输一路信号,这就是频分复用。

多路原始信号在步分复用前,先要通过频谱搬移技术将各路信号的频谱搬移到物理信道频谱的不同段上,使各信号的带宽不相互重叠,然后用不同的频率调制每一个信号,每个信号要一个样以它的载波频率为中心的一定带宽的通道。为了防止互相干扰,使用保护带来隔离每一个通道。频分复用如图 4.22 所示。

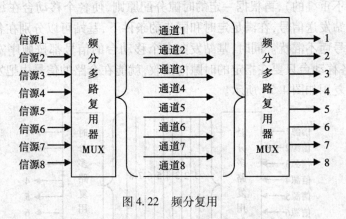

图 4.22　频分复用

4.4.2　波分复用 WDM (Wavelength – Division Multiplexing)

波分复用是指在一根光纤上不只是传送一个载波,而是同时传送多个波长不同的光载波,这是 FDM 在光纤信道的一个变例。光波分复用包括频分复用和波分复用。光频分复用技术和光波分复用技术无明显区别,因为光波是电磁波的一部分,光的频率与波长具有单一对应关系。通常也可以这样理解,光频分复用指光频率的细分,光信道非常密集。光波分复用指光频率的粗分,光信道相隔较远,甚至处于光纤不同窗口。

光波分复用一般应用波长分割复用器和解复用器(也称合波/分波器)分别置于光纤两端,实现不同光波的耦合与分离。这两个器件的原理是相同的。光波分复用器主要把多路光载波信号汇合在一起,并耦合到光线路中同一根光纤中进行传输;在接收端经解复用器将各种波长的光载波进行分离,然后由光接收机相应地进一步处理恢复信号。波分复用如图4.23 所示。

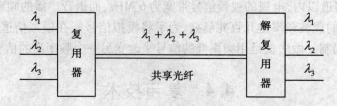

图 4.23　波分复用

WDM 本质上是光域上的频分复用,WDM 系统的每个信道通过频域的分割来实现。每个信道占用一段光纤的带宽,与过去同轴电缆 FDM 技术不同的是:

(1)传输媒介不同,WDM 系统是光信号上的频率分割,而同轴系统是电信号上的频率分割。

(2)在每个通路上,同轴电缆系统传输的是模拟的 4 kHz 语音信号,而 WDM 系统目前每个通路上传输的是数字信号 SDH2.5 Gbit/s 或更高速率的数字信号。

4.4.3　时分复用 TDM(Time – Division Multiplexing)

时分多址 TDMA 是把时间分割成周期性的帧,每一帧再分割成若干个时隙(无论帧或时隙都是互不重叠的),再根据一定的时隙分配原则,使各个移动台在每帧内只能按指定的时隙向基站发送信号,在满足定时和同步的条件下,基站可以分别在各时隙中接收到各移动台的信号而不混扰。同时,基站发向多个移动台的信号都按顺序安排。在预定的时隙中传输,各移动台只要在指定的时隙内接收,就能在合路的信号中把发给它的信号区分出来。时分复用如图 4.24 所示。

图 4.24　时分复用

时分复用 TDM 不仅仅局限于传输数字信号,也可以同时交叉传输模拟信号。另外,对于模拟信号,有时可以把时分多路复用和频分多路复用技术结合起来使用。一个传输系统,可以频分成许多条子通道,每条子通道再利用时分多路复用技术来细分。时分复用包括同步时分复用和异步时分复用。

1. 同步时分复用

同步时分复用(Synchronization Time-Division Multiplexing,STDM)是指被复用的每一路信号占用一个固定的时隙。

同步时分多路复用技术优点是控制简单,实现起来容易;缺点是如果某路信号没有足够多的数据,不能有效地使用它的时间片,则造成资源的浪费,而有大量数据要发送的信道又由于没有足够多的时间片可利用,所以要拖很长一段的时间,降低了设备的利用效率。

2. 异步时分复用

异步时分复用(Asynchronism Time-Division Multiplexing,ATDM)也称为统计时分多路复用技术,是指时隙不固定分配给输入的每路信号。当任一路信号到来时,只要有空时隙,就将信号放入到空时隙内通过共享信道传输。但这种技术使时隙与信号之间没有了固定的关系,因此,传输时应该在每个时隙数据前加上每路信号的标号,以便接收端能正确地分辨出信号是来自哪一路的。

这种方法提高了设备利用率,但是技术复杂性也比较高,所以这种方法主要应用于高速远程通信过程中,例如,异步传输模式 ATM。

4.4.4 码分复用 CDM(Code – Division Multiplexing)

码分多路复用 CDM 又称码分多址(Code Division Multiple Access,CDMA),它既可以共享信道的频率,也可以共享时间,是靠不同的编码来区分各路信号的一种复用方式。

在 CDM 中,每一个比特的时间被分成 m 个小的时间槽,称为码片(Chip),通常情况下每比特有 64 或 128 个码片,称为码片序列,而且每个站点(通道)被指定一个唯一的码片序列。

CDM 的工作过程是,首先每个站将它的每个比特数据都乘以它的码片序列,然后各个站的信号在空间线性叠加,形成复合信号,最后接收站将复合信号乘以某个站的码片序列,就得到该站发来的数据。

4.5 物理层的位置与功能

目前,可供计算机网络使用的物理设备和传输媒体种类很多,特性各异。物理层的作用就在于要屏蔽这些差异,使得数据短路层不必考虑物理设备和传输媒体的具体特性,而只要考虑完成本层的协议和服务。

4.5.1 物理层的位置

1. 位置

物理层位于 OSI 参考模型的最底层,它直接面向实际承担数据传输的物理媒体。具体地说,物理层并不是指连接计算机的具体物理设备或传输介质,如双绞线、同轴电缆、光纤等,物理层协议是网络物理设备(DTE 与 DCE)之间的接口标准,主要使其上面的数据链路层感觉不到这些差异,这样可使数据链路层只需要考虑如何完成本层的协议和服务,而不必考虑网络具体的传输介质是什么。物理层的接口即物理设备的连接器,作用是使各种 DTE 和 DCE 之间能连接在一起并协调工作,如图 4.25 所示。

图 4.25　物理层协议

物理层的传输单位为比特,即物理的电或光信号。物理层的任务是在物理媒体之上为数据销路层提供一个原始比特流的物理连接,而不考虑信息的意义与构成。

2. DTE 和 DCE

数据终端设备(Data Terminal Equipment,DTE)是具有一定数据处理能力及发送和接收数据能力的设备。DTE 可以是一台计算机或终端,也可以是各种 I/O 设备。大多数数据处理终端设备的数据传输能力有限,如果直接将两个 DTE 设备连接起来,往往不能进行通信,必须在 DTE 和传输线路之间加上一个中间设备,即数据电路端接设备(Data Circuit - terminating Equipment,DCE)。DCE 的作用就是在 DTE 和传输线路之间提供信号变换和编码的功能,并且负责建立、保持和释放数据链路的连接。典型的 DCE 是与模拟电话线路相连接的调制解调器。DTE 与 DCE 的相连情况如图 4.26 所示。

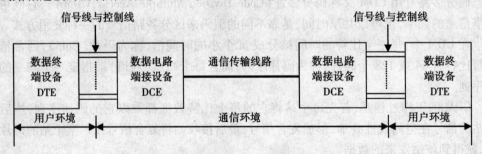

图 4.26　DTE 通过 DCE 与通信传输线路相连

DTE 和 DCE 之间的接口一般有许多条线,包括各种信号线和控制线。DCE 将 DTE 传送过来的数据,按比特逐个顺序地发往传输线路,或者从传输线路上顺序接收下串行比特流,然后再交给 DTE。

4.5.2　物理层的功能

物理层的功能主要从 4 个方面的特性来描述,即机械特性、电气特性、功能特性和规程特性。分别涉及接插件的规格、信号的电平表示、接插件各针脚的功能和收发双方的协调等内容。

物理层的作用是实现相邻计算机节点之间比特数据流的透明传送,尽可能屏蔽掉具体传输介质和物理设备的差异。"透明传送比特流"表示经实际电路传送后的比特流没有发生变化,对传送的比特流来说,用什么传输介质都没有什么差别,就好像看不见这个电路一样。当然,物理层并不需要知道哪几个比特代表什么意思。物理层与具体的物理设备、传输介质以及通信手段有关,其涉及的范围比较广泛,在 ISO 的 OSI/RM 形成之前,许多属于物理层的规程(Procedure)或协议就已经制定出来了。从现实情况考虑,目前不太可能去重新按照 OSI/RM 抽象模型去制定另外一套新的物理层协议。如果不采用 OSI/RM 的抽象术语,那么可将物理层的主要任务描述为确定传输介质接口的一些特性。

1. 机械特性

规定了物理连接时对插头和插座的几何尺寸、插针或插孔芯数及排列方式、锁定装置形式等。

图 4.27 列出了一种已被 ISO 标准化了的 DCE 连接器的几何尺寸及插孔芯数和排列方式。一般来说,DTE 的连接器常用插针形式,其几何尺寸与 DCE 连接器相配合,插针芯数和排列方式与 DCE 连接器成镜像对称。

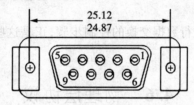

图 4.27　DCE 连接器的常用连接机械特性

2. 电气特性

规定了比特“0”和比特“1”分别用什么电平来表示、最大传输速率的说明以及与互联电缆相关的规则等内容。

物理层的电气特性还规定了 DTE - DCE 接口线的信号电平、发送器的输出阻抗、接收器的输入阻抗等电器参数。

DTE 与 DCE 接口的各根导线(也称电路)的电气连接方式有非平衡方式、采用差动接收器的非平衡方式和平衡方式 3 种。

(1)非平衡方式

采用分立元件技术设计的非平衡接口,每个电路使用一根导线,收发两个方向共用一根信号地线,信号速率小于 20 kbps,传输距离小于 15。由于使用共用信号地线,所以会产生很大的串扰。CCITTV.28 建议采用这种电气连接方式,EIA RS - 232C 标准基本与之兼容。

(2)采用差动接收器的非平衡方式

这类采用集成电路技术的非平衡接口,与前一种方式相比,发送器仍使用非平衡式,但接收器使用差动接收器。每个电路使用一根导线,但每个方向都使用独立的信号地线,使串扰信号较小。这种方式的信号速率可达 300 kbps,传输距离为 10(速率为 300 kbps 时)~1 000 m(速率小于等于 3 kbps 时)。CCITT V.10/X.26 建议采用这种电气连接方式,EAI RS - 423 标准与之兼容。

(3)平衡方式

采用集成集成电路技术设计的平衡接口,使用平衡式发送器和差动式接收器,每个电路采用两根导线,构成各自完全独立的信号回路,使得串扰信号减到最小。这种方式的信号速率小于等于 10 Mbps,传输距离为 10(速率为 10 Mbps 时)~1 000 m(速率小于等于

100 kbps 时)。CCITT V.11/X.27 建议采用这种电气连接方式,EAI RS-423 标准与之兼容。

图 4.28 给出了以上 3 种电气连接方式的结构。

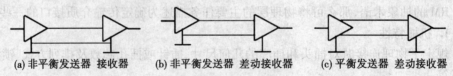

　(a) 非平衡发送器　接收器　　　(b) 非平衡发送器　差动接收器　　　(c) 平衡发送器　差动接收器

图 4.28　电器连接方式

3. 功能特性

规定了接口信号的来源、作用以及其他信号之间的关系。

4. 规程特性

规定了使用交换电路进行数据交换的控制步骤,正是这些控制步骤的应用才完成了比特流的传输。

4.6　物理层协议

为了提高兼容性,必须对 DTE 和 DCE 的接口进行标准化,这种接口的标准就是物理层协议。下面我们对几个最常用的物理层标准进行简单的介绍。

4.6.1　EIA RS-232C 接口标准

EIA RS-232C 是由美国电子工业协会(Electronic Industry Association,EIA)在 1969 年颁布的一种目前使用最广泛的串行物理接口,其中 RS(Recommended Standard)的意思是"推荐标准";232 是标识号码;而后缀"C"则表示该推荐标准已被修改过的次数。

RS-232 标准提供了一个利用公用电话网络作为传输媒体,并通过调制解调器将远程设备连接起来的技术规定。远程电话网相连接时,通过调制解调器将数字转换成相应的模拟信号,以使其能与电话网相容;在通信线路的另一端,另一个调制解调器将模拟信号转换成相应的数字数据,从而实现比特流的传输。图 4.29(a)给出了两台远程计算机通过电话网相连的结构图。从图中可看出,DTE 实际上是数据的信源或信宿,而 DCE 则完成数据由信源到信宿的传输任务。RS-232C 标准接口只控制 DTE 与 DCE 之间的通信,与连接在两个 DCE 之间的电话网没有直接的关系。

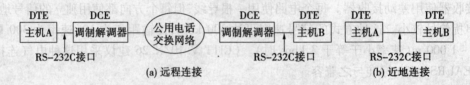

图 4.29　RS-232C 的远程连接和近地连接

RS-232C 标准接口也可以如图 4.29(b)所示用于直接连接两台近地设备,此时既不使用电话网也不使用调制解调器。由于这两种设备必须分别以 DTE 和 DCE 方式成对出现才符合 RS－232C 标准接口的要求,所以在这种情况下要借助于一种采用交叉跳接信号线方法的连接电缆,使得连接在电缆两端的 DTE 通过电缆看对方都好像是 DCE 一样,从而满足 RS－232C 接口需要 DTE－DCE 成对使用的要求。这根连接电缆也称作零调制解调器(Null Modem)。

RS－232C 的机械特性规定使用一个 25 芯的标准连接器,并对该连接器的尺寸及针或孔芯的排列位置等都做了详细说明。而在实际应用中,用户并不一定需要用到 RS－232C 标准的全集,特别是在个人计算机(PC)高速普及的今天,所以一些生产厂家为RS－232C 标准的机械特性做了相应的简化,使用了一个 9 芯标准连接器将不常用的信号线舍弃。

RS－232C 的电气特性规定逻辑“1”的电平为 －15 ~ －5 V,逻辑“0”的电平为 ＋5 ~ ＋15 V,也即 RS－232C 采用 ＋15 V 和 －15 V 的负逻辑电平, ＋5 ~ －5 V 之间为过渡区域不做定义。RS－232C 接口的电气特性如图 4.30 所示,其电气表示见表 4.1。

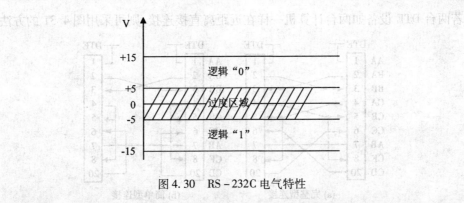

图 4.30　RS－232C 电气特性

RS－232C 电平高达 ＋15 V 和 －15 V,较之 0 ~ 5 V 的电平来说具有更强的抗干扰能力。但是,即使用这样的电平,若两设备利用 RS－232C 接口直接相连(即不使用调制解调器),它们的最大距离也仅约 15 m,而且由于电平较高、通信速率反而能受影响。RS－232C 接口的通信速率小于 20 kbps(标准速率有 150、300、600、1 200、2 400、4 800、9 600、19 200 bps等几挡)。

表 4.1　RS－232C 电气信号表示

状态	负电平	正电平
逻辑状态	1	0
信号状态	传号	空号
功能状态	OFF(断)	ON(通)

RS－232C 的功能特性定义了 25 芯标准连接器中的 20 根信号线,其中 2 根地线、4 根数据线、11 根控制线、3 根定时信号线,剩下的 5 根线做备用或未定义。表 4.2 给出了其中最常用的 10 根信号的功能特性。

表 4.2 RS‑232C 功能特性

引脚号	信号线	功能说明	信号线型	连接方向
1	AA	保护地线(GND)	地线	
2	BA	发送数据(TD)	数据线	→DCE
3	BB	接收数据(RD)	数据线	→DTE
4	CA	请求发送(RTS)	控制线	→DCE
5	CB	清除发送(CTS)	控制线	→DTE
6	BB	数据设备就绪(DSR)	控制线	→DTE
7	AB	信号地线(Sig. GND)	地线	
8	CF	载波检测(CD)	控制线	→DTE
20	CD	数据终端就绪(DTR)	控制线	→DCE
22	CE	振铃指示(RI)	控制线	→DTE

若两台 DTE 设备如两台计算机一样在近距离直接连接,则可采用图 4.31 的方法。

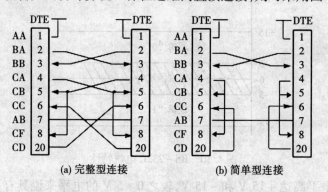

图 4.31 RS‑232C 的 DTE‑DTE 连接

RS‑232C 的工作过程是在各根控制信号线有序的"ON"(逻辑"0")和"OFF"(逻辑"1")状态的配合下进行的。在 DTE‑DCE 连接的情况下,只有 CD(数据终端就绪)和 CC(数据设备就绪)均为"ON"状态时,才具备操作的基本条件。此后,若 DTE 要发送数据,则需先将 CA(请求发送)置为"ON"状态,等待 CB(清除发送)应答信号为"ON"状态后,才能在 BA(发送数据)上发送数据。

4.6.2 EIA‑232‑D/V.24 接口标准

EIA‑232‑D 是美国电子工业协会(Electronic Industries Association,EIA)制定的著名的 DTE 和 DCE 之间的物理层接口标准,它的前身是 1969 年 EIA 制定的 RS‑232‑C 标准接口。这里 RS 表示"推荐标准"(Recommended Standard),232 是标识号,C 是标准 RS‑232 的第三个修订版本,它用于把 DTE 设备连接到音频范围内的调制解调器,数据传输率为 0~20 kbps。事实上,RS‑232 早已成为各国厂家广泛使用的国际标准,1987 年 1 月,RS‑232‑C 经修改后,正式改名为 EIA‑232‑D。由于标准修改得并不多,因此现在很多厂商仍沿用旧的名称,有时甚至简称为"提供 232 接口"。EIA‑232‑D 接口标准的数据传输速率最高为 20 kbps,连接电缆的最大长度不超过 15 m。

1. 主要特点

(1) 机械特性

EIA – 232 – D 遵循 ISO 2110 关于插头座的标准,使用 25 根引脚的 DB – 25 插头座,它的两个固定螺丝中心之间的距离为(47.04 + 0.17) mm,其他方面的尺寸也都有详细的规定,DTE 上安装带插针的公共接头连接器,DCE 上安装带插孔的母接头连接器,其引脚编号如图 4.32 所示,引脚分为上、下两排,分别有 13 根和 12 根引脚,当引脚指向人的方向时,从左到右其编号分别为 1~13 和 14~25。

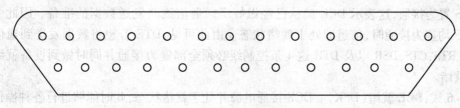

图 4.32　EIA – 232 – D25 根引脚排列

(2) 电气特性

EIA – 232 – D 与 CCITT 的建议书一致,采用负逻辑,即"0"比特用 +5 ~ +15 V 的电压来表示,而比特"1"用 –5 ~ –15 V 的电压表示。逻辑"0"相当于数据"0"(空号)或控制线的"接通"状态;逻辑"1"相当于数据"1"或控制线的"断开"状态。当连接电缆线的长度不超过 15 m 时,允许数据传输速率不超过 20 kbps。EIA – 232 – D 所规定的电压范围对过去广泛使用的晶体管电路很适合,但却远远超过了目前大部分芯片所使用的 5 V 电压,这点必须加以注意。

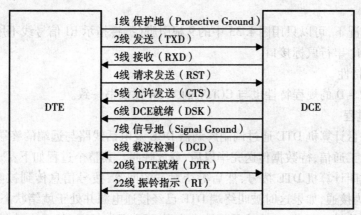

图 4.33　EIA – 232 – D/V.24 的主要信号线定义

(3) 功能特性

EIA – 232 – D 的功能特性与 CCITT 的 V.24 建议书一致,它规定了 25 根引脚信号线的作用以及在工作中每根引脚如何连接。图 4.33 画的是最常用的 10 根引脚信号线的作用,其余的一些引脚可以空着不用。下面简要介绍一下 10 根常用引脚信号线的作用。

①1 线:保护地(Protective Ground),即屏蔽地。

②2 线:发送数据(TXD)的数据线,DTE 向 DCE 发送数据。

③3 线:接收数据(RXD)的数据线,DTE 接收 DCE 发来的数据。发送和接收都是对 DTE 而言的。

④4 线:请求发送(RST)。DTE 请求发送数据,若 DTE 将控制线引脚 4 设置为接通则表示 DCE 能将本地 DTE 发送过来的数据收下,并转发到通信线路上去;当引脚 4 置为断开时,DCE 就没有向通信线路发送数据的能力,但这时 DCE 仍能从通信线路上接收数据并传给本地 DTE。

⑤5 线:允许发送(CTS)。DCE 响应 DTE 的请求,准备接收数据,若本地 DCE 将控制线 CTS 置为接通,这表示 DCE 确认已经做好了向通信线路发送数据的准备。因此 RTS 和 CTS 均置为接通时,信道即处于就绪状态。由此可见,DTE 若想将数据发送到通信线路,则 RTS,CTS,DSR 以及 DTR 这 4 条控制线必须全部置为接通并同时做到设备就绪和信道就绪。

⑥6 线:DCE 就绪(DSK)。DCE 接通电源并处于就绪状态,此时能够进行各种操作。

⑦7 线:信号地(Signal Ground)。即公共地线。

⑧8 线:数据载波检测(DCD)。DCE 转告 DTE 正接收到一个载波,当 DCE 从通道线路上收到符合一定要求的载波信号时,就将控制线 DCD 置为接通,表明此时数据信道上的信号电平是正常的。

⑨20 线:数据终端设备 DTE 就绪(DTR)。DTE 接通电源并处于就绪状态,准备进行各种操作。

⑩22 线:振铃指示(RI)。DCE 转告 DTE 正接收到一个振铃信号,当 DCE 从通信线路上收到振铃信号时,就将控制线 RI 置为接通,在振铃的间隙以及其他时间,RI 均为断开状态。

在某些情况下,可以只用图 4.33 中的 9 根引脚(振铃指示 RI 信号线不用),这就是常见的 9 针 COM1 串行鼠标接口。

(4)规程特性

EIA - 232 - D 的规程特性也与 CCITT 的 V.24 建议书一致。

2. 工作过程

假设有一台计算机 DTE 通过调制解调器 DCE 及电话线路与远端的终端 DTE 建立呼叫并进行半双工通信,待数据传送完毕以后,释放呼叫。其整个过程如下:

首先由主叫计算机 DTE 拨号,然后等待对方的回答,拨号信息传到被叫 DCE 时,振铃指示 RI 置为接通,如果这时被叫终端 DTE 已经接通电源并处于就绪状态,就会收到振铃信号。被叫终端 DTE 的应答就是将请求发送 RTS 置为接通,然后由被叫 DCE 向主叫 DCE 发送一个单音频载波信号,表示此呼叫已为被叫 DTE 所接受。经过短暂的时延后,被叫 DCE 做好了接收数据的准备,将允许发送 CTS 置为接通,表明现在被叫终端 DTE 可以发送数据了。主叫 DCE 收到载波信号后,将其传送给主叫 DTE,主叫 DTE 收到载波后就知道现在可以进行通信了,接着将 DTE 就绪 DTR 和 DCE 就绪 DSR 相继置为接通,这时整个的通信链路系统才真正建立起来,被叫终端 DTE 先要发送一个简短的报文给主叫 DTE,表示现在可以接收数据了,随后就将请求发送 RTS 和允许发送 CTS 置为断开,并关闭载波。当被叫 DCE 检测到载波已关闭时,就将载波检测 DCD 置为断开,被叫 DTE 将请求发送 RTS 置为接通,然后再收到主叫 DCE 的允许发送信号,此时,用户开始传送数据。数据传输完毕后,双方均不再传输载波,呼叫释放。当然,这只是一个简单的例子,在实际应用中远远比这复杂得多;因为各种事件出现的先后顺序可能不同,将会有各种各样的组合。

4.6.3　EIA RS - 449 及 RS - 422 与 RS - 423 接口标准

由于 RS - 232C 标准信号电平过高、采用非平衡发送和接收方式,所以存在传输速率低(小于等于 20 kbps)、传输距离短(小于 15 m)、串扰信号较大等缺点。1977 年底,EIA 颁布了一个新标准 RS - 449,第二年,这个接口标准的两个电气子标准:RS - 423(采用差动接收器的非平衡方式)和 RS - 422(平衡方式)也相继问世。这些标准在保持与 RS - 232C 兼容的前提下重新定义了信号电平,并改进了电路方式,以达到较高的传输速率和较大的传输距离。

1. RS - 499

RS - 499 对标准连接器做了详细的说明,由于信号线较多,使用了 37 芯和 9 芯连接器,37 芯连接器定义了与 RS - 449 有关的所有信号,而辅信道和信号在 9 芯连接器中定义。

RS - 449 标准的电器特性有两个标准,即平衡式的 RS - 422 标准和非平衡式的 RS - 423 标准。

2. RS - 422

RS - 422 电气标准是平衡方式标准,它的发送器、接收器分别采用平衡发送器和差动接收器,由于采用完全独立的双线平衡传输,抗串扰能力大大增强。又由于信号电平定义为 ±6 V(±2 V 为过渡区域)的负逻辑,故当传输距离为 10 m 时,速率可达 10 Mbps;而距离增至 1 000 m,速率可达到 100 kbps 时,性能要比 RS - 232C 标准好得多。

3. RS - 423

RS - 423 电气标准是非平衡标准,它采用单端发送器(即非平衡发送器)和差动接收器。虽然发送器与 RS - 232C 标准相同,但由于接收器采用差动方式,所以传输距离和速度仍比 RS - 232C 有较大的提高。当传输距离为 10 m 时,速度可达成 100 kbps;距离增至 100 m 时,速度仍有 10 kbps。RS - 423 的信号最平定义为 ±6 V(其中 ±4 V 为过渡区域)的负逻辑。

从旧技术标准向新技术标准的过渡,需要花费巨大的代价经过漫长的过程。RS - 423 电气特性标准可以认为是从 RS - 232C 向 RS - 449 标准全面过渡过程中的一个台阶。

4.6.4　100 系列和 200 系列接口标准

CCITT 是原国际电报电话咨询委员会的简称,现已更名为国际电信联盟电信标准化局。该组织从事有关通信标准的研究和制定,其标准一般都称做建议。

CCITT V.24 建议中有关 DTE - DCE 之间的接口标准有 100 系列、200 系列两种。100 系列接口标准作为 DTE 与不带自动呼叫设备的 DCE(如调制解调器)之间的接口。

在调置自动呼叫设备的 DCE(如网络控制器)中,则由 200 系列接口标准完成 DTE 与自动呼叫设备的接口。若系统采用人工呼叫,则无需设置 200 系列接口。

100 系列接口标准的机械特性采用两种规定,当传输速率为 200 ~ 9 600 bps 时,采用 25 芯标准连接器;传输速率达 48 kbps 时,采用 34 芯标准连接器。200 系列接口标准则采用 25 芯标准连接器。

100 系列接口标准的电气特性采用 V.28 和 V.35 两种建议。当传输速率为 200 ~ 9 600 bps时,采用 V.28 建议;当传输速率为 48 kbps 时,100 系列中除控制信号仍使用 V.28 建议外,数据线与定时线均采用 V.35 建议。200 系列接口标准的电气特性则采用 V.28 建议。

4.6.5   X.21 和 X.21 bis 建议

CCITT 对 DTE – DCE 的接口标准有 V 系列和 X 系列两大类建议。V 系列接口标准(如前述的 V.24 建议)一般指数据终端设备与调制解调器或网络控制器之间的接口,这类系列接口除了用于数据传输的信号线外,还定义了一系列控制线,是一种比较复杂的接口。X 系列接口是较晚制定的,这类接口适用于公共数据网的宅内电路端接设备和数据终端设备之间的接口,定义的信号线很少,因此是一种比较简单的接口。

X.21 建议是 CCITT 于 1976 年制定的一个用户计算机的 DTE 与数字化的 DCE 进行信号交换的数字接口标准。X.21 建议的接口以比较简单的形式提供了点到点式的信息传输,通过它能实现完全自动的操作过程,并有助于消除传输差错。在数据传输过程中,任何比特流(包括数据与控制信号)都可通过这个接口进行传输。ISO 的 OSI 参考模型建议采用 X.21 作为物理层规定的标准。

X.21 的设计目标之一是要减少信号线的数目,其机械特性采用 15 芯标准连接器代替熟悉的 25 芯连接器,而且其中仅定义了 8 条接口线。X.21 的另外一个设计目标是允许接口在比 EIA RS – 232C 更长的距离上进行更高速率的数据传输,其电气特性类似于 EIA RS – 422 的平衡接口,支持最大的 DTE – DCE 电缆距离是 300 m。X.21 可以按同步传输的半双工或全双工方式运行,传输速率最大可达 10 Mbps。X.21 接口适用于由数字线路(而不是模拟线路)访问公共数据网(PDN)的地区,欧洲网络大多使用 X.21 接口。

若数字信道一直延伸到用户端,用户的 DTE 当然就可以通过 X.21 建议的接口进行远程通信。但目前实际连接用户端的线路大多数都是模拟信道(如电话线),且大多数计算机和终端设备上也只具备 RS – 232C 接口或以 V.24 为基础的设备,而不是 X.21 接口。为了能从老的网络技术轻松转到新的 X.21 接口,CCITT 提出了用于公共数据网中的与 V 系列调制解调器接口的 X.21 bis 建议。这里的"bis"是法语"替换物"的意思。

X.21 bis 标准指定使用 V.24/V.28 接口,它们与 EIA RS – 232D 非常类似。美国的大多数公共数据网应用实际上都使用 EIA RS – 232D(或更早的 RS – 232C)作为物理层接口。可以认为,X.21 bis 是 X.21 的一个暂时过渡版本,它是对 X.21 的补充并保持了 V.24 的物理接口。X.25 建议允许采用 X.21 bis 作为其物理层的规程。

X.21 和 X.21 bis 为 3 种类型的服务定义了物理电路,这 3 种电路是租用电路(专用线)服务、直接呼叫服务和设备地址呼叫服务。租用电路设计成在两个终端之间的连续连接;直接呼叫服务像"热线"电话,可使用户在任何时间直接连接指定的目标;设备地址呼叫则如"拨号"电话,每次连接需由用户呼叫指定目标。

4.7　调制解调器

Modem,其实是 Modulator(调制器)与 Demodulator(解调器)的简称,中文称为调制解调器(港台称之为数据机)。根据 Modem 的谐音,我们通常称之为"猫",它包括了调制和解调两个部分。调制就是把数字信号转换成电话线上传输的模拟信号;解调,即把模拟信号转换成数字信号。因此合称调制解调器。

调制解调器的作用是模拟信号和数字信号的"翻译员"。电子信号分两种,一种是"模拟信号",一种是"数字信号"。我们使用的电话线路传输的是模拟信号,而 PC 机之间传输的是数字信号。所以当用户想通过电话线把自己的电脑连入 Internet 时,就必须使用调制解调器来"翻译"两种不同的信号。连入 Internet 后,当 PC 机向 Internet 发送信息时,由于电话线传输的是模拟信号,所以必须要用调制解调器来把数字信号"翻译"成模拟信号,才能传送到 Internet 上,这个过程称为"调制"。当 PC 机从 Internet 获取信息时,由于通过电话线从 Internet 传来的信息都是模拟信号,所以 PC 机想要读懂它们,还必须借助调制解调器进行"翻译",这个过程称为"解调",合在一起就称为"调制解调"。调制解调器的工作原理图如图 4.34 所示。

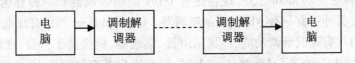

图 4.34　工作原理图

计算机内的信息是由"0"和"1"组成数字信号,而在电话线上传递的却只能是模拟电信号。于是,当两台计算机要通过电话线进行数据传输时,就需要调制解调器负责数模的转换工作。计算机在发送数据时,先由 Modem 把数字信号转换为相应的模拟信号,这个过程就是"调制"。经过调制的信号通过电话载波传送到另一台计算机之前,也要经由接收方的 Modem 负责把模拟信号还原为计算机能识别的数字信号,这个过程就是"解调"。正是通过这样一个"调制"与"解调"的数模转换过程,从而实现了两台计算机之间的远程通讯。

4.7.1　调制解调器的分类

一般来说,根据 Modem 的形态和安装方式,可以大致可以分为以下 4 类:

1. 外置式 Modem

外置式 Modem(图 4.35)放置于机箱外,通过串行通讯口与主机连接。这种 Modem 方便灵巧、易于安装,而且在外置式 Modem 上有一些指示灯,通过指示灯的闪烁可以方便监视 Modem 的工作状况。但外置式 Modem 需要使用额外的电源和电缆。

图 4.35　外置式 Modem

2. 内置式 Modem

内置式 Modem 在安装时需要拆开机箱,并且要对中断和 COM 口进行设置,安装较为繁琐。这种 Modem 要占用主板上的扩展槽,但不需要额外的电源与电缆,且价格比外置式 Modem 要便宜一些。

3. PCMCIA 插卡式 Modem

插卡式 Modem 主要用于笔记本电脑,体积纤巧。配合移动电话,可方便地实现移动办公。

4. 机架式 Modem

机架式 Modem 相当于把一组 Modem 集中于一个箱体或外壳里,并由统一的电源进行供电。机架式 Modem 主要用于 Internet/Intranet、电信局、校园网、金融机构等网络的中心机房。

除以上 4 种常见的 Modem 外,现在还有 ISDN 调制解调器和一种称为 Cable Modem 的调制解调器,另外还有一种 ADSL 调制解调器。Cable Modem 利用有线电视的电缆进行信号传送,不但具有调制解调功能,还集路由器、集线器、桥接器于一身,理论传输速度更可达 10 Mbps 以上。通过 Cable Modem 上网,每个用户都有独立的 IP 地址,相当于拥有了一条个人专线。目前,深圳有线电视台天威网络公司已推出这种基于有线电视网的 Internet 接入服务,接入速率为 2~10 Mbps。

5. USB 接口的调制解调器

USB 技术的出现,给电脑的外围设备提供了更快度、更简单的连接方法,SHARK 公司率先推出了 USB 接口的 56 K 的调制解调器,这个只有呼机大小的调制解调器却给传统的串口调制解调器带来了挑战。只需将其接在主机的 USB 接口就可以,通常主机上有 2 个 USB 接口,而 USB 接口可连接 127 个设备,如果要连接更多设备还可购买 USB 的集线器。通常 USB 的显示器、打印机都可以当作 USB 的集线器,因为它们有除了连接主机的 USB 接口外还提供 1~2 个 USB 的接口。

4.7.2　传输模式

Modem 最初只是用于数据传输。然而,随着用户需求的不断增长以及厂商之间的激烈竞争,目前市场上越来越多地出现了一些"二合一"、"三合一"的 Modem。这些 Modem 除了可以进行数据传输以外,还具有传真和语音传输功能。

1. 传真模式(Fax Modem)

通过 Modem 进行传真,除省下一台专用传真的费用外,好处还有很多:可以直接把计算机内的文件传真到对方的计算机或传真机,而不需要先把文件打印出来;可以直接对接收到的传真进行保存或编辑,管理方便;可以克服普通传真机由于使用热敏纸而造成字迹逐渐消退的问题;由于 Modem 使用了纠错的技术,传真质量比普通传真机要好,尤其是对于图形的传真更是如此。目前的 Fax Modem 大多遵循 V. 29 和 V. 17 传真协议。其中 V. 29 支持9 600 bps传真速率,而 V. 17 则支持 14 400 bps 的传真速率。

2. 语音模式(Voice Modem)

语音模式主要提供了电话录音留言和全双工免提通话功能,真正使电话与电脑融为一体。这里,主要使用一种新的语音传输模式——DSVD(Digital Simultaneous Voice and Data)。DSVD 是由 Hayes、Rockwell、U. s. Robotics、Intel 等公司在 1995 年提出的一项语音传输标准,是现有的 V. 42 纠错协议的扩充。DSVD 通过采用 Digi Talk 的数字式语音与数据同传技术,使 Modem 可以在普通电话线上一边进行数据传输一边进行通话。

DSVD Modem 保留了 8 k 的带宽(也有的 Modem 保留 8. 5 k 的带宽)用于语音传送,其余的带宽则用于数据传输。语音在传输前需要进行压缩,然后与需要传送的数据综合在一起,通过电话载波传送给对方用户。在接收端,Modem 先把语音与数据分离,再把语音信号进行解压和数/模转换,这样就实现了数据/语音的同传。DSVD Modem 在远程教学、协同工作、网络游戏等方面有着广泛的应用前景。但在目前,由于 DSVD Modem 的价格比普通的 Voice Modem 要贵,而且要实现数据/语音同传功能时,需要对方也使用 DSVD Modem,所以在一定程度上阻碍了 DSVD Modem 的广泛使用。

4.7.3　传输速率

Modem 的传输速率,指的是 Modem 每秒钟传送的数据位数。通常所说的 14. 4 k、28. 8 k、33. 6 k 等,指的就是 Modem 的传输速率。传输速率以 bps(比特/秒)为单位。因此,一台 33. 6 k 的 Modem 每秒钟可以传输 33 600 bit 的数据。由于目前的 Modem 在传输时都对数据进行了压缩,因此 33. 6 k 的 Modem 的数据吞吐量理论上可以达到 115 200 bps,甚至达到 230 400 bps。

Modem 的传输速率,实际上是由 Modem 所支持的调制协议所决定的。在调制解调器的包装盒或说明书上看到的 V. 32、V. 32bis、V. 34、V. 34 + 、V. fc 等,指的就是 Modem 的所采用调制协议。其中 V. 32 是非同步/同步 4 800/9 600 bps 全双工标准协议;V. 32bis 是 V. 32 的增强版,支持 14 400 bps 的传输速率;V. 34 是同步 28 800 bps 全双工标准协议;而 V. 34 + 则是同步全双工 33 600 bps 标准协议。以上标准都是由 ITU(国际通讯联盟)所制定,而 V. fc 则是由 Rockwell 提出的 28 800 bps 调制协议,但并没有得到广泛支持。

提到 Modem 的传输速率,就不能不提到 56 k Modem。其实,56 k 的标准已提出多年,但由于长期以来一直存在以 Rockwell 为首的 K56flex 和以 U. S. Robotics 为首的 X2 两种互不兼容的标准,使得 56 k Modem 一直得不到普及。1998 年 2 月,在国际电信联盟的努力下,56 k 的标准终于统一为 ITU V9.0,众多的 Modem 生产厂商也纷纷出台了升级措施,而真正支持 V9.0 的 Modem 也已经遍地开花。56 k 有望在 1 ~ 2 年内成为市场的主流。由于目前国内许多 ISP 并未提供 56 k 的接入服务,因此在购买 56 k Modem 前,最好先向服务商问清楚,以免造成不必要的浪费。

以上所讲的传输速率，均是在理想状况下得出的。而在实际使用过程中，Modem 的速率往往达不到标称值。实际的传输速率主要取决于以下几个因素：

（1）电话线路的质量

因为调制后的信号是经由电话线传送出去，如果电话线路质量不好，Modem 为保证一定准确率将会降低速率。为此，在连接 Modem 时，要尽量减少连线长度，多余的连线要剪去，千万不要绕成一圈堆放在那。另外，最好不要使用分机，连线也应避免在电视机等干扰源上经过。

（2）是否有足够的带宽

如果在同一时间上网的人数很多，就会造成线路的拥挤和阻塞，Modem 的传输速率自然也会随之下降。因此，ISP 是否能提供足够的带宽非常关键。另外，避免在繁忙时段上网也是一个解决拥挤和堵塞的好方法。尤其是在下载文件时，在繁忙时段与非繁忙时段下载所用的时间会相差好几倍。

（3）对方的 Modem 速率

Modem 所支持的调制协议是向下兼容的，实际的连接速率取决于速率较低的一方。因此，如果对方的 Modem 是 14.4 k 的，即使用的是 56 k 的 Modem，那么数据也只能以 14 400 bps的速率进行传输。

第 5 章

数据链路层

数据链路层的基本功能是将物理层为传输原始比特流而提供的可能出差错的链路改造成为逻辑上无差错的数据链路。这里,"物理链路"(简称链路)是指要通信的两节点之间(不含任何交换节点)的通信媒体。计算机网络中发信节点与收信节点之间有时不一定是直接相连的,需要经过交换节点转接,此时发、收节点之间的通路就可能由多条物理链路串接而成。"数据链路"(又称逻辑链路)是指发、收信节点之间用于数据传输的一条逻辑通路。这条逻辑通路除了必须有一条物理链路之外,还需要得到控制数据传输的规程软件的支持。因此,数据链路就如同一条可以在其中传输信息的数字管道,实际应用中的物理链路常采用多路复用技术,此时一条物理链路可以构成多条数据链路,从而极大地提高了线路的利用率。

5.1　数据链路层的功能

数据链路层为网络层提供服务,其基本目的是从源开放系统的网络层向目标开放系统的网络层传输数据。数据链路层最重要的作用就是通过一些数据链路层协议,在不太可靠的物理链路上实现可靠的数据传输。

数据链路层要完成许多特定的功能,这些功能主要包括链路管理,确定如何将物理层的比特成帧,处理传输差错,进行流量控制,以及为网络层提供设计良好的服务接口。

数据链路层基本的功能如下:

(1)链路管理和服务质量管理

当网络中两个节点要进行通信时,数据的发送方必须确知数据的接收方是否已经处于准备接收的状态。因此,这需要数据链路层提供能够建立、维持和释放数据链路的功能,并为网络层提供几种不同质量的链路服务。

(2)帧定界和帧同步

帧是数据链路层的数据传送的基本单位。在发送时,将网络层交下来的数据包,加上数据链路层的协议头和协议尾构成帧,然后交给物理层;接收时,将接收到的帧去掉帧的头部和帧的尾部,然后交给网络层。在数据帧中可携带各种控制信息,因而可以制定一些规则对这些具有逻辑含义的数据进行判断、处理,实现正确传输,这些规则就是数据链路层协议。协议的不同决定了帧的长短和结构的差别,但每种协议都必须对数据帧进行定界。数据链路层将比特流划分成具体的帧,要规定帧的具体格式和信息帧的类型,信息帧包括控制信息帧和数据信息帧等。

另外,将数据以帧为单位传送,一旦数据发生差错可只将出错的有限数据进行重发,减小了传输代价。同时,帧同步的目的是保证接收方对发送方传送过来的数据准确识别帧的边界,并准确对帧中各比特采样。

(3)差错控制

帧在传输过程中由于信道的内部噪声和外部干扰、传输介质的频率特性、硬件故障等原因可能出现的差错包括:数据出错、数据丢失、确认帧丢失或确认帧出错。

数据链路层具备差错检测功能和校正功能,从而使相邻节点的链路层之间无差错地传送数据单元,使网络层获得可靠数据单元传送。信息帧中包含有校验信息段,当接收方接收到信息帧时,按照选定的差错控制方法进行校验,并利用反馈重传技术将出错的数据进行重发。

(4)流量控制

当发送方发送数据的速率大于接收方接收数据的速率时,使得接收方的数据缓冲区溢出(或称接收方被发送方"淹没"),导致数据丢失。一般情况下,接收方边接收数据边进行处理(如译码、检错、寻址等),速率慢于发送方。

流量控制实际上是对发送方数据流量的调节、控制,使其发送速率不致超过接收方所能接收的速率,实现收发双方的速度匹配,从而达到避免数据丢失的目的。流量控制的实现方法是利用反馈确认机制调节发送方传送数据的速率。通常情况下,流量控制和差错控制同时完成。

需要说明的是,流量控制并非只是数据链路层所特有的功能,许多高层协议中也提供流量控制功能,只是对象不同而已。比如,对于数据链路层来说,控制的是相邻两节点间数据链路上的流量,而对于传输层来说,控制的则是端对端的流量。

另外,在双向传输线路中,数据链路层还需解决发送双方数据帧竞争线路的使用权问题;在广播式网络中还要处理访问共享信道的问题,介质访问控制子层是专门处理这个问题。

5.2 数据链路层的服务

数据链路层的基本服务是将源机器中来自网络层的数据传送给目的机器的网络层。数据链路层一般提供3种基本服务:无确认的无连接服务、有确认的无连接服务和有确认的面向连接的服务。

(1)无确认的无连接服务

无确认的无连接服务是数据传输前链路两端事先不建立连接,源机器向目的机器发送独立的帧,而目的机器对收到的帧不做确认。如果由于线路上的噪声而造成数据帧的丢失,数据链路层不负责恢复,如果必须恢复时,工作留给上层去完成(这一点很类似于邮政的平信服务)。这类服务适用于误码率很低的情况,也适用于像语音传输之类的实时业务。无确认的无连接服务因为没有收发双方建立连接和确认的开销,传输延时小,速率高。大多数局域网在数据链路层都使用无确认的无连接服务。

（2）有确认的无连接服务

这种服务和无确认的无连接服务类似，也不建立连接，但是所发送的每一帧都进行单独确认。通过这种方式，发送方可以获知数据帧是否正确到达，如果在某个确定的时间间隔内，帧没有到达，就必须重发此帧。

（3）有确认的面向连接的服务

采用这种服务时，源机器和目的机器在传递任何数据之前，都会首先建立一条连接。在这条连接上发送的每一帧都会进行编号，数据链路层保证所发送的每一帧都确实收到。而且，这种服务能够保证每帧只收到一次，所有的帧都能够按正确顺序接收。可以说，面向连接的服务为网络进程间提供了可靠的传送服务。

数据在物理信道中传输时，线路本身电器特性造成的随机噪声、相邻线路间的串扰以及各种干扰因素都会造成信号的失真，这些失真会引发数据传输出错。所谓差错就是在数据通信中，接收端接收到的数据与发送端实际发出的数据出现不一致的现象。

因此，为了提高传输的准确性，必须由接收器采取一定的措施检测出所有的错误位，并进而采取一定的措施予以修正。而差错控制就是在数据通信过程中能够检测差错，并采取措施纠正差错，把差错限制在允许的尽可能小的范围内的技术和方法。

5.3　数据链路控制

5.3.1　数据链路的结构

数据链路是为数据终端到计算机及计算机与计算机之间提供按照某种协议进行传输控制的数据通路。它由数据电路以及数据终端设备（DTE）和通信控制处理器（CCP）中的传输控制部分组成，包括两个终端之间的物理电路，具有能使数据正确传送的链路控制功能。数据链路的基本结构可以分为两种，即点对点和点对多点的数据链路，如图 5.1 所示。

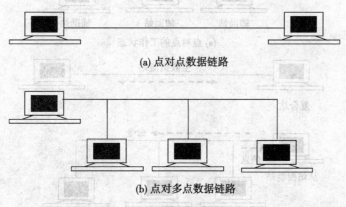

(a) 点对点数据链路

(b) 点对多点数据链路

图 5.1　数据链路基本结构

数据链路传输数据信息通常有 3 种操作方式：

（1）单向型：信息只按一个方向传输。

（2）双向交替型：信息可以在两个方向上传输，但是是交替进行的。

（3）双向同时型：信息在两个方向上同时传输。为了减少传输过程中的差错，需要进行检错和纠错控制及收、发双方的同步控制等。

这种在数据链路上进行的数据传输控制称为传输控制，进行这些传输控制的系列规则称为数据链路控制规程。

连接到数据链路上的 DTE，可以是不同类型的终端或计算机，但从通信的角度来看，它们都具有发送数据和（或）接收数据的能力。所以，从数据链路的逻辑功能上，可以将它们统称为"站"。为了适应不同配置、不同操作方式和不同传输距离的数据通信链路，在点对点链路中，定义了 3 种类型的站：主站、从站和复合站。

（1）主站（Primary）：发送信息和命令的站。

（2）从站（Secondary）：接收信息和命令而发出确认信息或响应的站，在主站控制下进行操作。主站为线路上的每个从站维持一条逻辑链路。

（3）复合站：既有主站功能又有从站功能，也就是说既可发送命令也可以响应命令。在点对多点链路中，有一个站称为"控制站"，负责组织链路上的数据流，处理链路上所出现的不可恢复的差错情况；其余的站则称为"辅助站"。在集中控制的多站链路中，只允许控制站和辅助站之间传输信息，由控制站发送命令，引导辅助站发送或接收信息。在控制站发送信息时，控制站为"主站"，接收信息的站为"从站"；若某一时刻辅助站向控制站发送信息，则该辅助站就变为"主站"，而控制站变为"从站"。其工作状态如图 5.2 所示。

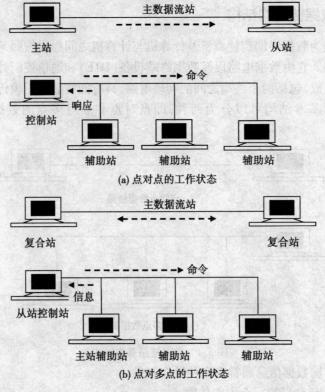

图 5.2　各站工作状态

5.3.2　数据链路传输控制过程

数据通信的完整通信过程大致可以分为 5 个阶段。

1. 建立物理连接

建立物理连接就是按照建立连接的要求,使物理层的若干数据电路互连的过程。

2. 建立数据链路

当建立物理连接之后,为了能可靠而有效地传输数据信息,收发双方要交换控制信息,主要包括:

(1)呼叫。

(2)确认双方所要通信的对象。

(3)确认对方处在正常收发信准备状态。

(4)确认接收和发送状态。

(5)指定对方的输入输出设备。

建立数据链路的方式主要有两种:争用方式和探询/选择方式。争用方式适用于点对点的链路结构,由发送数据的站发起建立数据链路。当两个站同时要求建立数据链路时,就会产生冲突,这时数据链路规范应指定其中的一个站为主站。探询/选择方式主要适用于点对多点的链路结构,在建立数据链路时,由控制站向辅助站发送探询选择命令,引导辅助站发送或接收数据信息,从而确定主站和从站。

3. 数据传送

主站沿着所建立的数据链路向从站发送数据,同时完成差错控制、流量控制等功能,并保证传输的透明性。

4. 释放数据链路

数据传送结束后,主站发送结束传输的命令,各站返回中性状态、初始状态或进入一个新的控制状态,并释放数据链路。

5. 拆除物理连接

如果是交换型的数据电路,最后还要拆除已经建立的物理连接。

5.4　错误的检测与纠正

在数字通信中,信源设备输出的数据信号是由一串二进制数字序列构成的比特流,当它从一个节点传到下一个节点时,干扰信号有可能使某个或某些比特的值发生变化,即原来的 1 变成 0 或者是原来的 0 变成 1。数据出错有以下两种类型:

1. 随机差错

热噪声由传输介质导体的电子热运动产生,热噪声是一种随机噪声,它所引起的传输差错为随机差错,这种差错的特点是一次只影响一个比特,且错误之间没有关联,也就是说数据序列中前后位之间的差错彼此无关,如图 5.3 所示。

2. 突发差错

冲击噪声是由外界电磁干扰引起的,与热噪声相比,冲击噪声幅度较大,是引起传输差错的主要原因。冲击噪声所引起的传输差错为突发错,这种差错的特点是在数据序列中前面出现了错误,后面往往也会出现错误,即产生一连串错码,错误之间有相关性。突发差错影响的最大连续数据比特数称作突发长度,如图 5.4 所示。

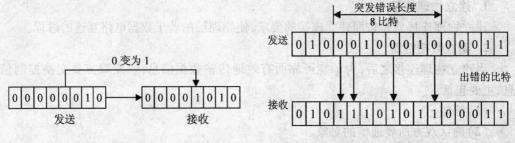

图 5.3　单比特错　　　　　　　　　图 5.4　突发错误

数据链路层解决数据出错的方法是:在发送端,把传输的数据分成块,在每一块数据上加冗余数据,其值根据一定规则计算,称为检错码或纠错码,将数据与检错码或纠错码一起发送到接收端后,按同样的规则计算,来判断数据是否正确。其中检错码的功能是只能检测收到的数据是否出错,但不知道具体哪位数据出错,所以无法改正,只有请求发送端重新发送此数据(自动请求重发);纠错码的功能是不仅能检测出数据是否出错,而且还知道哪位数据出错,所以能够自行纠正。

5.4.1　错误检测

检测错误常用的基本方法是在数据传输中发送端要传送的二进制位序列中截取出 k 位码元信息序列,并根据某种编码算法以一定的规则产生 r 个冗余码元,称作校验码或监督码,校验码元仅校验本码组中的信息码元。然后由冗余码元和信息码元形成 $n = k + r$ 位编码序列,称为码字,将码字送往信道传输。接收端收到的 n 位码字中,信息元与冗余码元之间也符合上述编码规则,并根据这一规则进行检验,从而确定是否有错误。常用的检错编码有 3 种:奇偶校验码、循环冗余校验码(Cyclic Redundancy Check,CRC)和检查和。这里只介绍前两种。

1. 奇偶校验码

奇偶校验码是一种最简单的检错码。在传输速率低于 1 200 b/s 的数据通信设备中得到了普遍使用。其编码规则是:将所要传送的数据信息分组,再在一组信息码元后面加上一个校验码元,使得该分组的码元中"1"的个数成为奇数个或偶数个,这就构成了奇校验或偶校验。按照此规则编成的校验码分别称为奇校验码或偶校验码。

如有一信息组各码元为 $k_1, k_2, \cdots, k_{n-1}$,附加校验码元为 k_n, k_n 与 $k_1, k_2, \cdots, k_{n-1}$ 之间的关系如下:

$$k_n = \sum_{i=1}^{n-1} k_i \,(\mathrm{mod}2)$$

$$\sum_{i=1}^{n-1} k_i + k_n = \begin{cases} 1 \\ 0 \end{cases} (\mathrm{mod}2) \quad \begin{array}{l} (奇校验) \\ (偶校验) \end{array}$$

所以,我们就可以根据上述两式在发送端生成所需的奇偶校验码,同时在接收端又重新生成新的奇偶校验码,并与之相比较,以确定传输中是否存在差错。对于选用奇校验还是偶校验,ISO 规定:在同步传输系统中采用奇校验;而在异步传输系统中采用偶校验。

在实际应用中,奇偶校验分为垂直(纵向)奇偶校验、水平(横向)奇偶校验和水平垂直奇偶校验等3 种。垂直奇偶校验又称字符奇偶校验,它是指在$(n-1)$位表示字符信息码元后面再附加一个第n位的校验码元,使整个字符中的1 的个数为奇数个或偶数个。水平奇偶校验是将传输的字符分为若干个信息码组,对同一码组内的各字符的同一位进行奇偶校验,从而形成一个校验字符。垂直水平奇偶校验是将传输的字符分成若干信息码组,并对同一码组内的各字符同时进行垂直和水平奇偶校验。图5.5 表示了垂直和水平奇偶校验各信息码元与校验码元之间的关系。

字符 位	C_1	C_2	C_3	C_4	C_5	C_6	C_7	C_8	C_9	C_{10}	C_{11}	C_{12}	C_{13}	C_{14}	C_{15}	水平偶 校验位
b1	0	1	0	1	1	1	1	1	0	1	1	1	1	0	0	0
b2	0	1	1	1	1	1	1	0	0	0	0	0	0	1	0	0
b3	0	1	1	1	1	1	1	0	1	1	0	1	0	1	0	1
b4	1	1	1	0	0	1	1	0	0	1	0	0	1	0	1	0
b5	1	0	0	0	0	0	1	0	1	0	1	1	0	0	1	0
b6	0	0	0	0	0	0	1	0	1	0	0	0	0	0	1	0
b7	1	1	1	1	1	0	0	1	1	0	1	1	1	1	1	1
垂直偶 校验位	1	1	0	0	0	1	0	0	0	0	1	0	0	0	0	1

图 5.5 垂直和水平奇偶校验

从上述奇偶校验码的编码过程中可以看出,奇偶校验只能校验奇数个错误。当出错码元个数成对出现时,是无法检测出错误的。

2. 循环冗余校验码

循环冗余校验码简称循环码或 CRC 码(Cycle Redundancy Code),是一种高性能的捡错、纠错码。由于它的检错能力强、实现简单容易,因而在数据通信中得到广泛的应用。循环码在实际应用中常用作检错码。循环码的特点是有严密的数学结构,对其进行分析要用到近代代数理论。不过,本小节仅着眼于介绍循环码的基本概念以及它的具体实现,不做严格的数学分析。

CRC 码又称为多项式码。这是因为,任何一个由二进制数位串组成的代码都可以和一个只含有 0 和 1 两个系数的多项式建立一一对应的关系。例如,代码 1011011 对应的多项式为$x^6+x^4+x^3+x+1$,而多项式$x^5+x^4+x^2+x$对应的代码为 110110。并且 CRC 码在发送端编码和接收端校验时都可以利用一事先约定的生成多项式$(G)x$。

由信息位产生校验位的编码过程:首先利用生成多项式的最高次项与信息码多项式相乘,然后利用相乘后的二进制数位串模 2 除以生成多项式的二进制数位串,最后将余数按校验位的要求转换成校验码,校验位比生成多项式的二进制数位数少 1 位。

计算得到校验码之后,将校验码放到信息码的后面作为发送端的待发序列发往接收端,到接收端后,判断数据是否正确的方法是:利用收到的二进制数对生成多项式的二进制进行模 2 除,如果余式为 0 则数据正确,否则数据错误。

注意:除法是模 2 除法,除法过程中用到的减法也是模 2 减法,即异或运算。

【例 5.1】 信息位 1010001,生成多项式$G(x)$为x^4+x^2+x+1(对应代码为 10111),求 CRC 校验码及待发序列。

解 1010001 变为多项式：$x^6 + x^4 + 1$

$$x^4(x^6 + x^4 + 1) = 10100010000$$

```
              1001111
    10111 / 10100010000
           10111
           11010
           10111
            11010
            10111
             11010
             10111
              11010
              10111
               1101
```

这里,最后的余数就是校验码 1101,待发序列为 10100011101。（注意:如果余数的位数不满足校验位数要求,则前面填 0 补位）

在接收端,计算 10100011101/10111,若结果余数为 0,则接受,否则不接受。

5.4.2 错误纠正

上述两种方法只做了检错的机制,并没有纠正这些差错。纠错可以通过两种方式进行。一种是当发现差错时,接收方可以让发送方重新发送整个数据单元;另一种方法是可以采用纠错码,自动纠错一些差错。海明码就是一种纠错码。

理论上讲,可以自动纠正任何一种二进制编码差错。但是纠错码比检错码要复杂得多,并且占据更多的冗余比特位。纠正多比特差错所需要的比特数是较大的,而且效率不高。因此大多数纠错技术都局限于一个、两个或者三个比特的差错。

我们先看看纠错原理,考虑最简单的单个比特出现差错的情况。单比特差错可以通过在数据单元上增加冗余位来进行检测。单个的附加比特可以对任意比特序列的单比特差错进行检测,由于一个比特只有两种状态,即 0 和 1,所以它只能检查两种状态:有错和无错。当接收方将比特 1 当作 0 读入,或者将 0 当作 1,就发生了差错。如果要纠正差错,那么必须确定哪位比特发生差错,然后进行纠正。

举例来说,为了纠正一个 ASCII 字符中单比特差错,纠正码必须确定 7 个比特中的哪一个发生了改变。在这种情况下,就必须在 8 个状态之间进行区分:无错、第 1 比特错、第 2 比特错等,一直到第 7 比特错。虽然说 3 个比特位(作为冗余位)可以表示 8 个状态,但是,冗余位也可能发生出错的情况,所以 3 个比特位显然是不够的。

为了计算纠正一个给定数量(m)的数据位数所需要的冗余位的数量(r),必须找到 m 和 r 之间的关系,简单说就是要用 r 个冗余位来表示 $m + r + 1$ 个状态。那必须满足公式

$$2^r \geqslant m + r + 1$$

例如,如果 $m = 7$,则 $r = 4$ 才可以满足能够纠错。

至此,我们已经解决了在传输中所有可能的单比特差错状态所需要的比特数。如果想利用这些比特来发现出现的差错,那么就要用到 R. W. Hamming 提出的一种技术:海明码。

首先要做的是定位冗余比特。海明码可以在任意长度的数据单元上应用,并能利用上面讨论的数据和冗余比特之间的关系。例如,一个七位 ASCII 码需要在数据单元末尾附加或者在原始数据中间插入 4 个冗余比特。在图 5.6 中,这些比特被放在位置 1,2,4 和 8 上(这些位置都是 2 的幂次序列)。为清楚表明下面的例子,我们将这些位表示为: r_1, r_2, r_4, r_8。

在海明码中,每个冗余比特都是在一组数据比特的垂直奇偶校验位:在七位数据序列中用来计算 4 个冗余比特位的比特组合如下:

①r_1:第 3,5,7,9,11 比特参与奇偶校验。

②r_2:第 3,6,7,10,11 比特参与奇偶校验。

③r_3:第 5,6,7 比特参与奇偶校验。

④r_4:第 9,10,11 比特参与奇偶校验。

每个数据比特都可能在超过一个的垂

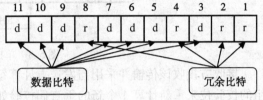

图 5.6 在海明码中冗余比特的位置

直奇偶校验计算中出现。例如,在以上的序列中,每个原始数据比特至少在两组中出现,而冗余比特只在一组中出现。r_1 是通过所有二进制表示中最低位为 1 的比特位置计算得到的,r_2 是通过二进制表示中次低位为 1 的比特位置计算得到的,依此类推。冗余比特的计算实例如图 5.7 所示。

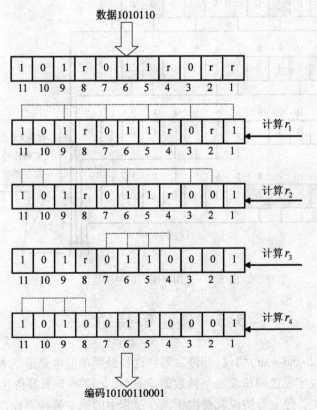

图 5.7 冗余比特的计算实例

现在假设在上述传输过程中,第7位从1变成了0,如图5.8所示,下面我们来看如何检错。

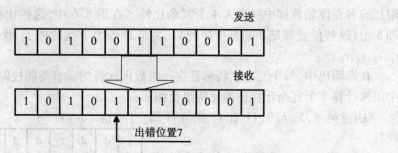

图5.8 单比特差错

接收方接收该传输并采用与发送方计算每个冗余比特时相同的比特组加上对应每一组的校验位来重新计算4个新的垂直偶校验如图5.9所示。然后将新的校验值按照冗余比特位置(r_8,r_4,r_2,r_1)组成一个二进制数。在本例中,这一步的结果是0111(十进制7),由于在发端冗余位是相应数据位偶校验的结果,所以收端的结果应为0000,由此可知r_4,r_2,r_1发现了错误,r_4,r_2,r_1参与偶校验的共同数据位为第7位,所以第7位是发生错误的比特位。一旦确定了发生差错的比特,接收方就可以将该比特值取反并纠正该差错。

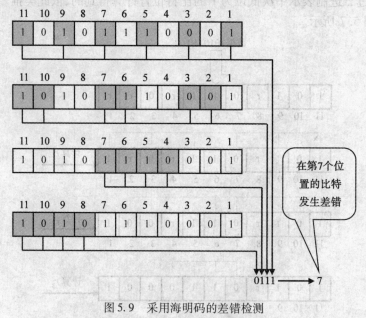

图5.9 采用海明码的差错检测

5.5 停止等待协议

停止等待(stop-and-wait)协议,即停 – 等协议是最简单但也是最基本的数据链路层协议。停 – 等协议规定发送端每发送一帧数据信息后,必须停下来等待接收端返回了应答才能继续操作下去。停 – 等协议就是由于操作过程中的停 – 等特点而得名的。

5.5.1 停止等待协议的工作原理

停止等待协议可以分为 4 种情况来讨论,第 1 种情况如图 5.10(a)所示,数据在传输过程中无误的情况。收方在收到一个正确的数据帧后,即交付给主机 B,同时向主机 A 发送一个确认帧(ACK)。当主机 A 收到确认帧 ACK 后才能发送一个新的数据帧。这样就实现了收方对发方的流量控制。

第 2 种情况如图 5.10(b)所示,数据帧在传输过程中出现了差错。由于通常都在数据帧中加上了循环冗余检验 CRC,所以节点 B 很容易用硬件检验出收到的数据帧是否有差错。当发现差错时,节点 B 就向主机 A 发送一个否认帧 NAK,以表示数据错误,要求主机 A 重传那个数据帧。如多次出现差错,就要多次重传数据帧,直到收到节点 B 发采的确认帧 ACK 为止。为此,在发送端必须暂时保存已发送过的数据帧的副本。

第 3 种情况如图 5.10(c)所示,数据帧丢失。有时链路上的干扰很严重,或由于其他一些原因,节点 B 收不到节点 A 发来的数据帧。发生帧丢失时节点 B 当然不会向节点 A 发送任何确认帧。如果节点 A 要等收到节点 B 的确认信息后再发送下一个数据帧,那么就将永远等待下去。于是就出现了死锁现象。同理,若节点 B 发过来的确认帧丢失,也会同样出现这种死锁现象。

要解决死锁问题,可在节点 A 发送完一个数据帧时,就启动一个超时计时器,在超时计时器中设置了时间上限 T。若到了超时计时器所设置的重传时间 T 而仍未收到节点 B 的任何确认帧,则节点 A 就重传前面所发送的这一数据帧。显然,超时计时器设置的重传时间应仔细选择确定。若重传时间选得太短,则在正常情况下也会在对方的确认信息回到发送方之前就过早地重传数据。若重传时间选得太长,则往往要白白等掉许多时间。一般可将重传时间选为略大于"从发完数据帧到收到确认帧所需的平均时间"。

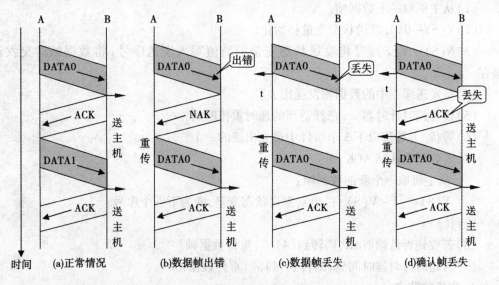

图 5.10 停止等待协议的工作原理

第 4 种情况如图 5.10(d)所示,确认帧丢失或者出错,则超时重传将使主机 B 收到两个同样的数据帧。由于主机 B 现在无法识别重复的数据帧,因而在主机 B 收到的数据中出现了另一种差错——重复帧。重复帧也是一种不允许出现的差错。

要解决重复帧的问题,必须使每一个数据帧带上不同的发送序号。每发送一个新的数据帧就把它的发送序号加 1。若节点 B 收到发送序号相同的数据帧,就表明出现了重复帧。这时应当丢弃这重复帧,因为已经收到过同样的数据帧并且也交给了主机 B。但应注意,此时节点 B 还必须向节点 A 发送一个确认帧 ACK,因为节点 B 已经知道节点 A 还没有收到上一次发送过去的确认帧 ACK。

我们知道,任何一个编号系统的序号所占用的比特数一定是有限的。因此,经过一段时间后,发送序号就会重复。例如,当发送序号占用 3 bit 时,就可组成共有 2 个不同的发送序号,从 000 到 111。当数据帧的发送序号为 111 时,下一个发送序号就又是 000。因此,我们在对数据帧进行编号时要考虑序号所占用的比特数。序号占用的比特数越少,数据传输的额外开销也就越小。对于停止等待协议,由于每发送两个数据帧就停止等待,因此用一个比特来编号就够了。一个比特可以有 0 和 1 两种不同的序号。这样,数据帧中的发送序号(以后记为 N(S),S 表示发送)就以 0 和 1 交替的方式出现在数据帧中。每发送一个新的数据帧,发送序号就和上次发送的不一样。用这样的方法就可以使收方能够区分开新的数据帧和重传的数据帧了。

5.5.2 停止等待协议的算法

为了对上面所述的停止等待协议有一个完整而准确的理解,下面给出此协议的算法,读者应弄清算法中的每一个步骤。

1. 在发送节点

(1)从主机取一个数据帧。

(2)V(S)←0。{发送状态变量初始化}

(3)N(S)←V(S)。{将发送状态变量的数值写入发送序号}将数据帧送交发送缓存。

(4)将发送缓存中的数据帧发送出去。

(5)设置超时计时器。{选择适当的超时重传时间}

(6)等待。{等待以下 3 个事件中最先出现的一个}

(7)若收到确认帧 ACK,则:

从主机取一个新的数据帧:

V(S)←[1−V(S)];{更新发送状态变量,变为下一个序号}
转到(3)。

(8)若收到否认帧 NAK,则转到(4)。{重传数据帧}

(9)若超时计时器时间到,则转到(4)。{重传数据帧}

2. 在接收节点

(1)V(R)←0。{接收状态变量初始化,其数值等于欲接收的数据帧的发送序号}

（2）等待。

（3）当收到一个数据帧，就检查有无产生传输差错（如用 CRC）。若检查结果正确无误，则执行后续算法；否则转到（8）。

（4）若 N(S) = V(R)，则执行后续算法；{收到发送序号正确的数据帧}

　　否则丢弃此数据帧，然后转到（7）。

（5）将收到的数据帧中的数据部分送交主机。

（6）V(R)←[1 - V(R)]。{更新接收状态变量，准备接收下一个数据帧}

（7）发送确认帧 ACK，并转到（2）。

（8）发送否认帧 NAK，并转到（2）。

从以上算法可知，停止等待协议中需要特别注意的地方，就是在收发两端各设置一个本地状态变量（仅占 1 bit）。

这种停止等待协议实现的方法简单，但由于发送节点每发完一帧后必须停下来等待对方的应答，因而效率很低。

5.6　连续 ARQ 协议

连续 ARQ 协议是利用滑动窗口机制连续发送数据，从而提高了传输效率。下面我们首先了解滑动窗口的概念。

5.6.1　滑动窗口的概念

在使用连续 ARQ 协议时，如果发送端一直没有收到对方的确认信息，那么实际上发送端并不能无限制地发送其数据帧。这主要有两个原因：

（1）当未被确认的数据帧的数目太多时，只要其中有一帧出错，就可能要重传很多的数据帧，这必然会浪费大量时间，因而增大开销。

（2）为了对所发送出去的大量数据帧进行编号，每个数据帧的发送序号也要占用较多的比特数，这样又增加了一些不必要的开销。

因此，在连续 ARQ 协议中，应当将已发送出去但未被确认的数据帧的数目加以限制。这正是滑动窗口所要研究的内容。

我们从停止等待协议中已经得到了启发，在停止等待协议中，无论发送多少帧，只需使用 1 个比特来编号就足够了。发送序号循环使用 0 和 1 这两个序号。对于连续 ARQ 协议，也可采用同样的原理，即循环重复使用已收到确认的那些帧的序号。加入适当的控制机制，便可以用有限的几个比特进行编码。这就是要在发送端和接收端分别设定所谓的发送窗口和接收窗口。下面先讨论发送窗口。

发送窗口用来对发送端进行流量控制，而发送窗口的大小 W_T 就代表在还没有收到对方确认信息的情况下发送端最多可以发送多少个数据帧。显然，停止等待协议的发送窗口大小是 1，表明只有收到某帧的确认之后才能发送下一帧数据。发送窗口的概念最好用图形来说明。

我们现在设发送序号用 3 位比特来编码,即发送序号可以有 8 个不同的序号,从 0 到 7。又设发送窗口 $W_T = 5$,即在未收到对方确认信息的情况下,发送端最多可以发送出 5 个数据帧。图 5.11 画出了刚开始发送时的情况。这时,在带有阴影的发送窗口内(即在窗口前沿和后沿之间)共有 5 个序号,从 0 到 4。具有在发送窗口内的序号的数据帧就是发送端现在可以发送的帧。若发送端发完了这 5 个帧(从 0 号帧到 4 号帧)但仍未收到确认信息,由于发送窗口已填满,就必须停止发送而进入等待状态。当收到 0 号帧的确认信息后,发送窗口就可以向前滑动 1 个序号。从图 5.11 可看出现在 5 号帧已落入到发送窗口之内,因此发送端现在就可发送这个 5 号帧。以后又有 3 帧(1 至 3 号帧)的确认帧陆续到达发送端。于是发送窗口又可再向前移动 3 个号,而发送端继续可发送的数据帧的发送序号是 6 号、7 号和 0 号。

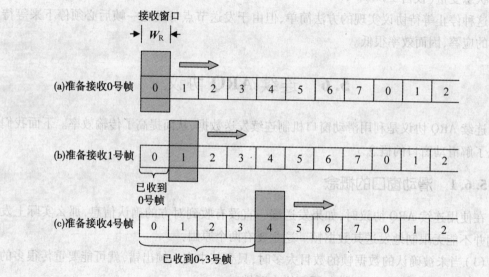

图 5.11　接收窗口 W_R 的意义

不难看出,只有在接收窗口向前移动时,发送窗口才有可能向前移动。

正因为收发两端的窗口按照以上规律不断地向前滑动,因此这种协议又称为滑动窗口协议。当发送窗口和接收窗口的大小都等于 1 时,就是我们最初讨论的停止等待协议。下面讨论当数据帧的发送序号所占用的比特数一定时,发送窗口的最大值是多少。例如,用 3 位比特可编出 8 个不同的序号,因而发送窗口的最大值理论上应该是 8。但实际上,这将使协议在某些情况下无法工作。现在我们就来说明这点。

现在设发送窗口 $W_T = 8$。设发送端发送完 0~7 号共 8 个数据帧。因发送窗口已满,发送暂停。假定这 8 个数据帧均已正确到达接收端,并且对每一个数据帧,接收端都发送出确认帧。下面考虑两种不同的情况。

第 1 种情况是:所有的确认帧都正确到达了发送端,因而发送端接着又发送 8 个新的数据帧,其编号应该是 0~7。

第 2 种情况是:所有的确认帧都丢失了。经过一段时间后,发送端重传这 8 个旧的数据帧,其编号仍为 0 ~ 7。这样问题就出现了,接收端第二次收到编号为 0 ~ 7 的 8 个数据帧时,无法判定:这是 8 个新的数据帧,还是 8 个旧的、重传的数据帧。

因此,将发送窗口设置为 8 显然是不行的。

可以证明,当用 n 个比特进行编号时,若接收窗口的大小为 1,则只有在发送窗口的大小 $W_T \le 2^n - 1$ 时,连续 ARQ 协议才能正确运行。这就是说,当采用 3 bit 编码时,发送窗口的最大值是 7 而不是 8。但对于卫星链路,由于其传播时延很大,发送窗口也必须适当增大才能使信道利用率不致太低。这时常用 7 bit 编码,因而发送窗口的大小可达 127。在这种情况下,所有已发送出去的但还没有被确认的数据帧都必须保存在发送端的缓存中,以便在出差错时进行重传。当然,这就要占用相当大的存储器空间。相反,对于停止等待协议,发送窗口 $W_T = 1$,发送端只要花费 1 个数据帧的存储器空间即可。

顺便指出,上述的这种对已发送过的数据帧的保存,是使用一个先进先出的队列。发送端每发完一个新的数据帧就将该帧存入这个队列。当队列长度达到发送窗口大小 W_T 时,即停止再发送新的数据帧。当按照协议进行重传(重传 1 帧或多帧时),队列并不发生变化。只有当收到对应于队首的帧的确认时,才将队首的数据帧清除。若队列变空,则表明全部已发出的数据帧均已得到了确认。

5.6.2　连续 ARQ 协议的工作原理

连续 ARQ 协议的要点就是在发送完一个数据帧后,不是停下来等待确认帧,而是可以连续再发送若干个数据帧。如果这时收到了接收端发来的确认帧,那么还可以接着发送数据帧。由于减少了等待时间,整个通信的吞吐量就提高了。

我们用图 5.12 所示的简单例子来讨论连续 ARQ 协议的工作原理。节点 A 向节点 B 发送数据帧。当节点 A 发完 0 号帧后,不是停止等待,而是继续发送后续的 1 号帧、2 号帧等。由于连续发送了许多帧,所以确认帧不仅要说明是对哪一帧进行确认或否认,而且确认帧本身也必须编号。

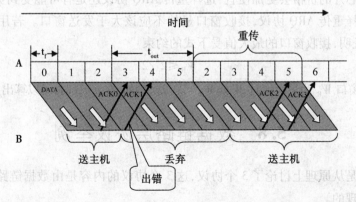

图 5.12　连续 ARQ 协议的工作原理:数据帧出错

节点 B 正确地收到了 0 号帧和 1 号帧,并送交其主机。现在假设 2 号帧出错了,于是节点 B 就将出错的 2 号帧丢弃。节点 B 运行的协议可以有两种选择:一种是在出现差错时就向节点 A 发送否认帧,另一种则是在出现差错时不做任何响应。我们现在假定采用后一种协议,这种协议比较简单,使用得较多。

这里要注意两点:

(1)接收端只按序接收数据帧。虽然在有差错的 2 号帧之后接着又收到了正确的数据帧,但都必须将它们丢弃,因为这些帧的发送序号都不是所需的 2 号。

(2)节点 A 在每发送完一个数据帧时都要设置超时计时器。只要在所设置的超时时间 t_0 到而仍未收到确认帧,就要重传相应的数据帧。在等不到 2 号帧的确认而重传 2 号数据帧时,虽然节点 A 已经发完了 5 号帧,但仍必须向回走,将 2 号帧及其以后的各帧全部进行重传。正因如此,连续 ARQ 的意思是当出现差错必须重传时,要向回走 N 个帧,然后再开始重传。因此,这种协议又可称为后退 N 帧 ARQ 协议。

从这里不难看出,连续 ARQ 协议一方面因连续发送数据帧而提高了效率,但另一方面,在重传时又必须把原来已正确传送过的数据帧进行重传(只是因为这些数据帧之前有一个数据帧出错了),这种做法使传送效率大大降低。由此可见,若传输信道的传输质量很差因而误码率较大时,连续 ARQ 协议不一定优于停止等待协议。

5.7　选择重传 ARQ 协议

为进一步提高信道的利用率,可设法只重传出现差错的数据帧或者是计时器超时的数据帧。但这时必须加大接收窗口,以便先收下发送序号不连续但仍处在接收窗口中的那些数据帧,等到所缺序号的数据帧收到后再一并送交主机,这就是选择重传 ARQ 协议。

使用选择重传 ARQ 协议可以避免重复传送那些本来已经正确到达接收端的数据帧。但我们付出的代价是在接收端要设置具有相当容量的缓存空间,这在许多情况下是不够经济的。正因如此,选择重传 ARQ 协议在目前就远没有连续 ARQ 协议使用得那么广泛。今后存储器芯片的价格会更加便宜,选择重传 ARQ 协议还是有可能受到更多的重视。

对于选择重传 ARQ 协议,接收窗口显然不应该大于发送窗口。若用 n 比特进行编号,则可以证明,接收窗口的最大值受下式的约束

$$W_R \leqslant 2^n/2$$

当接收窗口 W_R 为最大值时,$W_T = W_R = 2^n/2$。例如,在 $n=3$ 时,可以算出 $W_T = W_R = 4$。

5.8　数据链路层协议举例

前面只是从原理上讨论了 3 个协议,这 3 个协议的内容是由数据链路层中实际使用的协议来实现的。

OSI 参考模型中的数据链路层协议在其他标准集中也称为数据链路控制协议或链路控制规程。链路控制协议可分为面向字符的协议和面向比特的协议两大类。

早期的计算机通信控制协议是面向字符的。"面向字符"就是说在链路上所传送的

数据和控制信息必须是由规定的同一个字符集(例如 ASCⅡ码)中的字符所组成。这种面向字符的链路控制规程在计算机网络的发展过程中起到了重要的作用。

但随着计算机通信技术的发展,这种面向字符的链路控制规程暴露出越来越多的弱点,主要如下:

(1)通信线路的利用率低。因为它采用的是停止等待协议,收发双方交替地工作,并没有充分利用通信线路。

(2)兼容性差。所有通信的设备必须使用同样字符代码,所以,使用不同字符代码的通信设备之间无法通信。

(3)可靠性差。只对数据部分进行差错控制,若控制部分出错就无法控制,因而可靠性较差。

(4)不易扩展。每增加一种功能就需要设定一个新的控制字符。

(5)数据的透明性不好。当数据中出现与控制信息相同的字符时,处理起来很麻烦。

为解决这些问题,设计出一种面向比特的链路控制规程来代替原来的面向字符的链路控制规程。

面向比特的数据链路控制协议具有以下特点:以比特所处的位置来定位帧中的各字段(或称"域"),而不用控制字符,区分简单、易实现、效率高。协议不依赖于任何一种字符编码集;上层的服务数据单元 SDU 以位流形式被封装在帧中数据区而不必考虑其逻辑含义,透明性好;用于实现透明传输的"0 比特填充法"易于硬件实现;全双工通信,不必等待确认便可连续发送数据,有较高的数据链路传输效率;帧中的数据和控制信息均采用 CRC 循环冗余校验,并对信息帧进行顺序编号,可实现保序,传输可靠性高;传输控制功能与处理功能分离,具有较大的灵活性。由于以上特点,目前计算机网络中普遍使用面向比特的数据链路控制协议。

这里以 ISO 的高级数据链路控制规程 HDLC(HighLevel Data Link Control)协议为例,来讨论面向比特的同步控制协议的一般原理与操作过程。

5.8.1　高级数据链路控制规程 HDLC

1. 不同链路配置的操作方式

链路上的配置不同则数据的传送方式不同,因而控制方式也不同。HDLC 为通用的数据链路控制协议,为适应不同的链路配置和数据传送方式,在开始建立数据链路时,允许选用特定的操作方式。

链路的配置方式如下:

(1)通信站类型

① 主站(Primary Station):链路上用于控制目的站称为"主站",负责整个链路的操作与运行,如对数据流的组织、链路的差错恢复等。它发出的帧称为"命令"帧,对命令的响应称为"响应"帧,是由从站发出的。主站需要比从站具有更多的逻辑功能,所以当终端与主机相连时,主机一般总是作为主站。

② 从站(Secondary Station):也称次站,在主站控制下工作,一般不能主动地发送帧,只能被动地对主站做出响应,从次站返回主站的帧称为"响应"帧。

③ 复合站(Combined Station):兼备主站和从站的功能,可发送命令帧和响应帧。

(2)链路配置结构

① 非平衡链路结构:由主站和次站组成。根据连接点的多少非平衡配置又分为两种,即点到点链路(一个主站和一个从站的两点连接)和多点链路(由多个站组成)。非平衡配置的特点是主站控制链路的工作。非平衡配置中站点有主站、从站之分,地位是不对等的,因此称为非平衡链路。多点链路中通常使用轮询技术,轮询其他站的站称为主站。图 5.13 所示为非平衡链路结构。

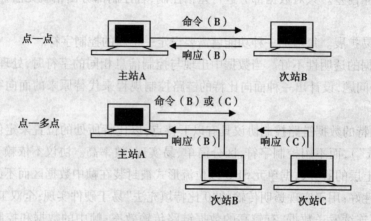

图 5.13 非平衡配置

② 平衡链路结构:由两个复合站组成,只用于点到点链路。复合站之间信息传输的协议是对称的,即在链路上各站具有同样的传输控制功能,这又称为平衡操作。图 5.14 所示为平衡链路结构。

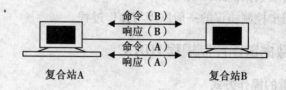

图 5.14 平衡配置

(3)数据响应方式

数据响应方式也称 HDCL 操作方式,根据链路配置结构不同,有 3 种操作方式。操作方式,通俗地讲就是某站点是以主站点方式操作还是以从站点方式操作,或者是二者兼备。

①正常响应方式 NRM(Normal Response Mode):用于非平衡链路,其特点是只有主站才能发起向从站的数据传输,而次站只有在主站向它发送命令帧进行轮询(Poll)时,才能以响应帧的形式回答主站。即从站需得到主站允许才能向主站发送数据。

该操作方式适用于面向终端的点到点或点到多点链路。主站负责整个链路管理,且具有轮询、选择从站及向从站发送命令的权利,同时也负责对超时、重发及各类恢复操作的控制。

②异步响应方式 ARM(Asynchronous Response Mode):也是一种用于不平衡链路的方式,与 NRM 不同的是,这种方式允许从站在不得到主站的允许下主动地向主站进行数据传输,即从站不需要等待主站发过来的命令,即可以主动向主站发送响应帧。但是,主站仍负责链路的建立和释放、初始化以及差错恢复等。这种方式目前用得较少。

③异步平衡方式 ABM(Asynchronous Balanced Mode):用于链路两端的两个站都是复合站的平衡链路,任何一个复合站不必经过对方允许就可主动向对方传输数据。各站都有相同的一组协议,任何站点都可以发送或接收命令,也可以给出应答,并且各站对差错恢复过程都负有相同的责任。

2. HDCL 的帧格式

数据链路层的数据传送是以帧为单位的。这里的"帧"在 OSI 术语中是"数据链路层协议数据单元(D – PDU)"。一个帧的结构按照协议的规定具有固定的格式,链路上的各站点都以统一的格式组织数据按帧传输,这样彼此才能够识别各部分代表的含义(这就是所谓协议的语法)。

HDLC 的帧格式由 6 个字段或称"域"组成,见表 5.1。

表 5.1　HDCL 的帧格式

标志	地址	控制	信息	帧校验序列	标志
F	A	C	Info	FCS	F
01111110	8~16 位	8~16 位	N 位	16 位	01111110

(1)标志字段

作为一个帧的首尾边界,标志字段 F 是一个由 8 个比特 01111110 组成的字节,标志帧的起始和终止。在接收端,只要找到标志字段,就可以很容易地确定一个帧的位置。但在两个标志字段之间的比特串中,如果碰巧出现了和标志字段 F 一样的比特组合,那么就会被误认为是帧的边界而导致出错。为了避免出现这种错误,HDCL 规定采用"零比特填充法"来保证帧边界标志的唯一性,使一帧中两个 F 字段之间不会出现 6 个连续 1 的情况。

零比特填充法是在发送端检测除标志字段以外的所有比特,若发现连续 5 个"1"出现时,便在其后插入 1 个"0",然后继续发送后面的比特流;在接收端同样检测除标志字段 F 以外的所有字段,若发现连续 5 个"1"后是"0",则自动将"0"删除以恢复比特流的原样。这样就保证了在所传送的比特流中,不管出现什么样的比特组合,也不至于引起帧边界的判断错误。实现了数据传输的透明性。这种零比特填充法可用硬件实现。当发送方暂时没有信息传送时,可以连续发送标志字段,使接收端可以一直和发送端保持同步。

(2)地址字段

地址字段 A 可以由 8 或 16 个比特组成。地址字段的内容取决于所采用的操作方式。

在操作方式中,有主站、从站、复合站之分,每一个站都被分配一个唯一的地址。在使用非平衡方式传送命令帧时,地址字段总是写入次站的地址,而响应帧中的地址字段所携带的是本站的地址。

某一地址也可分配给不止一个站,这种地址称为组地址,利用一个组地址传输的帧能被组内所有拥有该组地址的站接收,但当一个从站或组合站发送响应时,它仍应当用它唯一的地址。还可以用全"1"地址来表示包含所有站的地址,这种地址称为广播地址,含有这种广播地址的帧能被链路上所有的站接收。另外,全"0"地址为无效地址,这种地址不分配给任何站,仅用做测试用。

去掉全"0"和全"1",有效的地址共有 254 个。这对一般的多点链路够用了。但考虑在某些情况下,例如,使用无线分组网,用户可能多于 254 个,所以将地址字段设计成可扩展的。这时用地址字段的第 1 位表示扩展位,其余 7 位为地址位。当某个地址字段的第 1 位为 0 时,则表示下一个地址字段的后 7 位也是地址位。当这个地址字段的第 1 位为 1 时,表示这是最后一个地址字段了。这样,地址字段 A 可能是一个字节或两个字节。

（3）控制字段

控制字段 C 是最复杂的字段,用于构成各种命令和响应,以便对链路进行监视和控制。发送方主站或复合站利用控制字段来通知被寻址的从站或复合站要执行约定的操作;相反,从站用该字段作为对命令的响应,报告已完成的操作或状态的变化情况。该字段是 HDLC 的关键,HDLC 的许多重要功能都要靠控制字段来实现。下面还将详细介绍。

（4）信息字段

信息字段 Info 中放置来自网络层的 PUD,可以是任意的二进制比特串。比特串长度未做严格限定,其上限由 FCS 字段或站点的缓冲器容量来确定,目前用得较多的是 1 000 ~ 2 000 bit;而下限可以为 0,即无信息字段。

（5）帧校验序列字段

帧校验序列字段 FCS 可以使用 16 位 CRC(循环冗余校验码),校验的范围是地址字段到帧校验序列字段。

4. HDLC 的帧类型

HDLC 有 3 种不同类型的帧,分别是信息帧(I 帧)、监控帧(S 帧)和无编号帧(U 帧),各类帧中控制字段的格式及比特定义见表 5.2。

表 5.2

控制字段位	1	2	3	4	5	6	7	8
I 帧	0		N(S)		P		N(R)	
S 帧	1	0	S1	S2	P/F		N(R)	
U 帧	1	1	M1	M2	P/F	M3	M4	M5

控制字段中的第 1 位或第 1、2 位表示传送帧的类型。第 5 位是 P/F 位,即轮询/终止位。当 P/F 位用于命令帧(由主站发出)时,起轮询的作用,即当该位为"1"时,要求被轮询的从站给出响应,所以此时 P/F 位可以称为轮询位;当 P/F 位用于响应帧(由从站发

出)时,称为终止位,当其为"1"时,表示接收方确认发送最后一帧,即一批数据发送完毕。

(1)信息帧(I帧)

控制字段第 1 位为"0"表示信息帧。该帧主要用于传送有效信息或数据(来自网络层的 PDU),通常简称 I 帧。信息帧控制字段的,N(S)(2~4)位用于存放发送帧序号(发送方填入),以使发送方不必等待确认而连续发送多帧。N(R)(6~8,三位)用于存放接收方下一个预期要接收的帧的序号(接收方填入),如 N(R)=5,即表示接收下一帧要接收 5 号帧,说明 5 号帧前的各帧接收方都已收妥。N(R)带有确认的意思。N(R)和 N(S)均为 3 位二进制编码,可取值为 0~7。由于是全双工通信,所以通信的每一方都各有一个 N(R)和 N(S),分别在命令帧和响应帧中。

在信息帧中设置接收帧序号 N(R),就可实现捎带应答机制。可以在本站有信息帧发给对方时,将确认信息放在 N(R)中捎带走。

(2)监控帧(S帧)

当接收方没有数据要给发送方时,就要用到监控帧来应答,以进行差错和流量的控制。监控帧也称管理帧,通常简称 S 帧。S 帧以控制字段第 1、2 位为"10"来标志。S 帧的控制字段的第 3、4 位为 S 帧类型编码,共有 4 种不同组合,代表不同的控制信息,分别表示如下:

①"00":表示接收就绪(RR),主站可以使用 RR 型 S 帧来轮询从站,即希望从站传输编号为 N(R)的 I 帧,若从站有 I 帧发送,便响应主站的命令进行传输;从站也可用 RR 型 S 帧来做响应,表示从站期望接收的下一帧的编号是 N(S)。

②"01":拒绝(REJ),由主站或从站发送,用以要求发送方对从编号为 N(R)开始的帧及其以后所有的帧进行重发,说明 N(R)以前的各 I 帧已被正确接收,而 N(R)以后的 I 帧没有被正确接收。

③"10":接收未就绪(RNR),表示编号小于 N(R)的 I 帧已被收到,但目前正处于忙状态,还没有准备好接收编号为 N(R)的 I 帧,这可用来对链路流量进行控制。

④"11":选择拒绝(SREJ),它要求发送方发送编号为 N(R)的单个 I 帧,并暗示其他编号的 I 帧已全部确认。

(3)无编号帧(U帧)

若控制字段的第 1、2 比特都是 1 时("11"),表示无编号帧。因为不包含编号 N(S)和 N(R)所以称为无编号帧,简称 U 帧。U 帧用于提供对链路的建立、拆除以及多种控制功能,这些控制功能用 5 个 M 位(M1~M5)来定义,可以定义 32 种附加的命令或应答功能,但实际上目前只定义了 15 种无编号帧。

在本章中已经多次提到"链路"和"数据链路"这两个术语,"链路"和"数据链路"并不是相同的。所谓链路(Link)就是一条无源的点到点的物理线路段,中间没有任何其他的交换节点。在进行数据通信时,两个计算机之间的通路往往是由许多的链路串接而成的,可见一条链路只是一条通路的一个组成部分。数据链路(Data Link)则是另一个概念。这是因为当需要在一条线路上传送数据时,除了必须有一条物理线路外,还必须有一些必要的规程(Procedure)来控制这些数据的传输。把实现这些规程的硬件和软件加到链路上,就构成了数据链路。数据链路就像一个数字管道,可以在它上面进行数据通信。当采用复用技术时,一条链路上可以有多条数据链路。

也有人采用另外的术语,就是将链路分为物理链路和逻辑链路。物理链路就是上面所说的链路,而逻辑链路就是上面的数据链路,是物理链路加上必要的通信规程(通信规程其实就是现在常用的名词"通信协议"),这两种划分方法实质上是一样的。

数据链路层最重要的作用就是:通过一些数据链路层协议(即链路控制规程),在不太可靠的物理链路上实现可靠的数据传输。

再具体些,可将数据链路层的主要功能归纳如下:

①链路管理当网络中的两个节点要进行通信时,数据的发方必须确知收方是否已经处在准备接收的状态。为此,通信的双方必须先要交换一些必要的信息。或者用我们的术语来说就是必须先建立一条数据链路。同样地,在传输数据时要维持数据链路,而在通信完毕时要释放数据链路。数据链路的建立、维持和释放就叫做链路管理。

②帧同步在数据链路层,数据的传送单位是帧。数据一帧一帧地传送,就可以在出现差错时,将有差错的帧再重传一次,从而避免了重传所有数据。帧同步是指收方应当能从收到的比特流中准确地区分出一帧的开始和结束在什么地方。

③流量控制发方发送数据的速率必须使收方来得及接收。当收方来不及接收时,就必须及时控制发方发送数据的速率。

④差错控制在计算机通信中,一般都要求有极低的比特差错率。为此,广泛地采用了编码技术。编码技术有两大类。一类是前向纠错,即收方收到有差错的数据帧时,能够自动将差错改正过来。这种技术比较复杂,所以开销较大,不适合于计算机通信。另一类是检错重传,即收方可以检测出收到的帧中有差错(但并不知道是哪几个比特错了)。于是就让发方重复发送这一帧,直到收方正确收到这一帧为止。这种方法在计算机通信中是最常用的。本章所要讨论的协议,都是采用检错重传这种差错控制方法。

⑤将数据和控制信息区分开。在许多情况下,数据和控制信息处于同一帧中。因此一定要有相应的措施使收方能够将它们区分开来。

⑥透明传输。所谓透明传输就是不管所传数据是什么样的比特组合,都应当能够在链路上传送。当所传数据中的比特组合碰巧与某一个控制信息完全一样,那么必须采取适当的措施,使收方不会将这样的数据误认为是某种控制信息。这样才能保证数据链路层的传输是透明的。

⑦寻址必须保证每一帧都能发送到正确的目的站。收方也应知道发方是哪个站。当OSI确定了应当有一个数据链路层后,又出现局域网。局域网种类繁多,无法使用一种统一的数据链路层协议,于是数据链路层就分解为两个子层。

5.8.2 因特网的点对点协议 PPP

虽然 HDLC 协议曾经起过很大的作用,但现在全世界使用得最多的链路层协议是非常简单的点对点协议(Point-to-Point Protocol,PPP)。用户接入因特网的一般方法有两种。一种是用户使用拨号电话线接入因特网,另一种是使用专线接入(多用在用户人数较多的单位)。不管用哪一种方法,在传送数据时都需要有数据链路层协议。

图5.15是用户拨号入网的示意图。因特网服务提供者 ISP 是一个能够提供用户拨号入网的经营机构。ISP 拥有与因特网相连(一般都用高速专线)的路由器。用户在某一个 ISP 缴费注册后,即可用家中的电话线通过调制解调器接入该 ISP。ISP 在收到用户的接入呼叫后,就分配给该用户一个临时的地址(一个 ISP 拥有多个可供分配的 IP 地址,可使许多用户同时接入因特网),使得用户的计算机成为接在因特网上的主机,因而可以使用因特网所提供的各种服务。当用户结束通信并发出释放连接的请求时,ISP 便回收用过的 IP 地址,以便分配给下次拨号入网的其他用户。

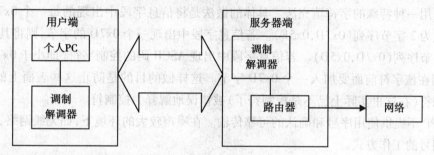

图 5.15   PC 机用拨号方式入网

当用户拨通 ISP 时,用户 PC 机中使用 TCP/IP 的客户进程就和 ISP 的路由器中的选路进程建立了一个 TCP/IP 连接。用户正是通过这个连接与因特网通信。

PPP 协议有 3 个组成部分:

(1)一个将 IP 数据报封装到串行链路的方法。PPP 既支持异步链路(无奇偶检验的8 比特数据),也支持面向比特的同步链路。

(2)一个用来建立、配置和测试数据链路连接的链路控制协议 LCP(Link Control Protocol)。通信的双方可协商一些选项。

(3)一套网络控制协议 NCP(Network Control Protocol),其中的每一个协议支持不同的网络层协议,如 IP,OSI 的网络层等。

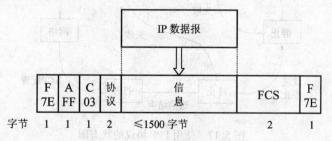

图 5.16   PPP 的帧格式

PPP 的帧格式和 HDLC 的相似,如图 5.16 所示。PPP 帧的前 3 个字段和最后两个字段和 HDLC 的格式是一样的。标志字段 F 仍为 0x7E(即 01111110),但地址字段 A 和控制字段 C 都是固定不变的,分别为 0xFF(即 11111111)和 0x03(即 00000011)。既然这两个字段都是固定值,那么为什么又要使用它们呢? 原来在 PPP 的规约中提到这两个字段的值"可以在以后再进行定义",虽然至今也还没有进行定义。PPP 不是面向比特的,因而所有的 PPP 帧的长度都是整数个字节。

与 HDLC 不同的是多了一个 2 个字节的协议字段。当协议字段为 0x0021 时,PPP 帧的信息字段就是 IP 数据报。若为 0xC021 则信息字段是 PPP 链路控制数据,而 0x8021 表示这是网络控制数据。在 RFC 中定义了 PPP 使用的协议字段的代码。

当信息字段中出现和标志字段一样的比特(0x7E)组合时,就必须采取一些措施使这种如同标志字段一样的比特组合不出现在信息字段中。当 PPP 用在同步传输链路时,协议规定采用硬件来完成比特填充(这和 HDLC 的方法相同)。但当 PPP 用在异步传输时,它就使用一种特殊的字符填充法。具体的做法是将信息字段中出现的每一个 0x7E 字节转变成为 2 字节序列(0x7D,0x5E)。若信息字段中出现一个 0x7D 的字节,则将其转变成为 2 字节序列(0x7D,0x5D)。若信息字段中出现 ASCII 码的控制字符(即小于 0x7E 的字符),则在该字符前面要加入一个 0x7D 字节。这样做的目的是防止这些表面上的 ASCII 码控制符(在这里实际上已不是控制符了)被错误地解释为控制符。

PPP 不提供使用序号和确认的可靠传输。在噪声较大的环境下,如无线网络,则应使用有编号的工作方式。

当用户拨号接入 ISP 时,路由器的调制解调器对拨号做出确认,并建立一条物理连接。这时,PC 机向路由器发送一系列的 LCP 分组(封装成多个 PPP 帧)。这些分组及其响应选择了将要使用的一些 PPP 参数。接着就进行网络层配置,NCP 给新接入的 PC 机分配一个临时的 IP 地址。这样,PC 机就成为因特网上的一个主机了。当用户通信完毕时,NCP 释放网络层连接,收回原来分配出去的 IP 地址。接着,LCP 释放数据链路层连接。最后释放的是物理层的连接。

上述过程可用图 5.17 的状态图描述。

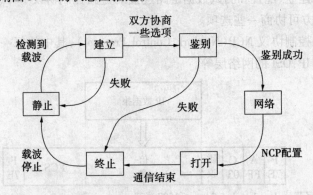

图 5.17　使用 PPP 协议的状态图

PPP 链路的起始和终止状态永远是图 5.17 中的"静止状态",这时并不存在物理层的连接。当检测到调制解调器的载波信号,并建立物理层连接后,PPP 便进入了链路的"建立状态"。这时 LCP 开始对一些配置选项进行协商,即发送 LCP 的 configure - request 帧。

这是个 PPP 帧,其协议字段置为 LCP,而信息字段包含特定的配置请求。链路的另一端可以发送以下几种响应:

(1) configure-ack 帧:所有选项都接受。

(2) configure-nac 帧:所有选项都理解但不能接受。

(3) configure-reject 帧:选项有的无法识别或不能接受,需要协商。

LCP 配置选项包括链路上的最大帧长、所使用的鉴别协议(authentication protocol)的规约(如果有的话)以及不使用 PPP 帧中的地址和控制字段(因为这两个字段的值是固定的,没有任何信息量,可以跳过去不用)。

协商结束后就进入"鉴别状态"。若通信的双方鉴别身份成功,就会进入"网络状态"。这就是 PPP 链路的两端互相交换网络层特定的网络控制分组。如果在 PPP 链路上运行的是 IP 协议,则使用 IP 控制协议 IPCP(IP Control Protocol)来对 PPP 链路的每一端配置 IP 协议模块(如分配 IP 地址)。与 LCP 分组封装成 PPP 帧一样,IPCP 分组也封装成 PPP 帧(其中的协议字段为 0x8201)在 PPP 链路上传送。当网络层配置完毕后,链路就进入可进行数据通信的"打开状态"。两个 PPP 端点还可发送 echo-request 和 echo-reply 的 LCP 分组以检查链路的状态。数据传输结束后,链路的一端发出 terminate-request LCP 分组请求终止链路连接,而当收到对方发来的 terminate-ack LCP 分组后,就转到"终止状态"。当载波停止后则回到"静止状态"。

第6章

介质访问控制

网络可以分为两大类:点到点的网络以及广播网络。广播网络仅有一条通信信道,由网络上的所有节点共享,这样所产生的问题是:当存在多方要竞争使用信道的时候,如何确定谁可以使用信道。不解决这个问题,多方在使用公共信道时就会产生信息碰撞,从而使一次通信失败。例如,在卫星通信网、分组无线网、以太网中,各工作站都必须通过共同的通信信道进行信息的传输,因此为了进行有效的通信,信道访问技术在这些网络中尤其重要。

6.1 广播信道分配问题

广播信道有时候也称为多路访问信道或者随机访问信道。用于在多路访问信道上确定下一个使用者的协议属于数据链路层的一个子层,称为 MAC(Medium Access Control)层。在局域网中 MAC 子层是非常重要的,因为许多的局域网使用多路访问信道作为它的通信基础,而在广域网中除卫星网之外都使用点到点的链路。从技术角度讲,MAC 子层是数据链路层的底下部分。

在相互竞争的节点之间,信道分配策略可以分为静态分配和动态分配两大类。

6.1.1 静态信道分配

静态信道分配包括频分多路复用(FDM)、同步时分多路复用(TDM)和波分复用(WDM),这种分配策略是预先将频带或时隙固定地分配给各个网络节点,各节点都有自己专用的频带或时隙,彼此之间不会产生干扰。例如,在电话干线中,采用频分多路复用方法,将线路带宽按用户数进行等分,每个用户分配一个固定的频段。由于每个用户使用各自的频段,所以相互之间不会产生干扰。静态分配策略适用于网络节点数目少而固定,且每个节点都有大量数据要发送的场合。当用户站数较多或使用信道的站数在不断变化或者通信量的变化具有突发性时,静态频分多路复用方法的性能较差。

从平均时延特性来分析,也可以看出静态 FDM 的性能较差。设信道容量为 C bps,数据到达率为 λ 帧/秒,平均每帧长度服从指数概率密度函数分布 $1/\mu$ 比特/帧,则平均时延为

$$T = \frac{1}{\mu C - \lambda} \tag{6.1}$$

现若采用 FDM,容量为 C 的信道被分给 N 个用户使用,每个用户被分配到 C/N 的子

信道。假设每个子信道的平均数据到达率为 λ/N，则平均时延 T_{FDM} 为

$$T_{FDM} = \frac{1}{\mu(C/N) - (\lambda/N)} = \frac{N}{\mu C - \lambda} = ND \tag{6.2}$$

由此可见，采用 FDM 的平均时延较大。

因此，传统的静态分配方法会造成信道资源浪费，不完全适合计算机网络。

6.1.2　动态信道分配

动态信道就是根据用户的需要进行实时动态的资源分配。动态信道分配具有优点：

①信道利用率高。

②无需网络规划中的信道预规划。

③可以自动适应网络中负载的变化。

动态分配方法通常有 3 种：循环、预约和争用。

①循环：使每个用户站点轮流获得发送的机会，这种技术称为轮转。它适合于交互式终端对主机的通信。

②预约：预约是指将传输介质上的时间分隔成时间片，网上用户站点若要发送，必须事先预约能占用的时间片。这种技术适用于数据流的通信。

③争用：若所有用户站点都能争用介质，这种技术称为争用。它实现起来简单，对轻负载或中等负载的系统比较有效，适合于突发式通信。

争用方法属于随机访问技术，而循环和预约的方法则属于控制访问技术。

6.2　介质访问控制方法

将传输介质的频带有效地分配给网上各站点用户的方法称为介质访问控制方法。介质访问控制方法是局域网最重要的一项基本技术，对局域网体系结构、工作过程和网络性能产生决定性影响。设计一个好的介质访问控制协议有 3 个基本目标：协议要简单；获得有效的通道利用率；公平合理地对待网上各站点的用户。介质访问控制方法主要是解决介质使用权的算法或机构问题，从而实现对网络传输信道的合理分配。

介质访问控制方法的主要内容有两个方面：一是要确定网络上每一个节点能将信息发送到介质上去的特定时刻；二是要解决如何对共享介质访问和利用加以控制。最简单的介质访问控制方法是 ALOHA，常用的介质访问控制方法有 3 种：总线结构的带冲突检测的载波监听多路访问 CSMA/CD 方法、环形结构的令牌环（Token Ring）访问控制方法和令牌总线（Token Bus）访问控制方法。

6.2.1　ALOHA

Aloha 协议或称 Aloha 技术、Aloha 网，是世界上最早的无线电计算机通信网，它是 1968 年美国夏威夷大学的一项研究计划的名字。70 年代初研制成功一种使用无线广播技术的分组交换计算机网络，也是最早、最基本的无线数据通信协议。这项研究计划的目的是要解决夏威夷群岛之间的通信问题。Aloha 网络可以使分散在各岛的多个用户通过

无线电信道来使用中心计算机,从而实现一点到多点的数据通信。

1. 纯 ALOHA

纯 ALOHA 的基本思想很简单:任何一个站都可以在生成数据帧后立即发送或者说用户只要有数据待发,就让他们发送。当然,这样一来不同用户发出的数据帧就可能发生冲突,冲突的发生实际上是不可避免的。冲突的帧将被破坏,传输不成功。这种情况下,ALOHA 采用的重发策略是等待一段随机时间,然后重发,等候随机时间可以减少再次冲突的可能性。若不等待或等待相同的时间,站点发出的数据帧将再次发生冲突,显然,通信量越大,碰撞的可能性也越大。

当系统中出现一次冲突时就要重发。由于传输一个数据帧需要 t 秒,因而在 $2t$ 时间内其他站有数据帧传输时就会发生冲突,即易受冲突的时间间隔等于 $2t$,如图 6.1 所示。

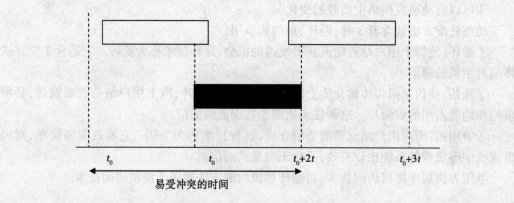

图 6.1 纯 ALOHA 方式中帧冲突的危险区

冲突产生的影响是使系统实际的吞吐量下降。下面具体分析一下纯 ALOH 方式的吞吐量,我们先定义几个概念:

(1)帧时(frame time):发送一个标准长度的帧所需的时间;

(2)N:每帧时内系统产生的新帧数目,一般应有 $0 < N < 1$;

(3)G:每帧时内系统需要发送的总帧数(包括新帧和重发帧),这其实就是系统负载;

(4)P_0:发送的帧不产生冲突的概率;

(5)S:系统吞吐量,每帧时内系统能够成功传输的帧数,$S = GP_0$。

设在任一帧时内生成的帧(包括新旧帧)的概率服从泊松分布,为 $P_k = \dfrac{G^k}{k!}e^{-G}$,则生成 0 帧的概率为 $P_0 = e^{-G}$,两个帧时内生成的平均帧数为 $2G$,即 $P_k = \dfrac{(2G)^k}{k!}e^{-2G}$,$P_0 = e^{-2G}$,由于 $S = GP_0$,$S = Ge^{-2G}$,则当 $G = 0.5$ 时,S 达到最大值 0.184。

2. 时隙 ALOHA

上面已说明纯 ALOHA 的吞吐量的极限值是 0.184,为了提高随机接入系统的吞吐量,1972 年提出了可将纯 ALOHA 的利用率提高一倍的方法,即时隙 ALOHA 系统。将信道时间分为等长的时隙,每个时隙可以用来发送一个帧。一个站点有数据发送时,必须等到下个时隙的开始才能发送。这种时间的同步是通过设置一个可定时发送时钟信号的特殊站点来实现的。但在一个时隙内有两个或多个帧到达时,则在下一个时隙将发生冲突,冲突后重发的策略与纯 ALOHA 类似的。时隙 ALOHA 的冲突危险区是纯 ALOHA 的一半（即 t，一个帧时），因此可得：$S = Ge^{-G}$，当 $G = 1$ 时，可获得最大的吞吐量 $S_{max} = 1/e = 0.368$。

3. 纯 ALOHA 和时隙 ALOHA 的比较

（1）在纯 ALOHA 中，一旦产生新帧就立即发送，不论是否有其他用户正在发送，所以发生冲突的可能性伴随着发送的整个过程。

（2）在时隙 ALOHA 中，规定发送行为必须在时隙的开始，一旦在发送开始时没有冲突，则该帧发送成功。

6.2.2 随机接入：CSMA

在 ALOHA 方式中，工作站发送数据帧完全是盲目的，因而发生冲突的可能性较大，造成信道的利用率较低，因此后来提出了 CSMA（载波侦听多址接入）方式，是对 ALOHA 协议的一种改进，对随机发送进一步加以约束，各站点不是随意发送数据帧，而是先要监听一下信道，根据信道的状态来调整自己的动作，只有发现信道空闲后才可发送数据。即"讲前先听"，这种方式可大大减少冲突，获得远大于 $1/e$ 的利用率，广泛应用于局域网中。

1. CSMA 基本原理及方式

如果已经有站在发送信息，即信道正忙，则本站就不发送，或者继续侦听信道，或者等待一段随机时间之后，侦听信道再准备发送。如果侦听到信道是空闲的，则根据预定的控制策略来决定，是立即将自己的数据帧发送出去还是暂时不发送出去。因此，CSMA 方式可以减少站发送数据帧的盲目性及发生冲突的概率。

根据以上 CSMA 方式的控制策略，有两种主要的信道访问方法，它们分别是持续型 CSMA 和非持续型 CSMA。

（1）非持续型 CSMA

当一个站点要发送数据时，首先监听信道，若信道忙，就启动一随机时延定时器，等待一段时间后再开始监听信道，一旦发现信道空闲，就立即发送数据。

非持续型 CSMA 方式的缺点是已经侦听到信道忙的站点在等待时间没有结束之前，即使后来信道已经空闲，它们也不发送任何信息，因而限制了信道利用率的进一步提高。因此，就引出了持续型 CSMA。

（2）持续型 CSMA

①1 - 持续 CSMA。当一个站点要发送数据时，首先侦听信道，若信道忙，就持续侦听，一旦发现信道空闲，就立即发送数据（发送数据的概率为 1）。若发生冲突，就等待一个随机时间，再重新开始侦听信道。此协议的性能高于 ALOHA 协议，适合于规模较小和负载较轻的网络。

这种方式有两种发生冲突的可能：

i. 信号传输的延迟造成的冲突；

ii. 多个站点在监听到信道空闲时，同时发送。

②p - 持续 CSMA。用于时隙信道。当一个站点要发送数据时，首先侦听信道，若信

道忙则等到下个时间片再开始侦听信道;若信道空闲便以概率 p 发送数据,而以概率 $q = 1 - p$ 推迟到下个时间片再重复上述过程,直到数据被发送。概率 p 的目的就是试图降低 1 – 持续协议中多个站点同时发送而造成冲突的概率。采用持续侦听是试图克服非持续协议中造成的时间延迟。当然 p 的选择直接关系到协议的性能。

以上两种方式都不能避免冲突的发生,只是冲突的概率不同,一旦有冲突发生都要延迟随机个时隙在重复监听过程。

2. CSMA/CD 方式

CSMA 协议的"讲前先听"对 ALOHA 系统进行了有效的改进,但在发送过程中若发生冲突,仍要将剩余的无效数据发送完,既浪费了时间又浪费了带宽。

CSMA/CD(Carrier Sense Multiple Access/Collision Detection)协议的"边讲边听"可对 CSMA 作进一步改进。CSMA/CD 是采用争用技术的一种介质访问控制方法。CSMA/CD 通常用于总线型拓扑结构和星型拓扑结构的局域网中。它的每个站点都能独立决定发送帧,若两个或多个站同时发送,即产生冲突。每个站都能判断是否有冲突发生,如冲突发生,则等待随机时间间隔后重发,以避免再次发生冲突。从而进一步提高系统吞吐性能和减少帧传输时延。

CSMA/CD 的工作原理可概括成四句话,即先听后发、边发边听、冲突停止、随机延迟后重发。具体过程如下:

(1)当一个站点想要发送数据的时候,它检测网络查看是否有其他站点正在传输,即监听信道是否空闲;

(2)如果信道忙,则等待,直到信道空闲;

(3)如果信道闲,站点就传输数据;

(4)在发送数据的同时,站点继续监听网络确信没有其他站点在同时传输数据。因为有可能两个或多个站点都同时检测到网络空闲然后几乎在同一时刻开始传输数据。如果两个或多个站点同时发送数据,就会产生冲突;

(5)当一个传输节点识别出一个冲突,它就发送一个拥塞信号,这个信号使得冲突的时间足够长,让其他的节点都能发现;

(6)其他节点收到拥塞信号后,都停止传输,等待一个随机产生的时间间隙后重发。

如果冲突时信道占用的时间与一个帧发送的时间相比的比值越小,CSMA/CD 的优越性就越大,反之,优越性就越小。一般情形下,前者的时间比后者的时间都小得多,但对于传播时延较大的情况,如在卫星通道中,传播时间大于 100 ms,使得冲突时信道占用的时间比一个帧的发送时间还长得多,因此应用 CSMA/CD 的效率就不高。

总之,CSMA/CD 采用的是一种"有空就发"的竞争型访问策略,因而不可避免地会出现信道空闲时多个站点同时争发的现象,无法完全消除冲突,只能是采取一些措施减少冲突,并对产生的冲突进行处理。因此采用这种协议的局域网环境不适合对实时性要求较强的网络。

6.2.3 无冲突协议

以上介绍了 ALOHA 和 CSMA 两类随机接入控制方法,这些方法都是为了提高吞吐量和信道的利用率,通过减少冲突的发生来实现的,但是系统中的冲突始终是不可避免的。这将影响系统的性能,尤其是在传播时延较大而数据帧较短的情况下。下面将讨论一些无冲突地解决信道竞争问题的协议。

1. 令牌环(Token Ring)访问控制

令牌环介质访问控制方法,是基于各个站点通过链路依次串连成一个闭合的环路,实现数据的高速、无冲突的单向传输。它是一种分散控制方式。在环形网上传输令牌的方式来实现对介质的访问控制。只有当某站点接收到令牌时,它才能利用环路发送或接收数据帧。当系统中上各站点都没有数据帧发送时,将空令牌标记为01111111。当一个站点要发送数据帧时,必须等待空令牌的到来,并将空令牌改为忙令牌,并标记为01111110,在忙令牌后站点把数据帧发送到环上。由于令牌是忙标记,所以其他站点不能发送数据帧,直到忙令牌变为空令牌。

发送出去的数据帧将随令牌沿环路进行传输。在返回到原发送站点时,由发送站点将该数据帧从环上移去,同时将忙标记置换为空标记,然后开始下一个传送令牌的过程,令牌传至下一个站点,使之拥有发送数据帧的权利。发送站点在从环中移去数据帧的同时还要检查接收站点载入该数据帧的应答信息,若为肯定确认,说明发送的数据帧已被正确接收,完成发送任务。若为否定确认,说明对方未能正确收到所发送的帧,原发送站点需等待空令牌第二次到来时,重新发送此帧。

令牌环技术的一个优点是可提供访问优先级,在系统负载较轻时,由于站点需要等待空令牌到达才能发送数据,因此效率不高。但若系统负载较重,则各站点可公平共享介质,效率较高。为避免所传输数据与标记形式相同而造成混淆,可采用位填充技术,以区别数据和标记。

令牌环的主要缺点是需要有数据帧和令牌的维护功能,如可能会出现因数据帧未被正确移去出现忙令牌始终在环上传输的情况,也可能出现无令牌在循环或只允许一个令牌的网络中出现了多个令牌等异常情况。解决这类问题的办法是在环中设置监控站,对异常情况进行监控并消除。可设置令牌环网上的各个站点具有不同的优先级,允许具有较高优先级的站点获得下一个令牌权。

令牌环主要工作过程如下:

(1)网上站点要求发送帧,必须等待空令牌,当空令牌到达这个站点时,该站点修改令牌帧中的标志,使其变为忙令牌,然后去掉令牌的尾部,加上数据,成为数据帧,发送到下一个节点。如果没有站点需要发送数据,令牌就由各个站点沿规定的顺序逐个传送;

(2)数据帧每经过一个站点,该站点就检查数据帧中的目的地址,如果不属于本站点,则转发出去;如果属于本站点,则复制存储到本计算机中,同时在数据帧中设置已经复制的标志,然后向下一站点转发。

(3)由于环网系统的结构是个闭环,存在一个数据帧可能在环中一直循环,所以必须采取相应的方法控制。当数据帧通过闭环重新传到发送站点时,发送站点不再转发,而是检查发送是否成功。如果发现数据帧没有成功传输,则重发该数据帧;如果发现传输成功,则删除该数据帧,并且产生一个新的空闲令牌发送到环上。

2. 令牌总线(Token Bus)访问控制

令牌总线访问控制是在物理总线上建立一个逻辑环,令牌在逻辑环路中依次传递,其操作原理与令牌环相同。它同时具有上述两种方法的优点,是一种简单、公平、性能良好的介质访问控制方法。

6.3   IEEE 802 标准系列

1985 年 IEEE 公布了 IEEE 802 标准的五项标准文本,同年为美国国家标准局(ANSI)采纳作为美国国家标准。后来,国际标准化组织(ISO)经过讨论,建议将 802 标准定为局域网国际标准。

6.3.1   IEEE 802 标准系列

IEEE 802.1:描述局域网体系结构以及寻址、网络管理和网络互连(1997)。

IEEE 802.2:定义了逻辑链路控制(LLC)子层的功能与服务(1998)。

IEEE 802.3:描述带冲突检测的载波监听多路访问(CSMA/CD)的访问方法和物理层规范(1998)。

IEEE 802.4:描述 Token – Bus 访问控制方法和物理层技术规范。

IEEE 802.5:描述 Token – Ring 访问控制方法和物理层技术规范(1997)。

IEEE 802.6:描述城域网(MAN)访问控制方法和物理层技术规范(1994)。1995 年又附加了 MAN 的 DQDB 子网上面向连接的服务协议。

IEEE 802.7:描述宽带网访问控制方法和物理层技术规范。

IEEE 802.8:描述 FDDI 访问控制方法和物理层技术规范。

IEEE 802.9:描述综合语音、数据局域网技术(1996)。

IEEE 802.10:描述局域网网络安全标准(1998)。

IEEE 802.11:描述无线局域网访问控制方法和物理层技术规范(1999)。

IEEE 802.12:描述 100VG – AnyLAN 访问控制方法和物理层技术规范。

IEEE 802.14:描述利用 CATV 宽带通信的标准(1998)。

IEEE 802.15:描述无线私人网(Wireless Personal Area Network,WPAN)。

IEEE 802.16:描述宽带无线访问标准(Broadband Wireless Access Standards),由两部分组成。

6.3.2   IEEE 802.3 标准及以太网

以太网(Ethernet)是一种产生较早且使用相当广泛的局域网,美国 Xerox(施乐)公司1975 年推出了他们的第一个局域网。由于它具有结构简单、工作可靠、易于扩展等优点,因而得到了广泛的应用。1980 年美国 Xerox、DEC 与 Intel 三家公司联合提出了以太网规范,这是世界上第一个局域网的技术标准。后来的以太网国际标准 IEEE 802.3 就是参照以太网的技术标准建立的,两者基本兼容。为了与后来提出的快速以太网相区别,通常又将这种按 IEEE 802.3 规范生产的以太网产品简称为以太网。

1. IEEE 802.3 帧结构

图 6.2 给出了 IEEE 802.3 帧结构,各字段的功能如下:

①PA(前导同步码):由 7 个同步字节组成,用于收发之间的定时同步。

②SFD(帧起始定界符):占 1 个字节。

③DA(目的地址):是帧发往的站点地址,每个站点都有自己唯一的地址;占 6 个字节。

④SA(源地址):是帧发送的站点地址,占 6 个字节。

⑤Length(数据长度):是要传输数据的总长度,占 2 个字节。

⑥LLC – PDU(LLC 协议数据单元):是数据字段的一部分,含有更高层协议嵌入数据字段中的信息。

⑦PAD(填充):数据字节的长度可从 0 ~ 1 518 个字节,但必须保证帧不得小于 64 个字节,否则就要填入填充字节。

⑧FCS(帧校验序列):占用 4 个字节,采用 CRC 码,用于校验帧传输中的差错。

PA	SFD	DA	SA	Length	LLC-PDU	PAD	FCS

图 6.2　IEEE 802.3 帧结构

2. 以太网地址

以太网使用的是 MAC 地址,即 IEEE 802.3 以太网帧结构中定义的地址。每块网卡出厂时,都被赋予一个 MAC 地址,网卡的实际地址共有 6 个字节。以太网在物理层可以使用粗同轴电缆、细同轴电缆、非屏蔽双绞线、屏蔽双绞线、光纤等多种传输介质,并且在 IEEE 802.3 标准中,为不同的传输介质制定了不同的物理层标准。

3. 以太网 MAC 子层

IEEE 802.3 以太网,是一种总线型局域网,使用的介质访问控制子层方法是 CSMA/CD(载波监听多路访问/冲突检测),帧格式采用以太网格式,即 802.3 帧格式,以太网是基带系统,使用曼彻斯特编码,通过检测通道上的信号存在与否来实现载波检测。

4. 以太网分类

有 4 种正式的 10 Mbps 以太网标准:

①10 Base – 5:最初的粗同轴电缆以太网标准。

②10 Base – 2:细同轴电缆以太网标准。

③10 Base – T:10 Mbps 的双绞线以太网标准。

④10 Base – F:10 Mbps 的光缆以太网标准。

5. 以太网物理层

以太网在物理层可以使用粗同轴电缆、细同轴电缆、非屏蔽双绞线、屏蔽双绞线、光缆等多种传输介质,并且在 IEEE 802.3 标准中,为不同的传输介质制定了不同的物理层标准。

第 7 章

网 络 层

网络层是 OSI 参考模型中的第 3 层,它作为通信子网的最高层,是通信子网与用户主机组成的资源子网间的界面,介于运输层和数据链路层之间。它在数据链路层提供的两个相邻节点之间传送数据帧功能的基础上,进一步解决网络中的数据通信问题,将数据设法从源端经过若干个中间节点传送到目的端,从而向传输层提供最基本的端到端的数据传送服务。从而表现通信子网向端系统提供丰富的网络服务,网络层关系到通信子网的运行控制,是 OSI 模型中面向数据通信的低 3 层(也即通信子网)中最为复杂、关键的一层,也是整个网络协议分析中数学理论最多的一层。

单个子网的网络层要解决的问题主要包含 3 个内容:首先是网络层向传输层提供的服务,包括面向连接的服务和无连接的服务;其次是路由选择,指网络中的每个节点具有自动选择最佳路径将数据分组传输到目的地;最后是流量控制问题,即采取一定的措施控制进入分组交换网的通信流量,从而防止数据流量超载而导致整个网络性能的下降。

7.1 网络层设计要点

7.1.1 网络层的任务

在计算机网络中,两台计算机之间进行通信,需要复杂的技术及协议的支持。数据链路层的功能是将物理层为传输原始比特流而提供的可能出差错的链路改造成为逻辑上无差错的数据链路。研究的是点到点的协议,该协议不能解决由多条链路组成的网络通路的数据传输问题,而网络层的主要功能就是要实现整个网络系统内的连接。具体内容如下:

① 提供路由选择和中继。

② 激活,终止网络连接。

③ 在一条数据链路上复用多条网络连接,多采取分时复用技术。

④ 检测与恢复分组层的差错及流量控制。

⑤ 提供有效的分组传输,包括顺序编号、分组的确认。

⑥ 提供交换虚电路和永久虚电路的链接。

⑦ 为网络提供附加数据报业务。

总之,网络层的目的是实现两个端系统之间的数据透明传送,具体功能包括路由选择、阻塞控制和网际互联等。

7.1.2 网络层提供的服务

在介绍网络模型和各层协议时,我们经常使用"服务"和"功能"这两个名词,它们有着完全不同的概念。"服务"是对高一层而言的,属于外观的表现;而"功能"则是本层内部的活动,是为了实现对外服务而从事的活动。

为了实现网络层的功能,网络层应能提供两种服务:面向连接的服务和面向无连接的服务。

面向连接的服务数据传输过程中可分为三个阶段:连接的建立、数据传输、连接的释放。在传输过程中,在发生数据前,源端的网络层实体必须建立起与接收方对等实体的链接,这条链路直到数据传输完毕后才释放。建立链路过程中,两个实体可以对参数、质量及服务费用等进行协商。然后分组在沿着建立好的链路按顺序传送到接收端,通信可以使双向的。接收端无需对所接收的信息进行排序。在传输数据期间自动提供流量控制功能,防止发送方发送数据速率过快而导致接收方溢出。该方式网络层的复杂性较高,但可靠性好,常用于数据传输量比较大的情形。但是,由于存在链路的链接与拆除的时间,传输效率不高。虚电路就是面向连接的服务的具体实现。

在一个面向连接的协议中,当一个连接建立之后,对那些具有相同源和目的地址的分组序列,只会进行一次路由策略,交换机不会为每个单独的分组重复计算路由。这种类型的服务用在类似帧中继和 ATM 等虚电路分组交换方法中。

面向无连接的服务是在传输数据前无需建立连接,要传送的分组自己携带接收方的目的地址独立选择路由。因此到达接收端的信息分组可能是无序的,必须有接收端进行排序。所以传输层的复杂性较高,这种方式的优点是传输效率较高,缺点是可靠性差,因为如果线路质量不好,由于到达接收端的分组缺失会影响到接收端的正常排序。该方式常用于数据量比较小的场合。数据报和 IP 协议是面向无连接服务的具体实现。

7.1.3 网络层的内部结构

端点之间的通信是通过通信子网中的节点间的通信来实现的,在 OSI 模型中,网络层是通信子网的最高层,所以网络层将体现通信子网向端系统所提供的网络服务。在分组交换中,通信子网向端系统提供虚电路和数据报两种网络服务,而通信子网内部的实现方式也有虚电路和数据报两种。

1. 虚电路操作方式及虚电路服务

为了进行数据的传输,在两个端系统之间先要建立一条逻辑通路,然后通信双方使用该通道进行全双工的数据传输,因为这条逻辑电路不是专用的,所以称为"虚"电路。

(1)虚电路的建立过程

源端系统的传输层向它的下层网络层发出连接请求,网络层则通过虚电路网络访问协议由网络节点发出请求分组,网络节点向目的端系统的网络层传送请求分组,网络层再向上层传输层发出连接指示,然后,接收端传输层向发送端传回连接响应,这样虚电路就建立起来了。

（2）虚电路操作方式

虚电路建立好之后，两个端系统之间就可以进行数据交换了，每个节点到其他任一节点之间可能有若干条虚电路支持特定的两个端系统之间的数据传输，两个端系统之间也可以有多条虚电路为不同的进程服务。这些虚电路的实际路径可能相同，也可能不同。

由于在建立连接过程中各节点的路由表中保存了源端和目的端虚电路路由，因此，一旦虚电路建立起来分组就可以通过中间节点进行转发，所经过的每个节点不必再进行路由选择，接收端收到的分组顺序和发送端发送的分组顺序一致。数据传输结束后，再将这条虚电路撤销，以便其他用户占用该信道资源。

注意，虚电路交换和电路交换之间有着本质的不同：电路交换的通路一旦建立，则构成该通路的每一段链路就被收发两端始终占用，而虚电路服务是基于存储转发方式的，收发两端之间的实际的物理链路并未被独占，所以许多用户可以共享使用。

（3）虚电路服务

虚电路服务是网络层向运输层提供的一种使所有分组按顺序到达目的端系统的可靠的数据传送方式。进行数据交换的两个端系统之间存在着一条为它们服务的虚电路。虚电路服务的过程如图 7.1 所示。

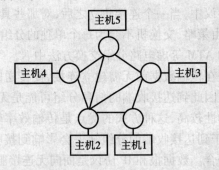

图 7.1　虚电路服务的过程

2. 数据报操作方式及数据报服务

（1）数据报操作方式

在数据报方式中没有建立虚电路的过程，当端系统要发送一个报文时，将报文拆成若干个带有序号和地址信息的分组，每一个分组都携带完整的目的地址信息，每一个分组都作为一个数据报被单独处理。若干个数据报组成一次要传送的报文或数据块。一个节点接收到一个数据报后，根据数据报中的地址信息和中间节点所存储的路由信息，随时根据网络的流量、故障等情况选择一个合适的路由，把数据报转发到下一个节点。因此各个数据报所走的路径就可能不同了，由于传送的路径不同，各数据报不能保证按顺序到达目的节点，所以接收端需要重新对数据报进行排序及组合。显然，采用数据报方式进行传输，网络的利用率高，传输时延小。但由于存在排序后重新组合、差错检测、丢失重发等一系列管理操作，使网络管理要复杂得多。

（2）数据报服务

数据报服务的过程如图 7.2 所示。

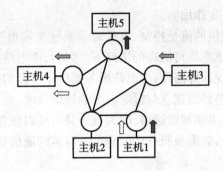

图7.2 数据报服务的过程

3. 两种操作方式及两种网络服务的特点

（1）两种操作方式的特点

虚电路分组交换适用于端系统之间长时间的数据交换，尤其是在频繁的,但每次传送数据又很短的交互式会话情况下,免去了每个分组中地址信息的额外开销,但是每个网络节点却需要负担维持虚电路表的开销。因此,要将这两个因素进行权衡,另外还要考虑传送少量分组也需要建立和释放虚电路的时间,如果建立和释放虚电路的次数过于频繁也不合适。

虚电路提供了可靠的端到端通信,能保证每个分组的正确到达目的端,且分组保持原来顺序。另外,还可以对两个数据端点的流量进行控制,当接收方来不及接收数据时,可以告之发送方暂缓发送分组,但虚电路有一个致命的缺点,即当某个节点或某条链路出故障瘫痪时,则所有经过该节点或该链路的虚电路将损坏。而在数据报方式中,这种故障的影响面要小得多,当发生上述故障时,仅有缓存在该节点上的分组可能丢失,其他分组则可绕开故障节点到达目的地,或者一直被放置到故障修复后再传送。不过,数据报不保证数据分组的按顺序到达,也会出现数据分组丢失的情况。

数据报没有呼叫建立过程,节省了呼叫建立的时间,在分组传输数量不多的情况下要比虚电路简单灵活。每个数据报可以当前根据网络中的流量选择合适的链路,不像虚电路中的每个分组必须按照连接建立时的路径传送。每个节点没有额外开销,但每个分组在每个节点都要经过路由选择处理,这样会影响传送速度。

（2）两种网络服务的特点

虚电路服务与数据报服务的本质差别表现为:是将顺序控制、差错控制和流量控制等通信功能交由通信子网完成,还是由端系统自己来完成。

虚电路服务向端系统保证了数据的按顺序到达,省去了端系统在顺序控制上的开销。但是,如果当端系统本身并不关心数据的顺序时,这项功能便失去了作用,反倒影响了无序数据交换的整体效率。

虚电路服务向端系统提供了无差错的数据传输,但是,在端系统只要求数据传送的速度,而并不在意个别数据块丢失的情况下,虚电路服务所提供的差错控制也就并不很必要了。相反,有的端系统却要求很高的数据传送质量,虚电路服务所提供的差错控制还不能满足要求,端系统仍需要自己来进行更严格的差错控制,此时虚电路服务所做的工作又显多余。不过,这种情况下,虚电路服务毕竟在一定程度上为端系统分担了一部分工作,为降低差错概率还是起了一定作用。

至于虚电路服务所提供的流量控制,有时对端系统来说也并不是在任何时候都合适的,比如在要求数据交换速率尽可能高的情况下。因为,虚电路服务将数据总是按固定路径传送,而不根据实际情况选择路径;虚电路服务提供了可靠的数据传送和方便的进网接口。但是,虚电路服务中链路的建立与拆除会影响通信效率。

数据报服务适用于军事领域的通信,因为每个分组可以独立选择路由,这对提高通信的可靠性是有利的。另外,数据报服务还能满足一对多的通信要求,这也符合军事通信中的实际需求。

7.2 路由算法

7.2.1 路由的基本概念

由于数据业务量具有突发性的特点,因此此在运行中,网络各部分的通信量分布存在很大的不同,合理选择分组路由,不但可以快速可靠地把分组传送到目的端,而且保证现有其他数据呼叫的性能不受影响。可以使网络获得较好的运行性能和应用效率。

通信子网为网络源节点和目的节点提供了多条传输路径的可能性。网络节点在收到一个分组后,要确定向下一节点传送的最佳路径,这就是路由选择。所谓最佳路径,要根据具体的网络而定的,例如,对于军事上的网络,往往要求高度的可靠性,这时考虑的重点是如何在网络拓扑多变的条件下将分组传送到目的地,而不考虑系统的经济性和效率。而对于一般的公共数据网或商业服务网,则关心网络的经济效益,即在一定可靠性的要求下,选择的线路应使网络的各种负载情况下能充分发挥线路的利用率和通信设备的效率。

网络节点在进行路由选择之前,必须建立一张路由表,在表中列出目的地址和输出链路之间的对应关系,节点根据分组的目的地址查询路由表,以确定分组该通过哪条链路进行传输,也就是进行路由选择,当然,由于网络的复杂性,节点上的路由表不是固定不变的,要根据网络上的实际运行情况随时修改与更新。

在数据报方式中,网络节点要为每个分组路由做出选择;而在虚电路方式中,只需在连接建立时确定路由。确定路由选择的策略称路由算法。设计路由算法时要考虑诸多技术因素。

(1)算法必须正确,并计算简单。正确性是指路由表中的算法能够使分组到达目的端,计算简单是指不能使分组在网络中停滞过长的时间或需求过多的状态变量,以减少网络开销。

(2)具有可拓性,或称自适应性。算法可适应业务量和网络内节点或链路的拓扑变化。当网络中的业务量发生变化时,算法能均衡各条通路的流量以自适应地改变路由。无论网络节点还是链路发生故障或者网络拓扑结构发生改变,分组均能到达目的端。

(3)稳定性、公平性。算法必须收敛,即得出的路由不能在一些路由之间来回不停的变化;同时算法对所有的用户必须是平等的,以达到网络内部流量的平衡分布。

(4)最佳性。算法应能提供最佳路由,从而使平均分组时延最小而吞吐量最大。

在设计路由算法时,除综合考虑上述的因素外,还要考虑其他的要素,例如,路由算法基于的指标,是选择最短路由还是最佳路由;采用分布式路由算法,即每节点均为到达的分组选择下一步的路由,还是采用集中式路由算法,即由中央节点或始发节点来决定整个路由。

确定是采用静态路由选择策略,还是动态路由选择策略等。实际上,没有一个算法能全部满足上述的所有考虑因素,有的还可能是矛盾的,如要使吞吐量最大就可能会增加时延。因此所设计的算法必须在两者之间有一个权衡。

路由选择有各种不同的策略。从路由选择算法能否随网络的通信量或拓扑变化自适应地进行调整来划分,可分为两大类:非自适应选择策略和自适应选择策略。

7.2.2 非自适应路由选择

非自适应路由选择算法也称为静态路由选择算法,静态路由选择策略既不用测量网络通信量也不需利用网络拓扑信息,这种策略按某种固定规则进行路由选择,其特点是简单和开销小,但不能及时适应网络状态的变化,可以分为洪泛路由选择、固定路由选择和随机路由选择三种算法。

1. 洪泛路由选择法

这是一种最简单的路由算法。一个网络节点从某条输入链路收到一个分组后,再向除该链路外的所有输出链路重复发送收到分组。结果,最先到达目的的节点的一个或若干个分组肯定经过了最短的路径,而且所有可能的路径都被试探过。实用网络中很少使用洪泛法,因为这种方法将使网络中的无效通信量增加,造成了网络利用率下降,甚至会引起网络的拥塞,但这种方法可以用于轻负载的小规模网络和军事网络等强壮性要求很高的场合。即使有的网络节点遭到破坏,只要源端、目的端之间有一条通道存在,洪泛路由选择仍能保证数据的可靠传送。另外,这种方法也可用于将一个分组数据源传送到所有其他节点的广播式数据交换中,它还可被用来搜索网络的最短路径及最短传输延迟的测试。

2. 固定路由选择

固定路由选择是简单路由算法中最常用的一种。每个网络节点存储一张表格,表格中每一项记录着对应某个目的节点的下一节点或链路。当一个分组到达某节点时,该节点只要根据分组上的地址信息,便可从固定的路由表中查出对应的目的节点及所应选择的下一节点。一般,网络中都有一个网络控制中心,由它按照最佳路由算法求出每对源、目的端点的最佳路由,然后为每一节点构造一个固定路由表并分发给各个节点。固定路由选择法的优点是简便易行,在负载稳定,拓扑结构变化不大的网络中运行效果很好。该表是在整个系统进行配置时生成的,并且在此后的一段时间内保持不变,因此它的缺点是灵活性差,无法应付网络中发生的阻塞和故障,当网络拓扑结构固定不变并且通信量也相对稳定时,采用此法比较好。

3. 随机路由选择

在这种方法中,各节点对到达的分组随机地选择一条链路作为转发的路由。在该方法中,除了要避免按原路返回外,可向任一链路发送,这种方法简单,到达目的地的可能性较大,选路与网络拓扑没有关系,但实际路由不是最佳路由,这会增加不必要的负担,而且分组传输延迟也不可预测,网络的效率低,故此法应用不广。

7.2.3 自适应路由选择

自适应路由选择算法也称为动态路由选择算法,节点的路由选择要根据网络当前的状态信息,例如,流量、拓扑结构的变化以及网络某个节点或链路发生的故障情况来决定,这种策略能较好地适应网络发生的变化,有利于改善网络的性能。但由于算法复杂会增加网络的负担,开销也比较大。目前,大型分组交换网络大多采用自适应路由选择算法。

各节点能够动态地决定路由选择方案,从而使分组在网络中的传输时延最小,或者使链路上的通信量最大。这里有以下两个方面的要求:

①节点的路由表要考虑网络内当前通信量的情况,链路的情况,并在网络的拓扑结构发生变化时及时修改更新。以便在新的网络状态下仍能获得较好的路由。

②节点的路由不仅要体现本节点的运行情况,还必须考虑考网络中其他节点的运行情况。故在进行路由选择之前必须获得其他节点的信息。

常用的自适应路由选择算法包括独立路由选择、分布路由选择和集中路由选择是3种具体算法。

1. 独立路由选择

在这类路由算法中,节点仅根据本节点搜集到的有关信息作出路由选择的决定,不与网络中的其他节点交换状态信息。状态信息是指该节点与外界的链路的连通状态以及每条链路上的队列长度。这种算法虽然不能正确确定距离较远节点的路由选择,但还是能较好地适应网络流量和拓扑结构的变化。这种算法实现起来非常简单,应用也比较广泛。

一种简单的独立路由选择算法是 Baran 在 1964 年提出的热土豆(Hot Potato)算法:该算法的基本思想是使到达本节点的分组尽快离开本节点。当一个信息分组到来时,节点首先检查各输出链路的排队长度,然后将该分组输送到队列最短的那条链路,不管它的目的地址如何,一定要以最快的速度转发出去,就像拿到一个烫手的热土豆一样,它减少了分组在节点内部的排队等待时间。此方法的缺点是可能使总的传输时间延长。尽管每个分组在该节点的时延是最小的,由于传送的方向带有盲目性,必然导致更长的传输路径。另外,实践表明该算法对网络故障的适应性差,当网络出现故障时,容易产生分组在网络中"兜圈子"的现象。实际上鉴于该算法自身的特点,通常将这种方法和其他方法相结合以达到更好的性能,例如,将热土豆法与固定式路由选择算法结合起来使用可以达到较好的效果。

2. 分布路由选择

分布式路由选择算法是适应性好,而且目前应用最广泛的路由算法。在采用分布路由选择算法的网络中,所有节点周期地与其每个相邻节点交换路由选择信息。同时将本节点的决定信息在周期的传递给周围的节点,这样每个节点可以根据网络的新的状态变化不断更新自己的路由选择策略,整个网络的路由选择也就处于动态的变化之中,在该算法中,每个节点均存储一张以网络中其他节点为索引的路由选择表,网络中每个节点占用表中一项。每一项又分为两个部分,一部分是所希望使用的到目的节点的输出链路,另一部分是估计到目的的节点所需要的传输延迟或距离。度量标准可以是毫秒或链路段数、等待的分组数、剩余的链路和容量等。该算法的缺点是：每次只有相邻的节点之间进行信息的交换，所以一旦某一个节点有突然变化，不可能很快传递到整个网络，导致某些节点的路由选择不是最优的情况。

对于分布式路由选择算法，具体的实现可以分为链路状态选择算法和距离向量选择算法两种。前者网络中的每个节点只将本地链路的状态传送到其他节点。而后者每个节点根据本地链路条件以及来自其他节点的信息估算至其他节点的总距离。例如，费用、时延等。并将这种距离信息传送到其他节点。

3. 集中路由选择

集中路由选择与固定路由选择一样，在每个节点上建立一张路由表。不同的是，固定路由选择算法中的节点路由表由人工制作，而在集中路由选择算法中可以动态地修改网络节点的路由表，节点路由表由路由控制中心 RCC(Routing Control Center)定时根据网络状态计算、生成并传送到各相应节点。RCC 利用了整个网络的信息，例如，相邻的能够正常工作的节点机的名称、队列长度以及每条链路的通信量大小等，RCC 按照某种规则，例如，使网络的通信量最大或者网络的总平均时延最小等，结合其他节点发送来的相关信息和网络性能，选择计算网络中各节点达到其他节点的最佳路由。消除了分组在网内"兜圈子"的现象，同时也减轻了各节点计算路由选择的负担。集中式路由选择在网络流量控制方面较分布式路由选择有优势，RCC 可以不断监视着网络的负荷，一旦负荷超过规定的最高值，网络便拒绝一切呼叫。

当然，集中式路由选择也存在一些缺点：

①搜集网络中各个节点的信息，然后根据信息计算路由，最后向各个节点传送路由表的整个过程需要花费不少的时间。因此当节点接收到路由表时网络的状态可能已经发生的变化。所以在状态变化较快的网络中控制效果不明显。

②RCC 负责全网的状态信息收集、路由的计算，工作量大，因此需要速度快、高可靠性的设备。

③一旦 RCC 失效，或者网络中的某部分发生了故障都会导致路由表的修改失败，从而降低了传输的可靠性。为了解决以上的问题可以采用设立多个 RCC 的方法，若干个级别的 RCC 协同控制，这样可以作为备用，也可以使网络分区而治，这样不仅能够提高网络的可靠性，而且可以减少网络链路的通信量，降低网络的开销。

7.3　网络流量控制

7.3.1　流量控制的作用

相对路由选择，流量控制是网络层要解决的又一个重要的技术问题，在计算机通信网络中如果不对网络中的通信量即流量加以控制，就可能导致网络发生拥塞或者造成网络的死锁。它包括通信流量控制、拥塞控制、时延控制和路由控制等几个方面。

流量控制是数据链路层的一项重要功能，在大部分协议中，流量控制是一系列程序，告知发送方在等到来自接收方的确认之前它能传输多少数据。网络中的任何设备都有处理数据的速度限制和存储数据的容量限制。故当发送方发送数据的速度过快,接收方来不及处理所接收的数据的时候,就会产生数据包的丢失,若还有无限制的信息流进入网络则会导致拥塞。严重时网络的吞吐量下降到零,没有任何的信息流动,表示网络已完全失去工作能力,导致"死锁"。流量控制主要具有如下的作用:

(1)使发送端产生分组或报文的速率受到控制,从而使接收端有能力处理这些信息;换句话说用来限制发送端在等到确认之前发送的数据数量;

(2)可以将通信量合理地分配到网络中的各个端点,使网络正常运行时减少传输时延,防止网络任何部分相对于其他部分过载。

7.3.2 流量控制的主要功能

流量控制的主要目的在于提高网络中信息的传输速度、提高网络的有效性及可靠性。流量控制的主要功能如下:

(1)防止网络超负荷而引起的吞吐量下降及传输时延的增加。

(2)避免网络形成死锁状态。

(3)在各终端之间合理分配资源。

7.3.3 流量控制的方式与方法

1. 流量控制的级别

实质上并不只有网络层才要进行流量控制,数据链路层和传输层都存在流量控制问题,分组交换网中必须采用一定的流量控制策略,且流量控制是按级进行的,可以分为以下几个级别。

(1)端到端级:主要目的是保护目的端,通常用来防止用户进程缓冲区溢出。

(2)链路级:在相邻两个节点间或者主机到节点间保持一个平稳的流量,以避免产生局部缓冲区拥塞和死锁。

(3)入口到出口级:重点是源节点到目的节点之间的流量控制,避免在输出节点出现拥塞。

(4)网到端级:设法控制从外部进入通信子网的通信量,防止通信子网内产生拥塞现象。

2. 流量控制的方法

若要进行流量控制,就是要寻求有效的方法使用户可以更好地利用网络资源,然而由于网络的复杂性与动态性,一些流量控制方法也不一定能从本质上解决网络拥塞和死锁问题,只能尽量避免。流量控制有以下几种方式:

(1)证实法

发送方发送分组后等待接收方的确认分组。然后再发送新的分组,接收方也可以暂缓发送确认分组来控制发送方发送分组的速度,从而达到控制数据流量的目的,这种方法的典型应用就是滑动窗口机制。

（2）许可证法

在开始的时候，网络内设置若干张"许可证"，主机若要网络内发送分组时必须使每一个分组都能得到一张许可证，"许可证"在网内自由移动，网内任一个节点获得"空"的许可证才可以发送分组，用后将"许可证"释放为空，供其他的节点再使用。模拟研究表明当网络中的许可证总数为 3 倍的网络节点数时，即 $3N$ 时，能够获得最好的流量控制效果。当然对许可证的管理也是相当复杂的，主要涉及许可证的转发及丢失的解决问题。

（3）预约法

其基本思想是发送节点提前向接收节点预约存储空间，依据接收节点所允许发送的分组数量来发送分组，主要应用在数据报方式工作的分组网中。

7.4 网络拥塞控制

7.4.1 拥塞现象的产生

在计算机网络中有许多网络资源，例如，带宽、缓冲区和处理机的发送及接收速度等，当网络负荷很大网络资源耗尽时会拒绝服务，不能满足用户对资源的需求，特别对于无连接的数据报服务，就可能产生拥塞现象。具体来说是指到达通信子网中某一部分的分组数量过多，使得该部分网络来不及处理所接收到的数据，以致引起这部分乃至整个网络性能下降，严重时会导致网络通信终止，即出现死锁现象，导致网络的瘫痪。

7.4.2 拥塞控制的一般原理

为了使网络进行有效的信息传输，防止网络拥塞现象的产生，必须进行网络拥塞控制，显然，发生网络拥塞或死锁现象都与通信子网内部传送的分组数有关，所以减少分组数量是防止拥塞的基础，通过对发送节点到接收节点链路通信流量的控制可以达到减少分组数的目的，故端到端实行流量控制是防止拥塞的基本措施。

下面是用于管理拥塞的一些基本技术：

（1）端系统流控制

这不是一个拥塞控制方案，而是一个阻止发送方使接收方缓冲区溢出的方法。

（2）网络拥塞控制

端系统减小流量以避免网络拥塞。该机制类似于端对端流控制，但目的是减少网络中而不是接收方的拥塞。

（3）基于网络的拥塞避免

通过路由器检测可能发生的拥塞并尝试在队列变满之前减慢发送方的发送。

（4）资源分配

包括安排物理电路或其他资源的使用，或许是对于某特定时间段。建立虚电路，以有保证的带宽通过一系列交换机，是资源分配的一种形式。

（5）队列

任何关于拥塞的讨论都要涉及队列问题。网络上的缓冲区使用不同的队列技术来管理。适当的管理队列可以使丢失数据分组和网络拥塞最小化并改进网络性能。

最基本的技术是 FIFO(先进先出),即按照数据分组到达队列的顺序处理它们。此外,优先级队列方案使用具有不同优先级的多个队列,以便可以首先发送最重要的数据分组。

一项重要的队列技术是将数据流分配到它们自己的队列中。这样区分数据流的目的是分配不同的优先级。同样重要的是,每个数据流负责确保它不会溢出自己的队列。这样分离的队列确保每个队列只包含来自单个源的数据分组。

(6)拥塞恢复

当需求超过容量时,网络必须重置以恢复网络的操作状态。

(7)拥塞避免

预见拥塞并避免它,现今,拥塞避免是改进网络的性能和服务质量的重要方法。

注意:高速缓存可能是最终的拥塞控制方案。通过将内容移近用户,大量的通信可以从本地获得,而不必沿着可能发生拥塞的路由路径从远程服务器上获得。高速缓存成为因特网上的重要事务。

第 8 章

传 输 层

传输层位于应用层和网络层之间,是分层的网络体系结构的重要部分,是 OSI 中最重要、最关键的一层,唯一负责总体数据传输和控制的一层。传输层提供端到端的交换数据的机制。传输层对会话层等高三层提供可靠的传输服务,对网络层提供可靠的目的地站点信息。

8.1 传输层概述

在 OSI 七层模型中传输层是负责数据通信的最高层,又是面向网络通信的低三层和面向信息处理的高三层之间的中间层。因为网络层不一定保证服务的可靠,而用户也不能直接对通信子网加以控制,因此在网络层之上,加一层传输层提供可靠、透明的数据传输,使高层用户在互相通信时不必关心通信子网的实现细节和具体的服务质量。同时该层对运行在不同主机上的应用进程提供直接的通信服务起着至关重要的作用。

传输层利用网络层提供的服务,并通过传输层地址提供给高层用户传输数据的通信端口,使系统间高层资源的共享不必考虑数据通信方面和不可靠的数据传输方面的问题。它的主要功能是:对一个进行的对话或连接提供可靠的传输服务,在通向网络的单一物理连接上实现该连接的复用,在单一连接上提供端到端的序号与流量控制、差错控制及恢复等服务。

与数据链路层和网络层一样,传输层的功能是保证数据可靠地从源端发送到目的端,例如,传输层确保数据以相同的顺序发送和接收,并且传输后接收节点会给出响应。前面我们讲到网络层提供虚电路和数据报两种服务,在虚电路服务中为了保证其可靠性,传输层还必须具有端到端的差错控制和流量控制的功能。而对于数据报服务,传输层既要保证分组无差错、不丢失、不重复,而且还要保证分组的顺序性,当然此时的传输协议要比前者复杂得多。

综上所述传输层提供的服务可分为传输连接服务和数据传输服务。

(1)传输连接服务

通常,对会话层要求的每个传输连接,传输层都要在网络层上建立相应的连接。

(2)数据传输服务

提供面向连接的可靠服务,并提供流量控制、差错控制和序列控制,以实现两个终端系统间传输的报文无差错、无丢失、无重复、无乱序。

8.1.1 传输层中的两个协议

根据应用程序的不同需求,传输层需要有两种不同的传输协议:面向连接的传输控制协议(TCP)和无连接的用户数据报协议(UDP)。为了更好地理解这两种协议,先介绍一下传输层协议的分类。

传输层提供的服务是通过建立连接两端的传输实体之间所用的协议实现的。传输层协议的要求取决于两个因素:

①上层对传输层的服务请求。

②通信子网能为传输层提供的服务。

为了在不同网络上进行不同类型的数据传输,ISO 定义了 5 种类型的传输协议,即 0 ~ 4 种传输协议。这 5 类传输协议都是面向连接的,即要传输数据必须经过连接的建立、数据传输、连接的释放 3 个阶段,当然,这些操作均要用到网络层提供的服务。

传输层服务通过协议体现,因此传输层协议的类型与网络服务质量密切相关。根据差错性质,网络服务按质量可分为以下 3 种类型:

①A 型服务:低差错率连接,即具有可接受的残余差错率和故障通知率的网络连接。

②B 型服务:具有可接受的残余差错率和不可接受的故障通知率的网络连接。

③C 型服务:高差错率连接,即具有不可接受的残余差错率和故障通知率的连接。

差错率的接受与不可接受是取决于用户的。因此,网络服务质量的划分是以用户要求为依据的。OSI 根据传输层的功能特点,定义了以下 5 类协议:

①0 类传输协议:提供最简单连接。只建立一个简单的端到端的传输连接,并可分段传输长报文。

②1 类传输协议:也比较简单,具有基本差错恢复功能。在网络连接断开、网络连接失败或收到一个未被认可的传输连接数据单元等基本差错时,具有恢复功能。

③2 类传输协议:提供多路复用功能,即允许多条传输共享同一网络连接,但不具备恢复网络连接故障的功能。为了达到复用的目的,此类协议应具有相应的流量控制功能。

④3 类传输协议:提供差错恢复和多路复用功能。是 1 类和 2 类传输协议的综合。

⑤4 类传输协议:该类协议最全面,也最复杂。它可以在网络服务质量很差的情况下,进行高可靠性的数据传输,具有差错检测、恢复和多路复用的功能。

除了上述的面向连接的传输协议之外,ISO 还制定了无连接方式传输的协议,由于无连接方式不必事先建立连接,所以适用于询问应答系统。

8.1.2 端口及其作用

在网络中传递数据信息到目的地时,需要一个地址,在数据链路层,如果连接不是点到点的,则需要一个 MAC 地址从多个节点中选择一个节点。在网络层,需要一个 IP 地址来选择整个网络中其中的一台主机,网络中的数据报需要目的 IP 地址用于传送数据,需要源 IP 地址用于接收目的主机的回答。

传输层要解决应用进程之间通信的问题,而且应用层可能同时存在多个进程。在因特网中的通信并不是定义为两个节点或两个主机之间的数据交换。实际的通信是发生在两个进程(应用程序)之间的,需要进程到进程的传递。在任何时刻,在源主机上可能运行着多个进程,在目的主机上也运行着多个进程。为了完成信息传递过程,需要一种机制将源主机上运行的某个进程的数据发送到目的主机上运行的对应进程上。为了解决这个问题,需要在传输层使用协议端口号,简称端口,端口用于标识应用层中不同的进程。目的端口用于传送,而源端口用于接收回答。

端口是一种抽象的概念,包括一些数据结构和输入、输出缓冲队列。应用程序与端口绑定后,操作系统就创建输入和输出缓冲队列,容纳传输层和应用进程之间所交换的数据。为了标识各个端口,每个端口分配一个称为端口号的整数标识符。在 TCP/IP 的传输层中规定使用 16 比特的端口号,即可以提供端口号的范围为 0~65 535。

那么端口号是如何进行分配的呢? 一台主机上的应用程序如何知道网络上另一台主机上的应用程序所使用的端口号呢? 端口分配有两种基本的方式:

1. 端口分配方式

(1)全局分配

这是一种集中分配方式,由一个公认权威的机构根据用户需要进行统一分配,并将结果公布于众。这样计算机上哪个应用程序对应于哪个端口就众所周知了。这种分配方式较难适应量大而变化迅速的端口使用环境。

(2)本地分配

又称动态连接,即进程需要访问传输层服务时,向本地操作系统提出申请,操作系统返回本地唯一的端口号,进程再通过合适的系统调用,将自己和该端口连接起来。本地分配方式不受网络规模的限制,但其他主机无法得知分配结果,进程之间依然难以建立通信。这就需要解决端口号的传递问题。

2. 端口号分类

TCP/IP 端口号的分配综合了以上两种方式,将端口号分为两部分:

(1)保留端口

以全局方式分配给服务进程。每一个标准服务器都拥有一个全局公认的端口,即使在不同的机器上同样性质的服务器,其端口号也相同。其中保留端口只占很小的数目,端口号应小于 256。

(2)自由端口

以本地方式进行分配,用户可以自由使用。当某一进程与远地的进程通信之前,首先要在本地申请一个自由端口,然后根据全局分配的公认端口号与远地进程进行通信。自由端口占大部分,号码为 1 024 以上的端口都是自由端口。

3. 端口编号分类

因特网号码分配管理局(IANA)已经把端口编号划分为三类:熟知端口号、注册端口号、动态端口号。

(1)熟知端口(Well Known Ports)

端口号的范围从 0 到 1 023,它们紧密绑定(binding)于一些服务。通常这些端口的通讯明确表明了某种服务的协议。例如,80 端口实际上总是 HTTP 通讯。

（2）注册端口（Registered Ports）

端口号的范围为 1 024~49 151。IANA 不分配也不控制。它们松散地绑定于一些服务。也就是说有许多服务绑定于这些端口，这些端口同样用于许多其他目的。例如，许多系统处理动态端口从 1 024 左右开始。

（3）动态端口（Dynamicand/or Private Ports）

端口号的范围为 49 152~65 535。这一范围内的端口号即不受控制也不需要注册，可以由任何进程使用。理论上，不应为服务分配这些端口。实际上，机器通常从 1 024 起分配动态端口。但也有例外：SUN 的 RPC 端口从 32 768 开始。

如果根据所提供的服务方式的不同，端口又可分为"TCP 协议端口"和"UDP 协议端口"两种，因为计算机之间相互通信一般采用这两种通信协议。前面所介绍的"连接方式"是一种直接与接收方进行的连接，发送信息以后，可以确认信息是否到达，这种方式大多采用 TCP 协议；另一种是不是直接与接收方进行连接，只管把信息放在网上发出去，而不管信息是否到达，也就是前面所介绍的"无连接方式"。这种方式大多采用 UDP 协议，IP 协议也是一种无连接方式。对应使用以上这两种通信协议的服务所提供的端口，也就分为"TCP 协议端口"和"UDP 协议端口"。

表 8.1 给出了常用的 UDP 保留端口示例及 TCP 保留端口示例。

表 8.1　常用周知端口号列表

端口号	协议	关键词	UNIX 关键词	描述
1	TCP	TCPMUX	–	TCP 复用器
7	TCP/UDP	ECHO	echo	回送
9	TCP/UDP	DISCARD	discard	丢弃
15	TCP/UDP	–	netstat	网络状态程序
20	TCP	FTP – DATA	ftp – data	文件传输协议（数据）
21	TCP	FTP	ftp	文件传输协议
22	TCP/UDP	SSH	ssh	安全 Shell 远程登录协议
23	TCP	TELNET	telnet	远程登录
25	TCP	SMTP	smtp	简单邮件传输协议
37	TCP/UDP	–	time	时间
42	TCP/UDP	NAMESERVER	name	主机名字服务器
43	TCP/UDP	NICNAME	whois	是谁
53	TCP/UDP	DOMAIN	nameserver	域名服务器
67	UDP	BOOTPS	bootps	引导协议服务器
68	UDP	BOOTPC	bootpc	引导协议客户
69	UDP	TFTP	tftp	简单文件传送协议
79	TCP	FINGER	finger	Finger
80	TCP	HTTP	http	超文本传输协议
88	TCP	KERBEROS	kerberos	Kerberos 协议
93	TCP	DCP	–	设备控制协议
101	TCP	HOSTNAME	hostnames	NIC 主机名字服务器
110	TCP	POP3	pop3	邮局协议版本 3
111	TCP/UDP	SUNRPC	sunrpc	Sun Microsystems RPC

续表 8.1

端口号	协议	关键词	UNIX 关键词	描述
119	TCP	NNTP	nntp	USENET 新闻传送协议
123	UDP	NTP	ntp	网络时间协议
139	TCP	NETBIOS – SSN	–	NETBIOS 会话协议
161	UDP	–	snmp	简单网络管理协议
162	UDP	–	snmp – trap	SNMP 陷阱
389	TCP	LDAP	ldap	轻量目录访问协议
443	TCP	HTTPS	https	安全 HTTP 协议
513	UDP	–	who	UNIX rwho daemon
514	UDP	–	syslog	系统日志
525	UDP	–	timed	UNIX time daemon
546	TCP	DHCP – CLIENT	dhcp – client	动态主机配置协议客户
547	TCP	DHCP – SERVER	dhcp – server	动态主机配置协议服务器

8.2　用户数据报协议 UDP

传输层主要包括两类协议:第一种协议是 UDP(User Datagram Protocol),它为应用进程提供了一种不可靠的、无连接的服务;第二种协议是 TCP(Transmission Control Protocol),它为应用进程提供了一种可靠的、面向连接的服务。本节我们首先讨论 UDP,TCP将在下节讨论。

8.2.1　UDP 用户数据报

用户数据报协议(UDP)是一种简单的、面向数据报的传输层协议。实现不可靠的、无连接的服务,它的特点是为用户提供高效率的数据传输服务。特别适用于一次通信只需要传输少量报文的情况,例如,数据库查询类的交互型应用。但由于 UDP 仅注重传输的高效率,所以基于 UDP 的应用程序在通信子网服务质量很差的网络环境中运行时,就必须自己解决诸如报文丢失、重复、失序和流控等可靠性问题。又因 UDP 是无连接的,它没有建立连接和释放连接的过程,所以它既不保证数据能否到达目的地,也不能保证数据的按顺序传输。

一个 UDP 报文称为一个用户数据报,UDP 报文的格式如图 8.1 所示。

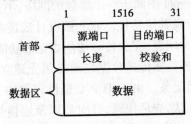

图 8.1　UDP 报文的格式

8.2.2　UDP 的优缺点

1. UDP 的优点

（1）UDP 是无连接的，即在发送数据之前不用建立连接，这样减少了开销和节省了建立连接的时间。

（2）UDP 不保证可靠交付，因此主机不需要维持复杂的连接状态表。

（3）UDP 没有拥塞控制，适合传输实时数据。网络出现的拥塞不会使源主机的发送速率减低。这在 IP 电话、实时视频会议等场合是非常重要的，这样的应用环境要求源主机以恒定的速率发送数据，并且允许在网络发生拥塞时丢失一些数据，但却不允许数据有太大的时延。

（4）UDP 支持一对一、一对多和多对多的交互通信。

（5）UDP 相对 TCP 而言首部开销小，只有 8 个字节。

2. UDP 的缺点

UDP 协议可靠性差，它提供了不可靠的无连接数据报传输，它不提供数据到达的确认和流量控制，在 UDP 中，UDP 校验和是检验数据正确传输的唯一方法，而且它还不是必须的，即使进行校验和计算，当校验和出现差错时，UDP 也没有差错控制机制，只是交与上层处理。另外，使用 UDP 传输数据之前，通信双方并不需要建立连接，而是直接将数据发送到目的端，即使目的端存在故障或者关机。同时 UDP 没有拥塞控制，虽然某些实时应用需要使用没有拥塞控制的 UDP，但当很多的源主机同时向网络发送高速率的实时视频流时，网络就有可能发生拥塞，以至于所有人都无法正常接收。因此不使用拥塞控制功能的 UDP 有可能会引起网络产生严重的拥塞问题。

8.3　传输控制协议 TCP

UDP 是一个简单的不可靠的传输协议，当传送过程中出现差错、网络软件发生故障或到来的报文太多时，接收方可能会溢出，数据可能被破坏。同时 UDP 除校验和外，没有差错控制机制，这就需要应用程序负责进行差错检测和恢复工作，对传输数据量很大的网络环境来说，采用这种不可靠的数据传输是不合适的。因此需要有一种可靠的数据流传输方法，这就是 TCP。

TCP 是专门设计用于在不可靠的 Internet 上提供一种面向连接的、可靠的、端到端的基于字节流的通信协议。Internet 不同于一个单独的网络，不同部分可能具有不同的拓扑结构、带宽、延迟、分组大小以及其他特性。TCP 被设计成能动态满足 Internet 的要求，并且能够应付网络中出现的各种问题，完成传输层所指定的功能。

TCP 提供面向连接的服务。在传送数据之前必须先建立连接，数据传送结束后要释放连接，即不提供广播或多播服务。由于 TCP 要提供可靠的、面向连接的运输服务，因此必然增加了许多的开销，如确认、流量控制、计时器以及连接管理等。这不仅使协议数据单元的首部增大很多，还要占用许多的处理机资源。

TCP 通过下面的方式来提供可靠性：

(1)为了便于每次的传输,数据流被分割成若干个数据段。这和 UDP 完全不同,应用程序产生的数据段长度将保持不变。由 TCP 传递给 IP 的信息单位称为报文段。

(2)当 TCP 发出一个报文段后,它启动一个重传定时器,等待目的端确认收到这个报文段。在传输时限内如果不能收到一个确认,源端将重发这个报文段。

(3)TCP 差错检验的范围包括首部和数据两部分。这是一个端到端的检验和,目的是检测数据在传输过程中是否发生差错。如果收到报文段的检验和有差错,TCP 将丢弃这个报文段和不确认收到此报文段。

(4)TCP 报文段作为 IP 数据报来传输,而 IP 数据报的到达可能会失序,因此 TCP 报文段的到达也可能会失序。如果必要,TCP 将对收到的数据进行重新排序,将收到的数据以正确的顺序交给应用层。

(5)IP 数据报会发生重复,TCP 的接收端必须丢弃重复的数据。

(6)TCP 能提供流量控制。TCP 连接的双方主机都为该连接设置了接收缓存。当该TCP 连接接收到正确、有序的字节后,它就将数据放入接收缓存。TCP 的接收端只允许另一端发送接收端缓冲区所能容纳的数据。这将防止较快主机致使较慢主机的缓冲区溢出。

8.3.1　TCP 的数据编号与确认

虽然 TCP 能够记录发送或接收的段,但是在段的头部没有段序号字段。TCP 在段的头部采用称为序号和确认号的两个字段,这两个字段指的是字节序号,而不是段序号。具体内容如下：

(1)TCP 协议是面向字节的。TCP 将所要传送的报文看成是字节组成的数据流,并使每一个字节对应于一个序号。

(2)在连接建立时,通信双方要共同确定初始序号。TCP 每次发送的报文段的首部中的序号字段数值表示该报文段中的数据部分的第一个字节的序号。

(3)TCP 的确认是对接收到的数据的最高序号表示确认。接收端返回的确认号是已收到的数据的最高序号加 1。因此确认号表示接收端期望下次收到的数据中的第一个数据字节的序号。为提高效率,TCP 可以累积确认,即在接收多个报文段后,一次确认。

8.3.2　TCP 的流量控制与拥塞控制

1. TCP 的流量控制

TCP 使用滑动窗口机制来进行流量控制。TCP 使用滑动窗口协议。但是这里的滑动窗口与数据链路层所使用的滑动窗口有两点不同：第一点,TCP 的滑动窗口是面向字节的,而数据链路层讨论的滑动窗口是面向帧的;第二点,TCP 的滑动窗口是可变大小,而数据链路层的滑动窗口是固定大小。

(1)TCP 采用大小可变的滑动窗口进行流量控制。窗口大小的单位是字节。在得到对方确认后就前移窗口,如果得不到确认窗口大小不变。

(2)在 TCP 报文段首部的窗口字段写入的数值就是当前给对方设置的发送窗口数值

的上限。

(3)发送窗口在连接建立时由双方确定。但在通信的过程中,接收端可根据自己的资源情况,随时动态地调整对方的发送窗口上限值(可增大或减小)。

下面以图8.2举例说明:

(1)发送端要发送900字节长的数据,划分为9个100字节长的报文段,而发送窗口确定为500字节;

(2)发送端只要收到了对方的确认,发送窗口就可前移;

(3)发送TCP要维护一个指针。每发送一个报文段,指针就向前移动一个报文段的距离。

(4)发送端已发送了400字节的数据,但只收到对前200字节数据的确认,同时窗口大小不变;

(5)现在发送端还可发送300字节;

(6)发送端收到了对方对前400字节数据的确认,但对方通知发送端必须把窗口减小到400字节;

(7)现在发送端最多还可发送400字节的数据。

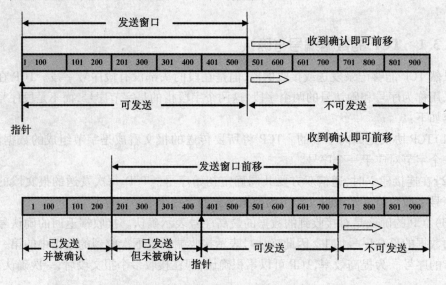

图8.2　滑动窗口控制流量实例

2. TCP 的拥塞控制

拥塞是分组交换网络中的一个重要问题。如果网络中的载荷,即发送到网络中的分组数量,超过了网络的容量,即网络中能处理的分组数量,那么在网络中就可能发生拥塞。拥塞控制指的是控制拥塞和使载荷低于网络容量的机制和技术。

与UDP不同的是,TCP考虑网络中的拥塞。发送方发送的数据量不仅由接受方控制(流量控制),而且还要由网络中的拥塞程度决定。

TCP拥塞控制机制让连接的每一方都记录两个状态变量:接收端窗口(ReceWin)与拥塞窗口(CongWin)。

(1)接收端窗口:这是接收端根据其目前的接收缓存大小所允许的最新的窗口值,是来自接收端的流量控制。接收端将此窗口值放在 TCP 报文的首部中的窗口字段,传送给发送端。

（2）拥塞窗口:它对一个 TCP 发送方能向网络中发送的流量的速率进行了限制。

发送端的发送窗口的上限值应当取为接收端窗口和拥塞窗口这两个变量中较小的一个,即应按以下公式确定:

发送窗口的上限值 = $\text{Min}[\text{ReceWin}, \text{CongWin}]$

当 ReceWin < CongWin 时,是接收端的接收能力限制发送窗口的最大值。

当 CongWin < ReceWin 时,则是网络的拥塞限制发送窗口的最大值。

那么如何确定拥塞窗口大小呢,TCP 处理拥塞的一般策略基于三个阶段:慢速启动、拥塞避免和拥塞检测。在慢速启动阶段,发送方用慢的传输速率启动,但迅速地增加到阀值时,为了避免拥塞而降低数据速率。最后,如果检测到拥塞,则发送方基于如何检测拥塞而返回到慢速启动或拥塞状态。在这三个阶段中应用相应的拥塞控制算法去确定拥塞窗口的大小。

8.3.3　TCP 的重传机制

重传机制是为了进行差错控制,是 TCP 可靠性的一个重要措施,也是 TCP 中最重要和最复杂的问题之一。

每发送一个报文段,TCP 就保存该报文段的一个副本,并同时启动一个重传定时器,设置一个超时重传时限,只要计时器设置的重传时间到但还没有收到确认,就要重传这一报文段。

由于 TCP 的下层是一个互联网环境,IP 数据报所选择的路由变化很大,另外每个路由器产生的时延与网络负荷密切相关,如果网络负荷过大,会引起拥塞,这样数据报即使经过相同的路径所需的时间也可能不同,因而传输层的数据报往返时间的变化也很大。这样就会导致一种结果,如果重传定时器设置的时间过长,即便数据报早已丢失,发送方仍然会等待,导致网络性能下降。如果重传定时器设置的时间过短,从接收方返回的数据报还没到达发送方的时候,重传时限已到,则会产生大量不必要的重传。因此 TCP 采用自适应重传算法计算超时重传时限以适应互联网时延的变化性。

第 9 章

高层协议

会话层、表示层、应用层构成开放系统的高 3 层,面对应用进程提供分布处理、对话管理、信息表示、恢复最后的差错等。

9.1 会话层简介

会话层是 ISO 所独有的,它在传输层提供的服务之上,给表示层提供服务,加强了会话管理、同步和活动管理等功能。

9.1.1 会话层主要特点

1. 实现会话连接到传输连接的映射

会话层的主要功能是提供建立连接并有序传输数据的一种方法,这种连接就称为会话(Session)。会话可以使一个远程终端登录到本地的计算机,进行文件传输或进行其他的应用。会话连接是建立在传输连接的基础上的,只有当传输连接建立好之后,会话连接才能依赖于它而建立。会话与传输层的连接有 3 种关系:

(1)一对一

在建立会话时,必须建立一条传输连接。当会话结束时,这条传输连接也释放了。

(2)多对一

在一条传输连接上建立多条会话连接。例如,在订票系统中,一个顾客订票时,则代理点终端与主计算机的订票数据库建立一个会话,当订票结束后,就意味着本次会话结束,如果又有一位顾客要求订票,则又建立另一个会话。但是,这两次会话使用的都是同一个传输连接,也就是说运载这些会话的传输连接没有必要不停地建立和释放。但要注意的是,多个会话不可以同时使用一个传输连接。在同一时刻,一个传输连接只能对应一个会话连接。

(3)一对多

一个会话连接使用多个传输连接。这种情况是指传输连接在连接建立后中途失效了,这时会话层可以重新建立一个传输连接而不用废弃原有的会话。当新的传输连接建立后,原来的会话可以继续下去。

2. 会话连接的释放

会话连接的释放与传输连接的释放不同,它采用有序释放方式,使用完全的握手,包括请求、指示、响应和确认 4 个原语,只有双方同意会话才终止,这种释放方式不会丢失数据。由于异常原因,会话层可以不经协商立即释放,但这样可能会丢失数据。

3. 会话层管理

与其他各层一样,两个会话实体之间的交互活动都需协调、管理和控制。会话服务的获得是执行会话层协议的结果,会话层协议支持并管理同等对接会话实体之间的数据交换。由于会话通常是由一系列交互对话组成的,所以我们必须对对话的次序,对话的进展情况进行控制和管理。在会话层管理中提供了令牌与对话管理、活动与对话单元以及同步与重新同步等多种服务。

(1)令牌(Token)和对话管理

在原理上,所有 OSI 的连接都是全双工的,但是,在许多情况下,高层软件为了方便往往设计成半双工方式的交互式通信。例如,远程终端访问一个数据库管理系统,往往是发出一个查询,然后等待回答,任意时刻只能是用户发送或是数据库发送,即轮流发送,保持这些轮流的轨迹并强制实行轮流,就叫做对话管理。实现对话管理的方法是使用数据令牌(data – token),令牌是会话连接的一个属性,它表示了会话服务用户对某种服务的独占使用权,只有持有令牌的用户可以发送数据,另一方必须等待。令牌可在某一时该动态地分配给一个会话服务用户,该用户用完后又可重新分配。所以,令牌是一种非共享的 OSI 资源。会话层中还定义了次同步令牌和主同步令牌,这两种用于同步机制的令牌将与下面的同步服务一起介绍。

(2)活动与对话单元

会话服务用户之间的合作可以划分为不同的逻辑单位,每一个逻辑单位称为一个活动(activity)。每个活动的内容具有相对的完整性和独立性。因此也可以将活动看成是为了保持应用进程之间的同步而对它们之间的数据传输进行结构化而引入的一个抽象概念。在任一时刻,一个会话连接只能被一个活动所使用,但允许某个活动跨越多个会话连接,另外,可以允许有多个活动顺序地使用一个会话连接,但在使用上不允许重叠。

例如,一对拨通的电话相当于一个会话连接,使用这对电话通话的用户进行的对话相当于活动,那么一个活动就是指一个电话只能被一个人使用;然而,当一对用户通完话后可以不挂断电话,让后续需要同一电话线路连接的人接着使用,这就是常说的一个会话连接可以供多个活动使用。如果在通话过程中线路出现故障而中断的话,那么需要重新再接通电话来继续完成对话,这就相当于一个活动跨越多个连接。对话单元又是一个活动中数据的基本交换单元,通常代表逻辑上重要的工作部分。在活动中,存在一系列的交互通话,每个单向的连接通信动作所传输的数据就构成一个对话单元。

(3)同步与重新同步

关于会话层的同步问题在前面简单介绍过,这里我们来详细学习什么是同步及与同步相关的问题。同步就是使会话服务用户对会话的进展情况有一致的了解。在会话被中断后可以从中断处继续下去,而不必从头恢复会话。这种对会话进程的了解是通过设置同步点来获得的。会话层允许会话用户在传输的数据中自由设置同步点,并对每个同步点赋予同步序号,以识别和管理同步点。这些同步点是插在用户数据流中一起传输给对方的。当接收方通知发送方它收到一个同步点,发送方就可确认接收方已将此同步点之前发送的数据全部正确接收。会话层中定义了两类同步点:主同步点和次同步点。主同步点主要用在连续的数据流中划分对话单元,一个主同步点是一个对话单元的结束和下一个对话单元的开始。只有持有主同步令牌的会话用户才能有权申请设置主同步点。次同步点用于在一个对话单元内部实现数据结构化,只有持有次同步点令牌的会话用户才有权申请设置次同步点。

主同步点与次同步点有一些不同。在重新同步时,只可能回到最近的主同步点。每一个插入数据流中的主同步点都被明确地确认。次同步点不被确认。活动与同步点密切相关。当一个活动开始的时候,同步顺序号复位到 1 并设置一个主同步点。在一个活动内有可能设置另外的主同步点或次同步点。

4. 异常报告

异常报告是一种报告非期待差错的通用机构。在会话期间报告来自下面网络的异常情况。

9.1.2 会话服务的功能单元

会话层可以向用户提供许多服务,为使两个会话服务用户在会话建立阶段,能协商所需的确切的服务,将服务分成若干个功能单元。通用的功能单元一共有 6 个:

(1)核心功能单元:提供连接管理和全双工数据运输的基本功能。

(2)协商释放功能单元:提供有次序的释放服务。

(3)半双工功能单元:提供单向数据传输。

(4)同步功能单元:在会话连接期间提供同步或重新同步。

(5)活动管理功能单元:提供对话活动的识别、开始、结束,暂停和重新开始等管理功能。

(6)异常报告功能单元:在会话连接期间提供异常情况报告。

上述所有功能的执行都有相应的用户服务原语。OSI 每一条会话原语的功能。表中的每一行对应于所注释的 1～4 条原语,每一种原语类型都可能具有 request(请求)、indication(指示)、response(响应)和 confirm(确认)4 种形式。然而,并非所有的组合都有效。面向连接的 OSI 会话服务原语有 58 条,划分成 7 个组,分别是:连接建立、连接释放、数据运输、令牌管理、同步、活动管理、例外报告。

9.2　表示层简介

与低 5 层提供透明的数据传输不同,表示层是处理所有与数据表示及传输有关的问题,包括转换、加密和压缩。每台计算机可能有它自己的表示数据的内部方法,例如,AC-SII 码与 E – BCDIC 码,这就需要转换来保证不同的计算机可以彼此理解。

9.2.1 表示层的主要功能

(1)语法转换:将抽象语法转换成传送语法,并在对方实现相反的转换。

(2)语法协商:根据应用层的要求协商选用合适的上下文,即确定传送语法并传送。

(3)连接管理:包括利用会话层服务建立表示连接,管理在这个连接之上的数据传输和同步控制,以及正常地或异常地终止这个连接。

9.2.2 语法转换

下面将语法转换功能中涉及的数据表示和编码(压缩和加密)的相关内容做一些说明。

1. 数据表示

不同厂家生产的计算机具有不同的内部数据表示。例如,IBM 公司的主机主要使用 EBCDIC 码,而大多数厂商的计算机喜欢使用 ASCII 码。Intel 公司的80286 和80386 芯片从右到左计数它们的字节,而 Motorola 公司的 68020 和 68030 芯片从左到右计数。大多数微型机用 16 位或 32 位整数的补码运算,而 CDC 的 Cyber 机用 60 位的反码运算。由于对相同数据的表示方法不同,即使数据正确接收,那么在不同机器上也会有不同的理解。这样我们就会发现,低五层特地保证所有的报文被一位一位地从发送方准确地传送到接收方,但是在接收方的理解却是完全错的,那么低 5 层的努力都白费了。人们所想要的是保留含义,而不是位模式。为了解决此类问题,必须执行转换,可以是发送方转换;也可是接收方转换;或者双方都能向一种标准格式转换。

2. 数据压缩

在语法转换中,数据压缩是比较重要的。这主要是因为随着多媒体计算机系统技术面向三维图形、立体声和彩色全屏幕运动画面实时处理,之后,数字化了的视频和音频信号数据的吞吐、传输和存储问题也成了关键问题。一幅具有中等分辨率(640/480)彩色(24 bit/象素)数字视频图像的数据量约 7.37 Mbit/帧,一个 100 MB(Byte 字节)的硬盘只能存放约 100 帧静止图像画面。帧速率 25 帧/s,则视频信号的传输速率约为184 Mbps。对于音频信号,以用于音乐用激光唱盘 CD — DA 声音数据为例,采用 PCM 采样,采样频率44.1 kHz,每个采样点量化为 16 bit,二通道立体声,100 MB 的硬盘只能存储10 分钟的录音,由此可见,高效实时地数据压缩对于缓解网络带宽和取得适宜的传输速率是非常必要的。而且,使用网络的费用依赖于传输数据的数量,在传输之前对数据进行压缩将减少传输费用。

数据之所以能压缩主要是因为以下 3 点:

(1)因为原始信源数据(视频图像或音频信号)存在着很大的冗余度,例如,电视图像帧内邻近象素之间空域相关性及前后帧之间的时域相关性都很大,信息有冗余。

(2)因为很多情况下,人的眼睛是图像信息的接收端,耳朵是声音信息的接收端。这样就有可能利用人的视觉对于边缘急剧变化不敏感(视觉掩盖效应)和眼睛对图像的亮度信息敏感,对颜色分辨力弱的特点以及听觉的生理特性实现高压缩比,而使由压缩数据恢复的图象及声音信号仍有满意的主观质量。

(3)数据压缩能否实现与数据表示密切相关。例如,发一个 32 位整数的两种方法是,把它简单地编码成一个 4 字节的表示并以这种形式把它发送出去。然而,如果已知所发送的整数的 95% 是介于 0～255 之间,用单个无符号字节来发送这些整数也许会合适;而使用编码 255 来预示后面是一个真的 32 位整数。事实上,偶尔需要 5 个字节来代替 4 个字节,从而能够在大部分时间只是使用一个字节。

3. 网络安全和保密

随着越来越多的人精通计算机和网络的使用，安全和保密问题在计算机网络中就变得越来越重要了。网络的安全遭受攻击、侵害的类型有以下几种：

（1）数据篡改：这是最普遍、最简单的一种侵害，是非授权者进行报文的插入或修改。

（2）冒名搭载：这是指非授权者通过对口令或代码的窃取侵入网络，破坏网络安全。

（3）利用网络软硬件功能的缺陷所造成的"活动天窗"来访问网络。

为保卫网络的安全最常用的方法是采用保密（加密）措施。在理论上，加密能够在任何一层上实现，但是实际上最合适的应该是在物理层、传输层和表示层这3个层次上。

在物理层加密时，用一个加密单元插入到每个计算机和物理媒体之间。离开计算机的每一位数据都被加密，而进入计算机的每两位都被解密，这种方案叫做链路加密（Link encryption），它简单、灵活。链路加密的主要好处是：头部（header）和数据一样被加密。在有些情况下，电信模式（从源和目的地址可推断出）的知识是它自己的秘密。

对于大多数商业应用，电信分析不是害怕的问题，所以在高层中的一层做端到端的加密是一种更好的方法。把它放在传输层使得整个会话被加密。一个更复杂的方法是把它放在表示层，这样只有那些要求加密的数据结构或域才必须承受它。

9.2.3 抽象语法标记 ASN.1

作为 OSI 开发工作的一部分，发明了一种标记法，它称为抽象语法标记1，简写为 ASN.1DIS8824。后缀1表明它是第一个标准化的，在国际标准 DIS8825 中给出了为发送而把 ASN.1 数据结构编码成位流的规则。位流的格式称为抽象语法。

1. 数据结构

在应用领域中，保存和交换大量不同种类的数据结构是必不可少的。例如，一个航空订票系统，有预订、改期和取消预订所需的数据结构，同时也有为飞机、飞行员和机组人员制定时刻表所需的其他数据结构，还有些是用于飞机检验、维护和配件的记录。一般说来，每种应用都有一些与它操作有关的并且必须在网上发送的数据结构的集合。应用层包含有许多不同的应用，每一个都带有多种多样的作为应用协议数据单元 APDU（Application Protocol Data Unit）来发送的复合结构。这些 APDU 的域中常常有一个类型（例如布尔型或整型），并且在许多情形下，有些域可以省略或具有缺省值。在这些应用多而复杂的情况下，要求描述数据结构有更形式化的方法，这就是使用 ASN.1 的原因。

基本的想法是，在 ASN.1 中为每个应用所需的所有数据结构类型（即数据类型）下定义，并将它们打包在一起组成模块（库），当每一个应用想发送一个数据结构（APDU）时，它可以把数据结构与此数据结构的 ASN.1 的名一起传给表示层。把 ASN.1 定义当作指南，然后表示层知道域的类型和大小是什么，这样就知道了如何对它们进行编码。在接收端的表示层通过查看此数据结构的 ASN.1 标识（编码在第一字节或前几个字节），这样就会知道多少位属于第一域，多少位属于第二域，以及它们的类型等，装备了这种信息，表示层可以实现从任何一种通信线路所需的外部格式到计算机所用的内部格式的转换。

同时还有另一种方法就是，要求每一台机器了解网上其他每一台机器所用的内部格式；当一个应用构造一个 APDU，它把这个 APDU 构造成接收方能接收的形式。当网络中

有 n 种不同机器,则必须编写 $n*(n-1)$ 个不同的转换程序,而不是 ASN.1 所需的 $2n$ 种。

2. 抽象语法

抽象语法是对数据一般结构的描述。数据类型的 ASN.1 描述称为它的抽象语法。本处不可能对 ASN.1 给出完整的定义,但有必要理解由 ASN.1 定义的特定协议实体 PDU 的意义。

数据类型分为基本类型和构造类型两种,基本类型是通过直接规定一组该类型值而定义的不可分解的基本数据类型,如布尔型或整数型等;构造型是引用一个或多个其他类型构成的任意复杂的数据类型。这里的其他类型可以是基本类型,或是构造类型。

3. 传送语法

表示实体在建立连接时要协商所有的传送语法,传送语法是同等表示实体之间通信时对用户信息的描述。为抽象语法指定一种编码规则,便构成一种传送语法。在表示层中,可用这种方法定义多种传送语法。传送语法与抽象语法之间的关系可以是一对多和多对一的,也就是说,一种传送语法可用于多种抽象语法的数据传输,而一种抽象语法的数据值可用多种传送语法来传输。

传送语法具有这样一些特点:

(1)由于表示实体必须对在它们之间传输的信息编码作出相同的解释,所以构成传送语法的数据类型必须由双方一致同意,即这两个表示实体所在的开放系统必须都支持这些数据类型。

(2)数据传输通路对其来说是透明的,下层协议将用户数据作为比特流来对待,不再去识别其内容的结构,不作任何改动。

(3)由于下层协议对用户数据不作任何改动,所以可在传送语法实现中加入数据压缩和数据加密功能。

(4)在一个开放实系统的表示层中可能会有多个传送语法,所以在通信时要进行协商选择。协商选择包括传送语法所用的数据类型、语法表示、压缩技术和加密规则等内容。

9.3　应用层简介

应用层是 OSI 模型的第 7 层。应用层直接和应用程序接口并提供常见的网络应用服务。应用层也向表示层发出请求。

应用层也称为应用实体(AE),它由若干个特定应用服务元素(SASE)和一个或多个公用应用服务元素(CASE)组成,每个 SASE 提供特定的应用服务,例如,文件运输访问和管理(FTAM)、电子文电处理(MHS)、虚拟终端协议(VTP)等,CASE 提供一组公用的应用服务,例如,联系控制服务元素(ACSE)、可靠传输服务元素(RTSE)和远程操作服务元素(ROSE)等。

属于应用的概念和协议发展得很快,使用面又很广泛,这给应用功能的标准化带来了复杂性和困难性。比起其他层来说,应用层需要的标准最多,但也是最不成熟的一层。随着应用层的不断发展,增加了各种特定应用服务,应用服务的标准化开展了许多研究工作,ISO 已制定了一些国际标准(IS)和国际标准草案(DIS)。因此,通过介绍一些具有通用性的协议标准,来描述应用层的主要功能及其特点。

9.3.1　文件传输、访问和管理(FTAM)

FTAM 是一个用于传输、访问和管理开放系统中文件的一个信息标准,FTAM 服务使用户即使不了解所使用的实际文件系统的实现细节,也能对该文件系统进行操作,或对数据的描述进行维护。

1. 虚拟文件库

一个具有通用目的的文件传输协议必须考虑异种机的环境。因为不同的系统可能有不同的文件格式和结构。让我们考虑以下 3 种数据的传输:

①文件中的数据:如果仅仅是传输文件中的实际数据,这就像文电交换或电子邮件设施。

②数据加上文件结构:这是指最小规模的文件传输协议。

③数据、文件结构和它的所有属性:属性指访问控制表、索引表等。

如果是后两种数据的传输,那么必须有对本地文件结构和格式的了解,还要了解输入文件结构和格式。为了避免 $M \times N$ 种可能的不同文件结构之间的映射、转换问题,可以采用虚拟文件来解决。制定一个通用的虚拟的文件结构。在文件传输系统中交换的只是虚拟文件。在虚拟文件格式和本地文件格式之间实施一种局部的转换。

一个虚拟文件结构必须简单,以至在相同文件系统之间交换时花销最小。另一方面,它必然复杂到足以能够精确表示种种不同的文件系统。一个虚拟文件由下述成分组成:

①文件名:能唯一地确定文件。

②文件管理属性:如文件规模、账号、历史等。

③文件结构属性:描述文件中存储的数据的逻辑结构以及维数的属性。

④构成文件内容的各种信息。

虚拟文件组成一个虚拟文件库,用相应的服务原语调用文件库的有关操作。文件库的操作包括:文件的建立、打开、关闭和删除,以及对文件中数据单元的定位、阅读、插入、复位、扩展和抹除等。

2. 服务原语

FTAM 定义了一系列用户服务原语,其工作过程是由嵌套的状态区间组成的,每个嵌套区间有一系列允许执行的操作。每个区间都有一组相应的服务原语,与区间对应的服务原语概述如下。

(1)应用联系

这并不专指 FTAM,也涉及 CASE(ACSE)。当使用 F_INITILIZE 原语建立联系之后,FTAM 就进入了应用联系区间。在此区间 FTAM 允许用户执行管理虚拟文件库的操作。同时,FTAM 建立了认可和统计信息,这对确保文件库的操作是非常必要的。

(2)文件选择

用户通过 F_SELECT 原语选择(识别)一个已有的文件或用 F_CREATE 原语建立

一个新文件。这两种情况下,用户都进入文件选择区间。在此区间用户对文件执行读取或修改其属性的操作。

（3）文件打开

采用 F _ OPEN 原语,使 FTAM 进入文件打开区间,在此区间为数据传送建立表示上下文的特定集合的委托并发控制。

（4）数据传输

通过 F _ READ 和 F _ WRITE 原语,进入数据传输区间,可对访问的文件访问数据单元中有关的数据单元执行读、写等操作。

9.3.2　电子邮件

电子邮件,也称为基于计算机的文电系统(CBMS),是允许终端用户写文电并交换文电的一种设施。这种服务是邮政发展的主要方向,是一种新的分布式综合文电处理系统,它可分为单系统电子邮件和网络电子邮件。

1. 单系统电子邮件

这种设施允许一个共享计算机系统上的所有用户交换文电。每个用户在系统上登记,并有唯一的标识符、姓名。与每个用户相联系的是一个邮箱。用户可以调用电子邮箱设施,准备文电,并把它发给此系统上的任何其他用户。发送动作只是简单地把文电放进接收者的邮箱。邮箱实际上是由文件管理系统维护的实体,本质上是一个文件目录。每个邮箱都有一个用户与之相联。任何输入信件只是简单地作为文件存放于用户邮箱目录之下,用户以后可以去取这个文件并读文电,用户也可通过调用电子邮件设施来读文电,当用户登录后,会告诉用户邮箱里是否有新的信件。

一个基本的电子邮件系统应具备以下功能:

①创立:用户创立和编辑文电,把结果文电合并成文电的主体。系统为用户提供编辑器或文字处理器。

②发送:用户指出文电的接收者,电子邮件设施把此文电存储到相应的邮箱中。

③接收:接收者调用电子邮件设施来访问和阅读递交的信件。

④存储:发送者和接收者双方都可以选择任何一个文电保存到更永久的存储器中。

2. 网络电子邮件

在单系统电子邮件设施中,文电只能在那个特定系统的用户之间交换。我们希望通过网络或者传递系统在更广泛的范围内交换文电,这就需要包括 OSI 模型的 1~6 层的服务,在应用层制订一个标准化的文电传输协议。

3. CCITT X. 400 系列建议

1984 年,CCITT 发表了一系列关于文电处理系统 MHS(Message – Handling Systems) 的建议。MHS 自然也包含了前面已讨论过的网络电子邮件的要求。但是这些建议并不直接为用户处理可用的用户接口或服务。然而,MHS 确实规定了通过网络发送文电所用的服务,从而为构筑用户接口提供了基础。1988 年 CCITT 又发表了经过修订的 MHS 系列建议。其实,1988 年的修订版本对 1984 年版本进行了功能扩充,并使用新的抽象模型来描述服务和协议,从而使 MHS 与 OSI 参考模型统一起来。MHS (88) 是 CCITT 与 ISO

的联合版本。ISO 的文本称为面向文电的正文交换系统 IS08508 MOTIS(Message Oriented Text Interchange Systems) ，文电处理系统具有以下 6 个特点：

①文电以存储—转发的方式进行传输。

②文电的递交和交付可以不同时进行，也就是在适当的时候发送者可以将文电递交给系统，而接收者也可以在以后的某个时间接收系统交付的文电，在此期间，文电可以保存在邮箱（如磁盘）中。

③同一份文电可以交付给多个接收者（多地址交付）。

④文电的内容形式，编码类型可以由系统自动进行转换，以适应接收终端的要求。

⑤交付时间的控制可由发送方规定，经过若干时间以后系统才可将文电交付给接收方。

⑥系统可以将文电支付与否的结果通知给发送方。

9.3.3 虚拟终端协议

虚拟终端方法就是对终端访问中的公共功能引进一个抽象模型，然后用该模型来定义一组通信服务以支持分布式的终端服务，当然这就需要在虚拟终端服务与本地终端访问方式之间建立映射关系，使实终端可在 OSI 环境中以虚拟终端方式进行通信。经过几年的研究之后，ISO 将虚拟终端标准列入应用层，归属于特定应用服务元素。虚拟终端是对各种实终端具有的功能进行一般化、标准化之后得到的通用模型。但由于目前现有的实终端种类大多，具有的功能也差别很大，因此要抽象一个完整的、通用的虚拟终端模型是比较困难的，并且也不利于终端功能的扩充。虚拟终端协议只有一些初步的实现版本，其中之一是 X. 28/X. 29/X. 3 协议，是基于异步终端的一个简单参数化的模型。

1. 分组打包拆包协议 PAD

作为对 X. 25 标准的扩充，CCITT 开发一套与分组打包拆包 PAD(Packet Assembler/Disassembler) 设施有关的标准，主要解决以下两个问题：

（1）提供了用 X. 25 协议与主机通信的能力。

（2）终端类型之间存在许多差别，PAD 设施提供了一套参数来说明这些差别，CCITT 为 PAD 服务制定了三个相应标准。

①X. 3 给出了 PAD 的所有业务和相应的功能，以及用来控制它的相应操作参数。

②X. 28 制定了 PAD 与非分组终端 NPT(Non-Packet Terminal) 的交互命令和格式。

③X. 29 说明了 NPT 与主机或分组终端 PT(或 NPT) 通过公共数据网互联通信时所要遵循的建议规范。

2. 一般化的虚拟终端协议

X. 3/X. 28/X. 29 的终端处理方法只对简单的异步终端有效，但它缺乏一定的灵活性。当使用更复杂的终端时，必须定义越来越多的参数与之对应，一种替代的方法是制定一个一般化的虚拟终端协议。VTP 是一个协议，在对等实体之间的一套通信约定。它包括以下 4 方面的功能：

①建立和维护在两个应用层实体之间的连接。

②通过协商，使同等虚拟终端用户选择、修改和替换当前的虚拟终端环境。

③创立和维护表示终端"状态"的数据结构。

④实行终端特性标准化表示的翻译转换。

VTP 根本目的是把实终端的特性变换成标准化的形式即虚拟终端。由于终端的差异很大,ISO 确定的虚拟终端有 4 种类型:

①卷模式:处理以字符元素组成的信息,对应的实终端是键盘,打印机和显示设备。

②页模式:指带有光标寻址字符矩阵的显示终端,主机或用户都能修改随机存储内容,以页为单位输入、输出。

③格式/数据进入模式:与页模式类似,但允许定义显示器的固定字段或可变字段。

④图形模式:处理用几何图元素组成的多层结构,典型的实终端是图形终端。

对于 VTP 定义了 4 个基本操作阶段:

①连接管理:包括会话层有关的功能。

②协商:用于在两个实体之间确定一个双方同意的特性集合。

③控制:交换控制信息和命令。

④数据:在两个对等体之间传输数据。

在非对称模型中,虚拟终端可以看成是实际终端和本地映象功能的结合,这种映象是用来把它适配成标准语言。另一边是位于主机上的应用,它或者能用 VTP 通信,或者必须把它自己的表示方法转换成标准语言。在对称模型中,两边都使用了一种代表虚拟终端状态的共享表示单元,这个表示单元可以看做是由数据结构来表示,两边都可对称地读、写。对称模型的优点是:它既允许终端－主机对话,也允许终端－终端、甚至主机－主机间的对话。

9.3.4　联系控制服务元素 CASE 和提交、并发与恢复 CCR 功能

随着应用层的发展,各种特定应用服务增多,早期 ISO7498 中定义的应用层服务已大部分划归到公共应用服务元素(CASE)中去了,而且许多应用有一定数据的共同部分,几乎所有这些应用都需要管理连接。为了避免每一个新的应用都要从头开始,ISO 决定把这些公共部分实行标准化。下面描述其中最重要的两个。

1. 联系控制服务元素 ACSE

联系控制服务元素提供应用连接的建立和正常或异常释放的功能。

联系是指两个应用实体之间的连接;联系控制服务元素是应用层的基本核心子集。提出以下几个 ACSE 原语:

(1)A－ASSOCIATE:建立一个联系。

(2)A－RELEASE:释放一个联系。

(3)A－ABORT:用户发起的邀请。

(4)A－P－ABORT:提供者发起的邀请。

每一条 ACSE 原语与相应的表示层服务原语有一一映照关系,即应用联系与表示连接是同时建立、同时释放的。

2. 托付、并发和恢复(CCR)

CCR 的主要目的就是协调若干个(相互关联的)应用联系,为基本多应用联系的信息

处理任务提供一个安全和高效的环境。几乎所有需要可靠性操作的应用都使用 CCR。

在 CCR 模型中,数据分为两大类:安全数据和常规数据,安全数据是那些能经受应用失败,并且在应用联系恢复到正常后可以重新引用的数据。通常是把安全数据存储在外部存储介质中。为了保证安全数据的完整性和可靠性,对它的修改要用一些特定的规则,例如,特定的封锁机制。常规数据是那些在应用联系工作期间并没有被保存在可靠存储区域的数据,例如,在缓冲区或工作栈中。当应用联系受到破坏后,这些数据将不再可用。

安全数据又可细分为以下 3 类:

(1)约束数据:它独立于 CCR 联系,但在有 CCR 联系期间,它的状态按 CCR 的规则约束于 CCR 联系的状态。这类数据是动作操作的对象,它们通常在动作开始前已存在;在动作进行期间被约束;在动作结束并释放它们后继续存在。

(2)原子动作数据:在 CCR 联系存在期间它用于维持 CCR 联系和 CCR 联系的状态。

(3)安全数据:安全数据虽在原子动作中可能用到,但它们既不是由 CCR 命名的,也不受原子动作的恢复和重新启动的影响。

原子动作是一个分布式应用中具有下述特点的一系列操作:

①原子动作是由唯一一个应用实体直接或间接控制的。

②原子动作的进行不能受其他动作干预。

③由不同应用实体进行的一个原子动作的各个部分或者都成功地结束;或者都结束,但不改变约束数据。这个特点称为动作的原子性,即整个动作的各个部分要么全做,要么全不做,就好像什么动作也没有发生。

正由于动作具有这个特点,所以它被作为并发控制和恢复控制的基本单位。

如果一个动作的各个部分都完成,则它就托付,也就是解除对约束数据的约束,终止 CCR 联系并最终结束动作。如果该动作中有一部分不能完成,则整个原子动作就要恢复,即将约束数据恢复到动作执行前的初始状态并释放之,终止 CCR 联系,然后结束该原子动作。这时对于那些约束数据来说,该原子动作就像未执行过一样。

对于那些分布式应用来说,它所包含的诸操作有些可以平行执行,有些必须顺序执行。在 CCR 中,按动作的定义,那个控制整个动作的应用实体称为根实体。通过协议交换控制其他应用实体的应用实体称为父实体,被控的应用实体称为子实体。

为了保证动作的原子性,就必须保证动作的各个部分协同一致地提交或恢复。在 CCR 中,采用托付的方法来作为保证动作原子性的同步控制机制。在动作的某个部分开始前,父实体通知它的各个子实体记下自己的当前状态(作为安全数据),然后开始各自的处理工作。当子实体的任务完成后,分别向父实体报告自己工作的完成情况,即处理成功与否。父实体在收到所有子实体的回答后检查,若所有子实体都处理成功,则通知这些子实体进行托付,否则通知这些子实体进行恢复。只有当所有托付或恢复都完成后,整个由该父实体发起的处理工作才算结束。由于这个处理工作需要父实体向其子实体发出两次指令,所以称为二阶段托付方法。

9.3.5 万维网

万维网(World Wide Web,WWW)是指在互联网(因特网)上以超文本为基础形成的信息网(主要表现为各个网站及其超级链接关系)。万维网为用户提供了一个可以浏览的图形化界面,用户通过它可以查阅 Internet 上的信息资源。WWW 是通过互联网获取信息的一种应用,我们所浏览的网站就是 WWW 的具体表现形式(例如,互联网 FAQ 网站的网址是 www. faq100. cn,其中的 www 是网址的组成部分),但其本身并不就是互联网,万维网只是互联网的组成部分之一,有人称它全球网,有人称它万维网,或者就简称为 Web (全国科学技术名词审定委员会建议,WWW 的中译名为"万维网")。WWW 是当前 Internet 上最受欢迎、最为流行、最新的信息检索服务系统。它把 Internet 上现有资源统统连接起来,使用户能在 Internet 上已经建立了 WWW 服务器的所有站点提供超文本媒体资源文档。这是因为,WWW 能把各种类型的信息(静止图像、文本声音和音像)很好的集成起来。WWW 不仅提供了图形界面的快速信息查找,还可以通过同样的图形界面(GUI)与 Internet 的其他服务器对接。

由于 WWW 为全世界的人们提供查找和共享信息的手段,所以也可以把它看做是世界上各种组织机构、科研机关、大学、公司厂商热衷于研究开发的信息集合。它基于 Internet 的查询。信息分布和管理系统,是人们进行交互的多媒体通信动态格式。它的正式提法是:"一种广域超媒体信息检索原始规约,目的是访问巨量的文档"。WWW 已经实现的部分是,给计算机网络上的用户提供一种兼容的手段,以简单的方式去访问各种媒体。它是第一个真正的全球性超媒体网络,改变了人们观察和创建信息的方法。因而,整个世界迅速掀起了研究开发使用 WWW 的巨大热潮。

万维网中主要包括了客户机、服务器以及相应协议。

1. 客户机

客户机是一个需要某些东西的程序,而服务器则是提供某些东西的程序。一个客户机可以向许多不同的服务器请求。一个服务器也可以向多个不同的客户机提供服务。通常情况下,一个客户机启动与某个服务器的对话。服务器通常是等待客户机请求的一个自动程序。客户机通常是作为某个用户请求或类似于用户的每个程序提出的请求而运行的。协议是客户机请求服务器和服务器如何应答请求的各种方法的定义。WWW 客户机又可称为浏览器。

通常的环球信息网上的客户机主要包括:Lynx、Mosaic、Netscape 等。通常的服务器来自于 CERN、NCSA、Netscape。让我们来看一下 Web 中客户机与服务器的具体任务。客户机的主要任务是:

(1)帮助你制作一个请求(通常在单击某个链接点时启动)。

(2)将你的请求发送给某个服务器。

(3)通过对直接图像适当解码,呈交 HTML 文档和传递各种文件给相应的"观察器"(Viewer),把请求所得的结果报告给你。

一个观察器是一个可被 WWW 客户机调用而呈现特定类型文件的程序。当一个声音文件被你的 WWW 客户机查阅并下载时,它只能用某些程序(例如,Windows 下的"媒体播放器")来"观察"。通常 WWW 客户机不仅限于向 Web 服务器发出请求,还可以向其他服务器(例如,Gopher、FTP、news、mail)发出请求。

2. 服务器

服务器的主要任务有:

(1)接受请求。

(2)请求的合法性检查,包括安全性屏蔽。

(3)针对请求获取并制作数据,包括 Java 脚本和程序、CGI 脚本和程序、为文件设置适当的 MIME 类型来对数据进行前期处理和后期处理。

(4)把信息发送给提出请求的客户机。

Web 拥有一个被称为"无状态"的协议。这是因为服务器在发送给客户机应答信息后便遗忘了此次交互。在"有状态"的协议中客户机与服务器要记住许多关于彼此和它们的各种请求与应答信息。

Web 是一个易于实现的协议。因为无状态的协议是很轻松的,它没有多少必需的核心代码和资源。此种协议的另一吸引人的特性是可以方便地从一个服务器转向另一个服务器(在客户机端)或者从一个客户机转到另一客户机(服务器端),而无需过多的清理和跟踪。这种快速转移的能力对于超文本而言是非常理想的。(本章后面有一节介绍超文本的定义)

Internet 和伴随它产生的一切是一个分布极为广泛的网络。它们支持的标准的或者至少是具有互操作性的协议,允许这种互操作性跨越学术界、商业界乃至于国界。也就是说,Internet、TCP/IP 协议、HTTP 协议以及 WWW 不属于任何人所有。不同国家的学校和公司可独立地建立客户机和服务器,而它们在 Web 上一起协同工作。这种实现方法有一个极大的好处,那就是其拓展的空间即便不是完全开放的,也是相当开放的。

9.3.6　协议举例

1. DNS

当我们在上网的时候,通常输入的网址就是一个域名。我们计算机网络上的计算机彼此之间只能用 IP 地址才能相互识别,再如,我们去一个 WEB 服务器中请求一个 WEB 页面,我们可以在浏览器中输入网址或者是相应的 IP 地址,例如,我们要上新浪网,我们可以在 IE 的地址栏中输入网址,也可输入 IP 地址,但是这样子的 IP 地址我们记不住或说是很难记住,所以有了域名的说法,这样的域名会让我们容易记住。

DNS 最早于 1893 由保罗·莫卡派乔斯(Paul Mockapetris)发明;原始的技术规范在882 号因特网标准草案(RFC 882)中发布。1987 年发布的第 1 034 和 1 035 号草案修正了 DNS 技术规范,并废除了之前的第 882 和 883 号草案。在此之后对因特网标准草案的修改基本上没有涉及 DNS 技术规范部分的改动。

早期的域名必须以英文句号"."结尾,这样 DNS 才能够进行域名解析。如今 DNS 服务器已经可以自动补上结尾的句号。

当前,对于域名长度的限制是 63 个字符,包括 www. 和 .com 或者其他的扩展名。域名同时也仅限于 ASCII 字符的一个子集,这使得很多其他语言无法正确表示他们的名字和单词。基于 Punycode 码的 IDNA 系统,可以将 Unicode 字符串映射为有效的 DNS 字符集,这已经通过了验证并被一些注册机构作为一种变通的方法所采纳。

DNS 是域名系统（Domain Name System）的缩写,该系统用于命名组织到域层次结构中的计算机和网络服务。在 Internet 上域名与 IP 地址之间是一对一（或者多对一）的,域名虽然便于人们记忆,但机器之间只能互相认识 IP 地址,它们之间的转换工作称为域名解析,域名解析需要由专门的域名解析服务器来完成,DNS 就是进行域名解析的服务器。DNS 命名用于 Internet 等 TCP/IP 网络中,通过用户友好的名称查找计算机和服务。当用户在应用程序中输入 DNS 名称时,DNS 服务可以将此名称解析为与之相关的其他信息,如 IP 地址。因为,你在上网时输入的网址,是通过域名解析系统解析找到了相对应的 IP 地址,这样才能上网。其实,域名的最终指向是 IP。

在 IPV4 中 IP 是由 32 位二进制数组成的,将这 32 位二进制数分成 4 组,每组 8 个二进制数,将这 8 个二进制数转化成十进制数,就是我们看到的 IP 地址,其范围是 0～255。因为,8 个二进制数转化为十进制数的最大范围就是 0～255。现在已开始试运行,将来必将代替 IPv4,IPV6 中将以 128 位二进制数表示一个 IP 地址。

2. HTTP

HTTP 的发展是万维网协会（World Wide Web Consortium）和 Internet 工作小组（Internet Engineering Task Force）合作的结果,（他们）最终发布了一系列的 RFC,其中最著名的就是 RFC 2616。RFC 2616 定义了 HTTP 协议中一个现今被广泛使用的版本——HTTP 1.1。

HTTP 是一个客户端和服务器端请求和应答的标准（TCP）。客户端是终端用户,服务器端是网站。通过使用 Web 浏览器、网络爬虫或者其他的工具,客户端发起一个到服务器上指定端口（默认端口为 80）的 HTTP 请求。（我们称）这个客户端为用户代理（user agent）。应答的服务器上存储着（一些）资源,比如 HTML 文件和图像。（我们称）这个应答服务器为源服务器（origin server）。在用户代理和源服务器中间可能存在多个中间层,比如代理、网关、隧道（tunnel）。尽管 TCP/IP 协议是互联网上最流行的应用,HTTP 协议并没有规定必须使用它和（基于）它支持的层。事实上,HTTP 可以在任何其他互联网协议上,或者在其他网络上实现。HTTP 只假定（其下层协议提供）可靠的传输,任何能够提供这种保证的协议都可以被其使用。

通常,由 HTTP 客户端发起一个请求,建立一个到服务器指定端口（默认是 80 端口）的 TCP 连接。HTTP 服务器则在那个端口监听客户端发送过来的请求。一旦收到请求,服务器（向客户端）发回一个状态行,比如"HTTP/1.1 200 OK",和（响应的）消息,消息的消息体可能是请求的文件、错误消息、或者其他一些信息。

HTTP 使用 TCP 而不是 UDP 的原因在于（打开一个）一个网页必须传送很多数据,而 TCP 协议提供传输控制,按顺序组织数据和错误纠正。具体细节请参考 TCP 和 UDP 的不同。

通过 HTTP 或者 HTTPS 协议请求的资源由统一资源定位器（Uniform Resource Identifiers,URI）来标识。

我们在浏览器的地址栏里输入的网站地址称为 URL（Uniform Resource Locator,统一资源定位符）。就像每家每户都有一个门牌地址一样,每个网页也都有一个 Internet 地址。当你在浏览器的地址框中输入一个 URL 或是单击一个超级链接时,URL 就确定了要浏览的地址。浏览器通过超文本传输协议(HTTP),将 Web 服务器上站点的网页代码提取出来,并翻译成漂亮的网页。因此,在我们认识 HTTP 之前,有必要先弄清楚 URL 的组成,例如,http://www.abc.com/china/index.htm,它的含义如下:

(1)http://:代表超文本传输协议,通知 abc.com 服务器显示 Web 页,通常不用输入。

(2)www:代表一个 Web(万维网)服务器。

(3)abc.com/:这是装有网页的服务器的域名,或站点服务器的名称。

(4)china/:为该服务器上的子目录,就好像我们的文件夹。

(5)index.htm:是文件夹中的一个 HTML 文件(网页)。

我们知道,Internet 的基本协议是 TCP/IP 协议,然而在 TCP/IP 模型最上层的是应用层(Application layer),它包含所有高层的协议。高层协议有:文件传输协议 FTP、电子邮件传输协议 SMTP、域名系统服务 DNS、网络新闻传输协议 NNTP 和 HTTP 协议等。

HTTP 协议(HyperText Transfer Protocol,超文本传输协议)是用于从 WWW 服务器传输超文本到本地浏览器的传送协议。它可以使浏览器更加高效,使网络传输减少。它不仅保证计算机正确快速地传输超文本文档,还确定传输文档中的哪一部分,以及哪部分内容首先显示(如文本先于图形)等。这就是你为什么在浏览器中看到的网页地址都是以 http://开头的原因。

自 WWW 诞生以来,一个多姿多彩的资讯和虚拟的世界便出现在我们眼前,可是我们怎么能够更加容易地找到我们需要的资讯呢? 当决定使用超文本作为 WWW 文档的标准格式后,于是在 1990 年,科学家们立即制定了能够快速查找这些超文本文档的协议,即 HTTP 协议。经过几年的使用与发展,得到不断的完善和扩展,目前在 WWW 中使用的是 HTTP/1.0 的第六版。

http 工作流程图如图 9.1 所示。一次 HTTP 操作称为一个事务,其工作过程可分为4 步:

(1)首先客户机与服务器需要建立连接。只要单击某个超级链接,HTTP 的工作就开始了。

(2)建立连接后,客户机发送一个请求给服务器,请求方式的格式为:统一资源标识符(URL)、协议版本号,后边是 MIME 信息包括请求修饰符、客户机信息和可能的内容。

(3)服务器接到请求后,给予相应的响应信息,其格式为一个状态行,包括信息的协议版本号、一个成功或错误的代码,后边是 MIME 信息包括服务器信息、实体信息和可能的内容。

(4)客户端接收服务器所返回的信息通过浏览器显示在用户的显示屏上,然后客户机与服务器断开连接。

图 9.1　http 工作流程图

如果在以上过程中的某一步出现错误,那么产生错误的信息将返回到客户端,由显示屏输出。对于用户来说,这些过程是由 HTTP 自己完成的,用户只要用鼠标点击,等待信息显示就可以了。

许多 HTTP 通讯是由一个用户代理初始化的并且包括一个申请在源服务器上资源的请求。最简单的情况可能是在用户代理和服务器之间通过一个单独的连接来完成。在 Internet 上,HTTP 通讯通常发生在 TCP/IP 连接之上。缺省端口是 TCP 80,但其他的端口也是可用的。但这并不预示着 HTTP 协议在 Internet 或其他网络的其他协议之上才能完成。HTTP 只预示着一个可靠的传输。

这个过程就好像我们打电话订货一样,我们可以打电话给商家,告诉他我们需要什么规格的商品,然后商家再告诉我们什么商品有货,什么商品缺货。这些,我们是通过电话线用电话联系(HTTP 是通过 TCP/IP),当然我们也可以通过传真,只要商家那边也有传真。

以上简要介绍了 HTTP 协议的宏观运作方式,下面介绍一下 HTTP 协议的内部操作过程。

在 WWW 中,"客户"与"服务器"是一个相对的概念,只存在于一个特定的连接期间,即在某个连接中的客户在另一个连接中可能作为服务器。基于 HTTP 协议的客户/服务器模式的信息交换过程,它分 4 个过程:建立连接、发送请求信息、发送响应信息、关闭连接。这就好像上面的例子,我们电话订货的全过程。

其实简单说就是任何服务器除了包括 HTML 文件以外,还有一个 HTTP 驻留程序,用于响应用户请求。你的浏览器是 HTTP 客户,向服务器发送请求,当浏览器中输入了一个开始文件或点击了一个超级链接时,浏览器就向服务器发送了 HTTP 请求,此请求被送往由 IP 地址指定的 URL。驻留程序接收到请求,在进行必要的操作后回送所要求的文件。在这一过程中,在网络上发送和接收的数据已经被分成一个或多个数据包(packet),每个数据包包括:要传送的数据;控制信息(即告诉网络怎样处理数据包)。TCP/IP 决定了每个数据包的格式。如果事先不告诉你,你可能不会知道信息被分成用于传输和再重新组合起来的许多小块。

也就是说商家除了拥有商品之外,它也有一个职员在接听你的电话,当你打电话的时候,你的声音转换成各种复杂的数据,通过电话线传输到对方的电话机,对方的电话机又把各种复杂的数据转换成声音,使得对方商家的职员能够明白你的请求。这个过程你不需要明白声音是怎么转换成复杂的数据的。

3. FTP

第 2 章中已经介绍过 FTP 协议,这里我们用例子进一步解释一下此协议。

以下载文件为例,当你启动 FTP 从远程计算机拷贝文件时,你事实上启动了两个程序:一个本地机上的 FTP 客户程序:它向 FTP 服务器提出拷贝文件的请求。另一个是启动在远程计算机上的 FTP 服务器程序,它响应你的请求把你指定的文件传送到你的计算机中。FTP 采用"客户机/服务器"方式,用户端要在自己的本地计算机上安装 FTP 客户程序。FTP 客户程序有字符界面和图形界面两种:字符界面的 FTP 的命令复杂、繁多;图形界面的 FTP 客户程序,操作上要简洁方便一些。

一般来说,用户联网的首要目的就是实现信息共享,文件传输是信息共享非常重要的内容之一。Internet 上早期实现传输文件,并不是一件容易的事,我们知道 Internet 是一个非常复杂的计算机环境,有 PC,有工作站,有 MAC,有大型机,据统计连接在 Internet 上的计算机已有上千万台,而这些计算机可能运行不同的操作系统,有运行 Unix 的服务器,也有运行 Dos、Windows 的 PC 机和运行 MacOS 的苹果机等,而各种操作系统之间的文件交流问题,需要建立一个统一的文件传输协议,这就是所谓的 FTP。基于不同的操作系统有不同的 FTP 应用程序,而所有这些应用程序都遵守同一种协议,这样用户就可以把自己的文件传送给别人,或者从其他的用户环境中获得文件。

与大多数 Internet 服务一样,FTP 也是一个客户机/服务器系统。用户通过一个支持 FTP 协议的客户机程序,连接到在远程主机上的 FTP 服务器程序。用户通过客户机程序向服务器程序发出命令,服务器程序执行用户所发出的命令,并将执行的结果返回到客户机。比如说,用户发出一条命令,要求服务器向用户传送某一个文件的一份拷贝,服务器会响应这条命令,将指定文件送至用户的机器上。客户机程序代表用户接收到这个文件,将其存放在用户目录中。

在 FTP 的使用当中,用户经常遇到两个概念:"下载"(Download)和"上传"(Upload)。"下载"文件就是从远程主机拷贝文件传至自己的计算机上;"上传"文件就是将文件从自己的计算机中拷贝后传至远程主机上。用 Internet 语言来说,用户可通过客户机程序向(从)远程主机上载(下载)文件。

使用 FTP 时必须首先登录,在远程主机上获得相应的权限以后,才可以下载或上传文件。也就是说,要想同哪一台计算机传送文件,就必须具有哪一台计算机的适当授权。换言之,除非有用户 ID 和口令,否则就无法传送文件。这种情况违背了 Internet 的开放性,Internet 上的 FTP 主机何止千万,不可能要求每个用户在每一台主机上都拥有账号。匿名 FTP 就是为解决这个问题而产生的。

匿名 FTP 是这样一种机制,用户可通过它连接到远程主机上,并从其下载文件,而无须成为其注册用户。系统管理员建立了一个特殊的用户 ID,名为 anonymous,Internet 上的任何人在任何地方都可使用该用户 ID。

通过 FTP 程序连接匿名 FTP 主机的方式同连接普通 FTP 主机的方式差不多,只是在要求提供用户标识 ID 时必须输入 anonymous,该用户 ID 的口令可以是任意的字符串。习惯上,用自己的 E - mail 地址作为口令,使系统维护程序能够记录下来谁在存取这些文件。

值得注意的是,匿名 FTP 不适用于所有 Internet 主机,它只适用于那些提供了这项服务的主机。

当远程主机提供匿名 FTP 服务时,会指定某些目录向公众开放,允许匿名存取。系统中的其余目录则处于隐匿状态。作为一种安全措施,大多数匿名 FTP 主机都允许用户从其下载文件,而不允许用户向其上传文件,也就是说,用户可将匿名 FTP 主机上的所有文件全部拷贝到自己的机器上,但不能将自己机器上的任何一个文件拷贝至匿名 FTP 主机上。即使有些匿名 FTP 主机确实允许用户上传文件,用户也只能将文件上传至某一指定上传目录中。随后,系统管理员会去检查这些文件,他会将这些文件移至另一个公共下载目录中,供其他用户下载,利用这种方式,远程主机的用户得到了保护,避免了有人上传有问题的文件,如带病毒的文件。

作为一个 Internet 用户,可通过 FTP 在任何两台 Internet 主机之间拷贝文件。但是,实际上大多数人只有一个 Internet 账户,FTP 主要用于下载公共文件,例如,共享软件、各公司技术支持文件等。Internet 上有成千上万台匿名 FTP 主机,这些主机上存放着数不清的文件,供用户免费拷贝。实际上,几乎所有类型的信息,所有类型的计算机程序都可以在 Internet 上找到。这是 Internet 吸引我们的重要原因之一。

匿名 FTP 使用户有机会存取到世界上最大的信息库,这个信息库是日积月累起来的,并且还在不断增长,永不关闭,涉及几乎所有主题。而且,这一切是免费的。

匿名 FTP 是 Internet 网上发布软件的常用方法。Internet 之所以能延续到今天,是因为人们使用通过标准协议提供标准服务的程序。像这样的程序,有许多就是通过匿名 FTP 发布的,任何人都可以存取它们。

Internet 中的有数目巨大的匿名 FTP 主机以及更多的文件,那么到底怎样才能知道某一特定文件位于哪个匿名 FTP 主机上的那个目录中呢?这正是 Archie 服务器所要完成的工作。Archie 将自动在 FTP 主机中进行搜索,构造一个包含全部文件目录信息的数据库,使你可以直接找到所需文件的位置信息。

FTP 服务一般运行在 20 和 21 两个端口。端口 20 用于在客户端和服务器之间传输数据流,而端口 21 用于传输控制流,并且是命令通向 FTP 服务器的进口。当数据通过数据流传输时,控制流处于空闲状态。而当控制流空闲很长时间后,客户端的防火墙,会将其会话置为超时,这样当大量数据通过防火墙时,会产生一些问题。此时,虽然文件可以成功地传输,但因为控制会话,会被防火墙断开;传输会产生一些错误。

FTP 实现的目标:促进文件的共享(计算机程序或数据),鼓励间接或者隐式的使用远程计算机向用户屏蔽不同主机中各种文件存储系统(File system)的细节,可靠和高效的传输数据。

当然 FTP 也存在一些缺点:密码和文件内容都使用明文传输,可能产生不希望发生的窃听。因为必须开放一个随机的端口以建立连接,当防火墙存在时,客户端很难过滤处于主动模式下的 FTP 流量。这个问题,通过使用被动模式的 FTP,得到了很大解决。服务器可能会被告知连接一个第三方计算机的保留端口。此方式在需要传输文件数量很多的小文件时,效能不好,FTP 虽然可以被终端用户直接使用,但是它是设计成被 FTP 客户端程序所控制。

运行 FTP 服务的许多站点都开放匿名服务,在这种设置下,用户不需要账号就可以登录服务器,默认情况下,匿名用户的用户名是:"anonymous"。这个账号不需要密码,虽然通常要求输入用户的邮件地址作为认证密码,但这只是一些细节或者此邮件地址根本不被确定,而是依赖于 FTP 服务器的配置情况。

第 10 章

计算机通信网仿真

在当今的计算机通信与网络领域,无论是新建的网络,还是改造或升级现有的网络,都需要对网络进行可靠的规划和设计。因此,随着网络规模的不断扩充,越来越需要一种新的网络规划和设计手段来提高网络设计的客观性以及设计结果的可靠性。网络仿真就是一种非常重要的解决方案。网络仿真技术是一种通过建立网络设备和网络链路的统计模型,并模拟网络流量的传输,从而获取网络设计或优化所需要的网络性能数据的仿真技术。由于仿真不是基于数学计算,而是基于统计模型,因此,统计复用的随机性被精确地再现。所以在网络建设开发之初就能够通过仿真实验来验证各种网络设计与分析问题,同时为相关研究提供了有力的开发平台。

目前有许多优秀的网络仿真软件,其中有 OPNET、NS2、MATLAB 等,这为网络研究人员提供了很好的网络仿真平台。主流的网络仿真软件都采用了离散事件模拟技术,并提供了丰富的网络仿真模型库和高级语言编程接口,这无疑提高了仿真软件的灵活性和使用方便性。而商用软件最著名的就是 OPNET 公司的 OPNET 系列仿真软件。本章应用了 OPNET Modeler 10.0 软件对局域网、ALOHA 协议和 CSMA/CD 协议进行了仿真。

10.1 OPNET 简介

10.1.1 OPNET 的历史

总部在美国华盛顿特区的 OPNET 公司是全球领先的决策支持工具提供商,主要为网络专业人士提供基于软件方面的预测解决方案。OPNET 公司最早是由麻省理工学院信息决策实验室受美国军方委托而成立的。1987 年 OPNET 公司发布了第一个商业化的网络仿真软件,提供了具有重要意义的网络性能优化工具,使得具有预测性的网络性能管理和仿真成为可能。自 1987 年以来,OPNET 迅速而稳步地发展,作为高科技网络规划、仿真及分析工具,同时在通信、国防及计算机网络领域被广泛认可和采用。成千上万的组织使用 OPNET 来优化网络性能,最大限度地提高通信网络的可用性。

10.1.2 OPNET 产品简介

OPNET 软件产品家族从 Modeler 起家,现在已经有 Modeler、ITGure、SPGuru 等多个软件平台及附加功能模块。OPNET 整个产品线面向网络研发的各个阶段,既可以完成网络的设计,也可以作为发布网络性能的依据,还可以对已投入运营的网络进行优化和故障诊断。

OPNET 的产品主要有以下 4 个核心系列:

(1)OPNET Modeler:为技术人员提供一个网络技术和产品开发的平台,可以帮助他们设计和分析网络、网络设备和通信协议。

(2)ITGure:帮助网络专业人士预测和分析网络和网络应用的性能,诊断问题,查找影响系统性能的瓶颈,提出并验证解决方案。

(3)SPGuru(ServiceProviderGuru):面向网络服务提供商的智能化网络管理软件,是 OPNET 公司的最新产品。

(4)WDM Guru:用于波分复用光纤网络的分析、评测。

10.1.3　OPNET Modeler

OPNET Modeler 的主界面如图 10.1 所示。

图 10.1　OPNET Modeler 的主界面

OPNET Modeler 具有以下特点:

(1)仿真引擎及协同仿真:OPNET Modeler 提供了高度优化的串行、并行离散事件仿真,混合数值仿真,及协同仿真等技术。Modeler 使用了增强加速技术,为有线或无线节点提供快速的仿真运行时间。同时 OPNET 可以与一个或多个其他仿真器相连,进行协同仿真。

(2)图形化和移动特性建模:Modeler 可以对移动 Ad hoc 网络、蜂窝小区、无线局域网、卫星组网以及其他形式的移动节点网络进行准确的建模。同时 Modeler 可以使用图形化编辑器来定义和编辑模型。

(3)层次化建模:Modeler 使用子网来建立复杂的网络拓扑结构。

(4)方便的模型编程:Modeler 使用有限状态机来对协议和其他工程进行建模,在有限状态机的状态和转移条件中使用 C/C＋＋语言对各种过程进行模拟,用户可以根据自己的需求定制模型。

（5）丰富的模型库：OPNET Modeler 提供包括 X. 25、ATM、FDDI、Frame Relay、Ethernet、Token Ring、TCP/IP、UDP、RIP、OSPF、LAPB、TP4 等标准模型库，同时还有 Cisco、Sun 等多个厂家的现有设备。这些设备包含了网络域、节点域的模型结构。同时随着技术的发展，OPNET 还提供包括无线模块、并行仿真、高级体系构架以及网络分析工具等附加模块。

（6）灵活的建模机制：在进程域中，采用有限状态机和 C/C＋＋以及 OPNET Modeler 自身所提供的 400 多个核心函数可以实现自定义设备，或者根据协议、算法，开发协议研究等。OPNET Modeler 中的源代码完全开放，用户可以根据需要添加、修改源代码。

（7）动画：OPNET Modeler 可以在仿真过程中或仿真后对网络中数据的传输过程进行生动的演示，还支持用户自定义动画的功能。

（8）多平台：Modeler 可以在多种平台系统上运行，例如，Windows NT、Windows 2000、Windows XP 以及 UNIX 系统，模型可在不同的平台之间透明移植。

（9）自动生成仿真：完成模型构建后，OPNET Modeler 可以在 C 语言的环境下实现可执行的、高效的仿真程序。

（10）统计数据的生成及分析工具：仿真过程中，用户可自定义要收集的统计数据。OPNET Modeler 自带的分析工具可以对仿真输出结果进行图形化表示。

10. 2　OPNET 仿真建模方法

10. 2. 1　网络仿真的概念及应用

概括地说，网络仿真是一种利用数学建模和统计分析的方法模拟网络的行为，从而获取特定的网络特性参数的技术。

网络仿真主要应用在预测网络的性能，为网络的规划设计提供可靠的依据，同时它还可以比较多个设计方案的优劣，以选取性能最好的方案。在网络实际的运行过程中会出现各种各样的故障，网络仿真系统可以模拟实际网络中的各种故障，从而进行故障分析。

10. 2. 2　OPNET 网络仿真

OPNET 提供了一种高效而简洁的建模仿真工具，有利于用户完成整个建模仿真过程。此过程大致可分为 3 个主要部分：建立网络模型和配置相关参数、运行仿真和结果分析。

1. 建模机制

OPNET 采用与现实网络相一致的层次结构设计，采用 3 层建模机制，全面反映了网络的相关特性。

（1）进程域建模

是建模机制的最底层。在此层次中，使用有限状态机来支持规范、协议，应用、算法以及排队的策略。可以用图形化的状态和状态转移条件定义一个事件的逻辑。

（2）节点域建模

每一个节点模型对应一个网络对象（链路除外），例如，终端、交换设备等。它由一个或多个模块组成,模块之间可以进行通信,具体地说是每一个模块能够生成、发送数据包或从其他的模块接收数据包,以完成它对应的功能。

(3)网络域建模

通过链路将设备互联形成网络级的网络。它需要对网络有正确的拓扑描述。在初始仿真时,首先要进行网络建模,通过网络编辑器提供的图形化界面,完成网络拓扑结构设计,实现对现实网络的形象化映射,网络模型由子网、通信节点和通信链路 3 个主要模块组成。

2. 模型参数配置

模型建立完毕之后,可以根据实际需要来定义和配置需要收集的统计量,如图 10.2 所示。

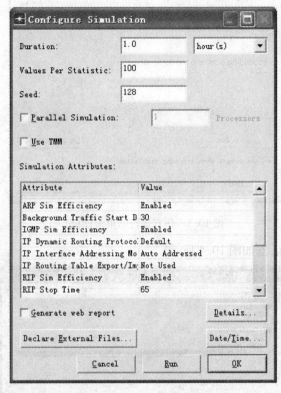

图 10.2　仿真设置对话框

(1)应用参数配置:对所要进行仿真的对象进行定义。

(2)业务主询配置:配置一类用户所涉及的应用。

(3)服务器配置:对服务器所需支持的服务和应用进行设定。

(4)工作站配置:配置工作站所支持的业务。

(5)根据实验需求选择统计量,选择反映可靠性和实时性下的统计量。

3. 运行仿真

系统的仿真模拟环境建立好后,便可通过 OPNET 提供的仿真功能来运行仿真。

4. 仿真结果分析

仿真结束后如图 10.3 所示,仿真运行期间收集的大量数据都记录在输出标量及矢量文件中,可以利用 OPNET 集成的分析工具,以参数曲线的形式直观地显示仿真结果,并加以分析。仿真结果也可以存储在电子表格中,简化了图形的绘制和对时间序列的分析。通过对仿真结果的分析,为现实网络的开发设计及优化提供了可靠的依据。

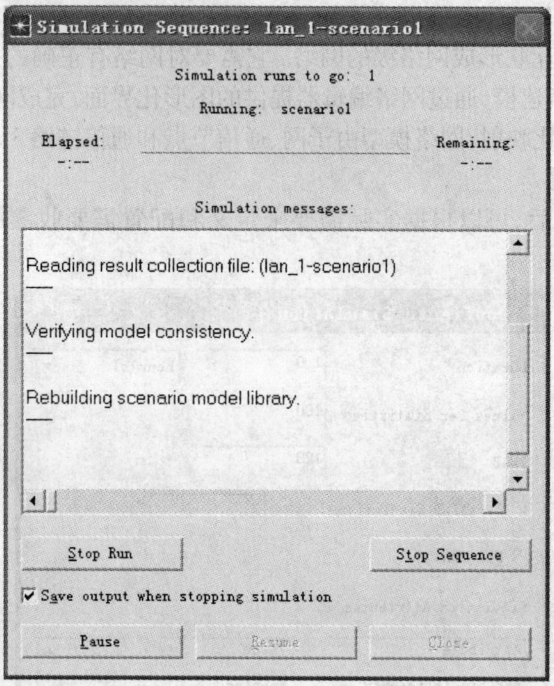

图 10.3 仿真运行结束对话框

仿真结果查看对话框如图 10.4 所示。

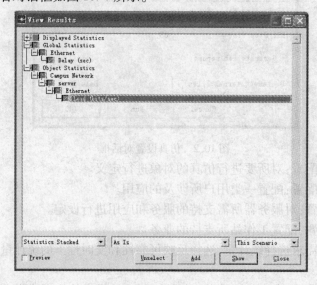

图 10.4 仿真结果查看对话框

10.3　基于 **OPNET** 的小型局域网仿真

　　首先明确建立网络的目的。设想在某个校园已经建立了一个包括 FTP 服务器在内的星型局域网络,由于教学所需,现要在校园的另一个地方再增设两个星型拓扑网络,并将此两个星型网络通过路由器与原来的网络相连接。在本仿真过程中,将使用 OPNET Modeler 快速建立所需的小型星型局域网的网络拓扑,选择适当的统计量,并对其进行离散事件仿真,最后分析仿真结果,以便比较扩展后的局域网所带来的额外负载是否会严重影响网络的通信性能。

10.3.1　建立模型背景

　　创建一个新的网络模型时,首先要创建一个项目(project),然后在项目中创建若干场景(scenario)。项目由一组相关场景组成,一个项目也可以包含多个场景。

1. 建立一个新场景

(1)建立新项目

　　启动 Modeler 后,选择菜单 File > New > Project,单击"OK"按钮后出现如图 10.5 所示的对话框。在其中输入项目名称为 lan_1,场景名称为 campus1,然后单击"OK"按钮即可。

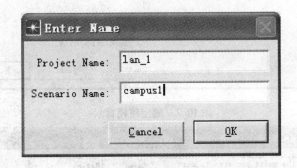

图 10.5　建立项目名称及场景名称

(2)建立空场景

　　在出现如图 10.6 所示的项目向导内,选择"Create Empty Scenario",表示从零开始创建新的网络拓扑,单击"Next"按钮继续。

(3)选定建模背景与范围

　　场景建立后,我们将继续选定建模的背景和范围。如图 10.7 所示的确定建模背景对话框,选择"Campus"作为背景,并选中"Use Metric Units"复选项,单击"Next"按钮后弹出如图 10.8 所示选择建模范围的对话框,这里将 X span 和 Y span 都设置成 250,单位是米(Meters),表示要在 250 m×250 m 范围内建立局域网,单击"Next"按钮继续。

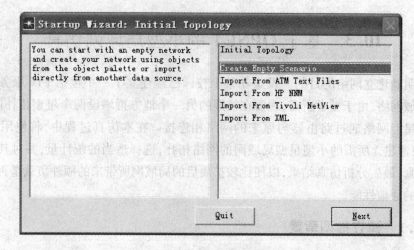

图 10.6　建立空场景

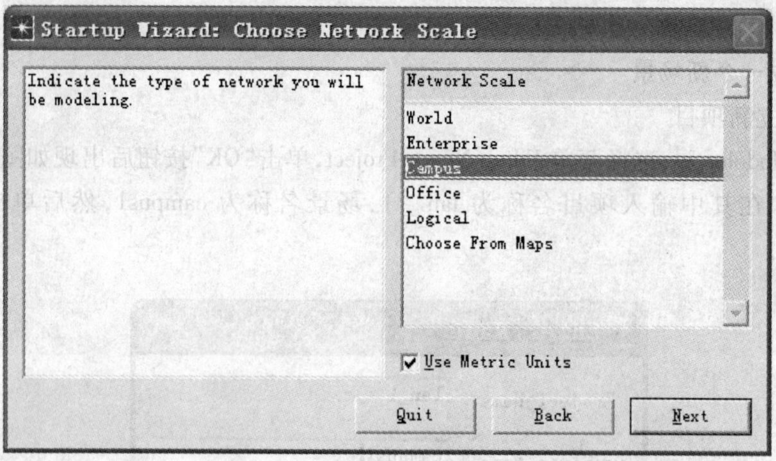

图 10.7　确定建模背景

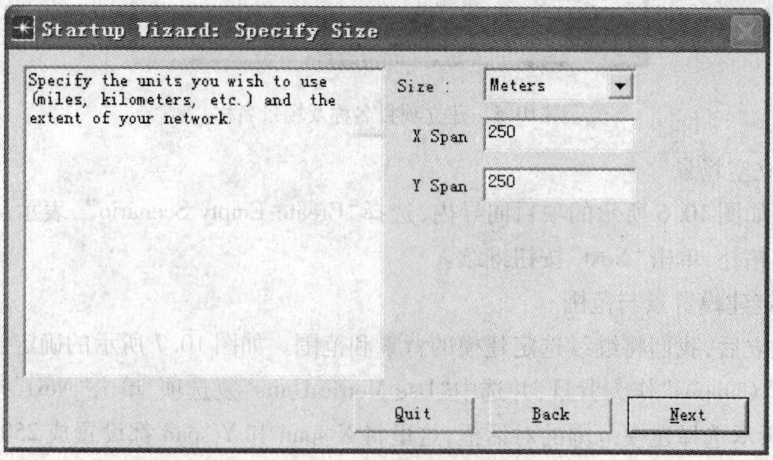

图 10.8　选择建模范围

2. 选择建模对象

(1)选择建模对象

如图 10.9 所示,设置创建网络需要包含的模型族。这里将 Sm_Int_Model_List 模型族的 Include 属性设置为 Yes,其他模块的 Include 属性都设为 No,表示仅将 Sm_Int_Model_List 模型包含进工程,即在工程中可以使用 Sm_Int_Model_List 模型族中的各种具体模型,包括节点模型、链路模型、进程模型等,单击"Next"按钮继续。

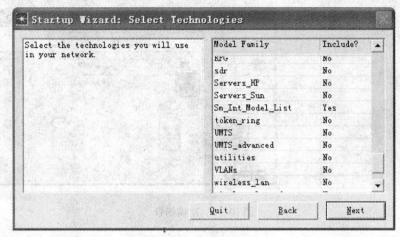

图 10.9　选择建模对象

(2)建模环境确认

如图 10.10 所示,再次确认环境设置。单击"OK"按钮后,将出现如图 10.11 所示的建模场景。所谓建模场景,是指网络构建的背景,可以是地图,也可以是有一定范围的环境,或者是不包含任何大小标识的空白范围。

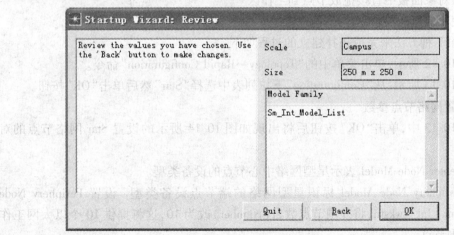

图 10.10　建模环境确认

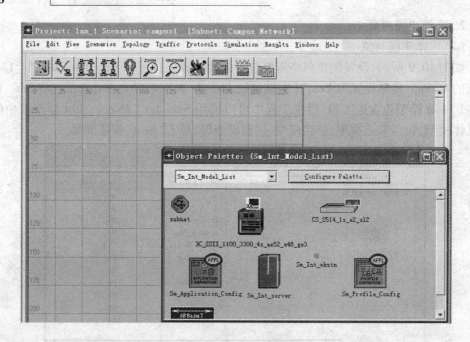

图 10.11　建模场景

10.3.2　建立网络拓扑

1. 选择建立拓扑模式

建立网络拓扑结构可以通过 3 种方式来实现：

（1）导入拓扑。

（2）从对象面板中直接拖放节点到工作区。

（3）使用快速配置来创建拓扑。

采用第 3 种方法来完成拓扑建立的过程如下：

如图 10.12 所示，单击菜单中的"Topology→Rapid Configuration"命令。

如图 10.13 所示，从"Configuration"下拉列表中选择"Star"然后单击"OK"按钮。

2. 设置网络节点参数

在图 10.13 中，单击"OK"按钮后将出现如图 10.14 所示的设置 Star 网络节点的对话框。

（1）Center Node Model 表示星型网络中心节点的设备类型。

（2）Periphery Node Model 标识星型网络的端节点设备类型。设置 Periphery Node Model 为 Sm_Int_wkstn，将外围节点数目（Number）改为 10，这将提供 10 个以太网工作站作为外围节点。

（3）Link Model 表示从中心节点到端节点连接介质的类型。设置 Link Model 为 10 BaseT，其中 10 表示 10 M、Base 为带宽、T 为 twist 双绞线。

（4）Number 表示网络中端节点的数目。此处设置节点数目为 10。

（5）PLACEMENT 表示星型网络中在场景中的位置。设置 X Center 和 Y Center 为 50。

（6）Radius 表示星型网络中心到端节点的长度。设置为 45。

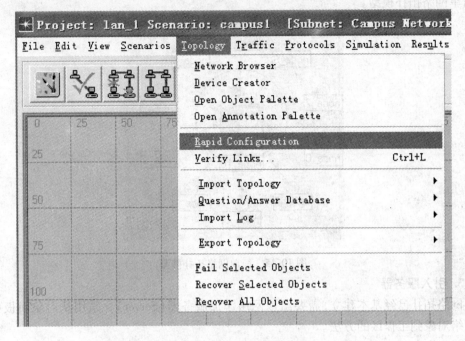

图 10.12　快速配置网络拓扑

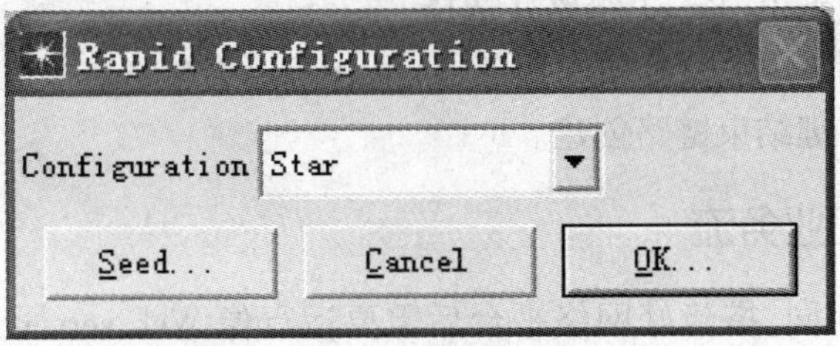

图 10.13　选择网络拓扑类型

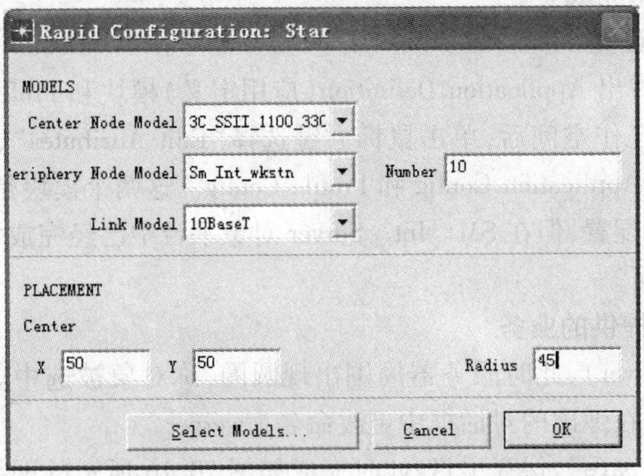

图 10.14　配置网络拓扑参数

按图 10.14 所示参数设置好后,单击"OK"按钮,在网络空间将出现如图 10.15 所示的简单网络拓扑模型。

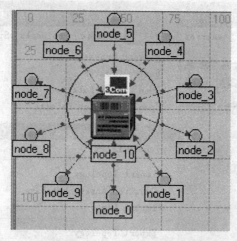

图 10.15　简单网络拓扑模型

3. 引入服务器

网络拓扑已经基本建立,需要给该网络添加服务器(Server)。采用从对象面板中拖放网络对象到工作区的方法。

(1)在对象面板中找到 Sm _ Int _ Server,并将其拖到工作区中。

(2)在面板中找到 10 BaseT 链路并选择。

(3)分别单击网络中心交换机与服务器,用 10 BaseT 链路连接这两个对象。

(4)单击鼠标右键结束链路创建。

10.3.3　添加业务流

与实际的网络相同,搭建好网络平台后需要运行像 Web server、Ftp server 等各种业务。在 OPNET 中可以通过多种配置方式来进行网络业务的添加,本仿真实验采用标准端到端业务配置方式来完成。

1. 增加业务的设置

在对象平台中找出 Application Definition(应用定义)模块和 Profile Definition(规格定义)模块,将其拖入工作空间后,单击鼠标右键选择"Edit Attributes",在弹出的对话框中更改命名(name)为 Application Config 和 Profile Config。这两个模块是配置网络业务的产生,本应该进行手动配置,但在 SM _ Int _ Server 对象平台中已经完成了配置工作,因此只要放入工作空间即可。

2. 设置服务器提供的业务

单击服务器(server),此时服务器周围出现圆圈,称对象被选中。单击鼠标右键,选择"Edit Attributes",在弹出的对话框中更改命名为 server。

在 File 中选择"Save",保存项目,此时完成如图 10.16 所示的网络拓扑,然后关闭对象模板。

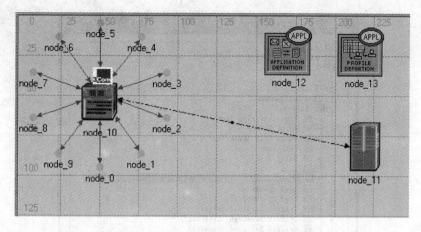

图 10.16　配置完成后的网络模型

10.3.4　运行仿真及结果观察

根据仿真设计的需要,选定需要测量的量。本仿真实验主要完成两个统计:一个是观察服务器负荷;另一个是针对整个网络的时延统计,观察整个网络扩容前后时延的变化。

1. 选择仿真统计量

(1)服务器仿真统计量

服务器负载可以反映整个网络性能。按照以下步骤来收集与服务器负载相关的统计量:

①如图 10.17 所示,选中服务器后,单击鼠标右键,从下拉菜单中选择"Choose Individual Statistics",弹出如图 10.18 所示的对话框。

②执行 Node Statistics→Ethernet 命令,在以太网统计量中 Load(bits/sec)旁边的复选项选择该统计量。

③单击"OK"按钮,关闭该对话框。

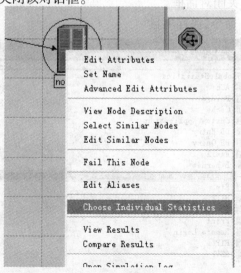

图 10.17　选择仿真统计量

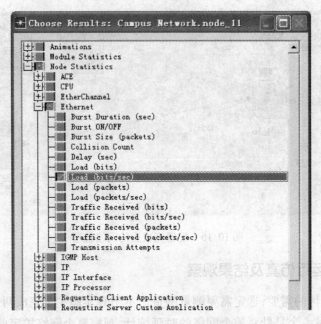

图 10.18　选择服务器统计量

（2）全局统计量

全局统计量用于统计全网信息如图 10.19 所示,可以通过收集全局延时统计量来获得整个网络的延时:

①在网络模型的工作空间中单击鼠标右键(不要单击到对象),从下拉菜单中选择"Choose Individual Statistics"。

②在弹出的对话框中选择"Global Statistics→Ethernet→Delay(sec)"旁边的复选项选择该统计量。

③单击"OK"按钮,关闭对话框。

④执行 File > Save 命令,保存项目。

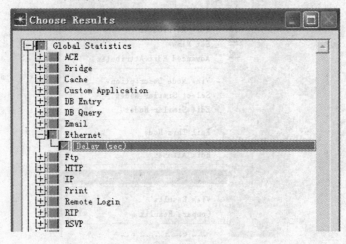

图 10.19　选择全局统计量

2. 运行仿真

在菜单中选择"DES > Configure/Run Simulation",或者在工具栏中选择运行仿真按钮,将弹出如图 10.20 所示的离散事件仿真配置对话框。将 Duration 栏设置为 0.5,即模拟网络运行 0.5hours 的情况。

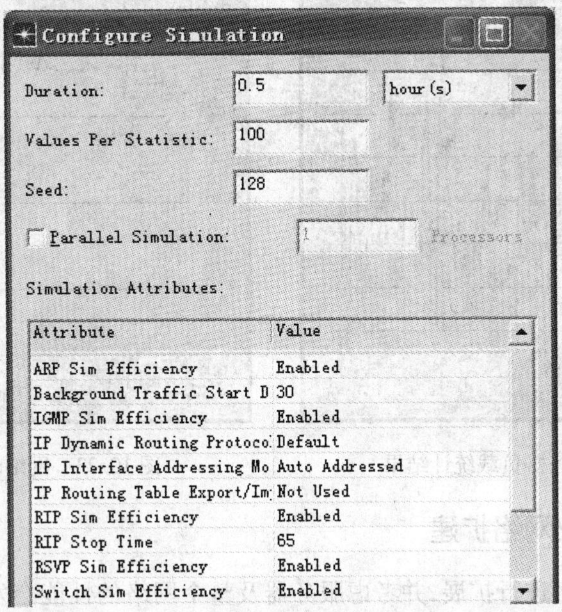

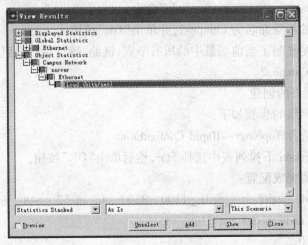

图 10.20 仿真参数的设置

单击"Run"按钮运行仿真,仿真结束后会听到提示音,这时单击"Close"按钮关闭"Simulation Sequence"对话框。

3. 显示结果

单击菜单中的 DES > Results > View Statistics 命令,将出现仿真结果的树型图,如图 10.21 所示,从树型图中选择需要观察的对象。

图 10.21 观察仿真结果

单击 View Result 对话框中的"Show"按钮,将结果单独显示。图 10.22 和图 10.23 所示分别为网络服务器的负载和时延情况,从中可以看出在峰值点服务器最大负载约为 1 900 b/s,而当网络达到稳定状态后网络总体时延约为 0. 000 35 s。

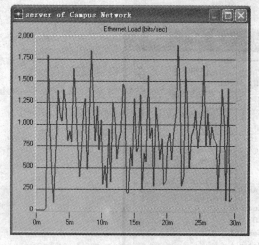

图 10.22 服务器负载统计结果

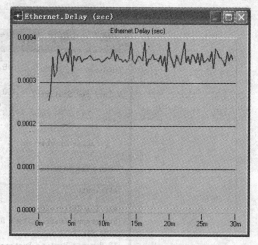

图 10.23 网络时延统计结果

10.3.5 一次网络扩建

现在对现有网络进行扩展,并考虑服务器及整个网络的性能会发生何种变化。因此要比较扩建前和此次扩建后网络性能的变化。

1. 创建扩展场景

这里采用复制当前现有场景,并对其进行修改以作为第二个场景的方法来创建新的网络场景拓扑。

(1)场景复制

复制场景的步骤如下:

①执行"Scenarios→Duplicate Scenario"命令。

②将复制后的场景命名为 Campus2,并单击"OK"按钮。

③此时用户便复制了当前场景中的所有节点、链路、统计量,包括仿真参数的配置,并将新场景命名为 Campus2。

(2)第二层网络的创建

创建第二层网络的步骤如下:

①主菜单上选择 Topology→Rapid Configuration。

②从 Configuration 下拉列表中选择 Star,然后单击"OK"按钮。

③采用以下值完成配置:

ⅰ. Center node model:3C _ SSII _ 1100 _ 3300 _ 4s _ ae52 _ e48 _ ge3;

ⅱ. Periphery node model:Sm _ Int _ wkstn;

ⅲ. Number:10;

ⅳ. Link model:10 BaseT;

ⅴ. X:175，Y:175；

ⅵ. Radius:45。

④单击"OK"按钮，关闭对话框。

（3）连接两个网络

连接两个网络的步骤如下：

①打开对象面板，将 Cisco 2514 路由器拖放到工作区两个网络之间，单击鼠标右键，结束对象创建。

②单击对象面板中的 10 BaseT 链路图标。

③在 Cisco 路由器和两个星型网络中心的 3Com 交换机之间建立 10 BaseT 链路。单击鼠标右键，结束链路对象创建。

④执行 File > Save 命令，对项目进行保存。新的网络拓扑如图 10.24 所示。

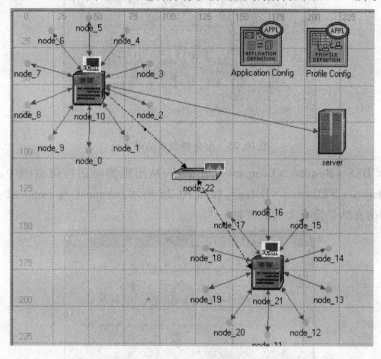

图 10.24　第一次扩展后的网络拓扑

2. 运行扩展场景仿真

运行扩展场景仿真的步骤如下：

①在主菜单上执行"DES > Configure > Run Discrete Event Simulation"命令，或单击工具栏中运行图标，弹出离散事件仿真配置对话框。

②将持续时间（Duration）设置为 0.5，其他参数取默认值。

③单击"Run"按钮开始仿真。

3. 运行结果的对比

（1）输出未处理的结果

①选中服务器节点，单击鼠标右键，从弹出的下拉菜单中选择"Compare Result"。

②选中"Campus Network. server > Ethernet > Load",并在比较对话框中选择"All Sce-
narios"。

③单击"Show"按钮,查看比较结果,如图 10.25 所示。从结果上看,第一次扩展后服
务器的最大负载约达到了 4 500 b/s,较未扩展前增大一倍多。

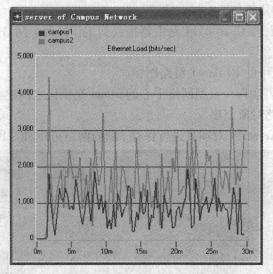

图 10.25 服务器负载结果比较

④选择"DES > Results > Compare statistics",从出现的对话框树型图中选择"Global
Individual Statistics > Ethernet > Delay",如图 10.26 所示,campus1 与 campus2 两个场景的
网络时延的仿真结果没有太大的区别。

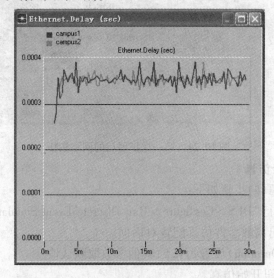

图 10.26 端到端时延仿真结果比较

(2)比较时间平均统计值

为了进行更清楚的比较,可以对仿真结果进行如下处理。如图 10.27 所示,在下拉列

表中选择"time＿average",并单击"Show"按钮,可以出现基于时间的网络时延平均统计结果。服务器的平均负载结果比较如图 10.28 所示。

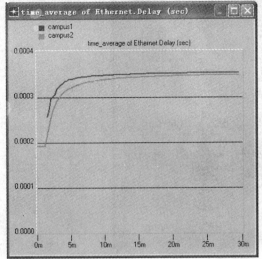 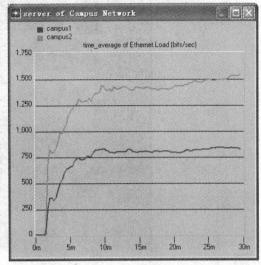

图 10.27　基于时间的网络时延平均统计结果　　图 10.28　基于时间的服务器平均负载结果比较

由图 10.27 与图 10.28 可以看出,扩建后基于 time＿average 的网络时延并没有太大的变化,当网络趋于稳定后 campus1 与 campus2 的平均网络时延基本持平。而 campus2 的服务器平均负载值由 campus1 的 800 b/s 增加到 1 500 b/s,几乎增大了一倍。

10.3.6　二次网络扩建

在 campus1、campus2 的基础上,下面继续对现有局域网进行第二次扩展,并最终验证再次增加负载后该网络是否仍然能够继续有效的运行。

1. 扩建网络

(1)复制场景

选择 Scenarios > Duplicate Scenario,并命名新场景为 campus3。

(2)建立扩建网络拓扑

按住鼠标左键,并拖动鼠标将图 10.14 所示的部分完全选中,此时将出现如图 10.29 所示的情况。

单击菜单 Edit > Cope > Paste,将复制的星型网络放在 X 轴为 50,Y 轴为 175 处,单击鼠标右键,完成局域网的复制和粘贴。同建立场景 campus2 是相类似的,打开对象面板,拖动 Cisco2514 交换机进入工作空间,并用 10BaseT 的线连接最终构成如图 10.30 所示的两次扩建后的网络拓扑。

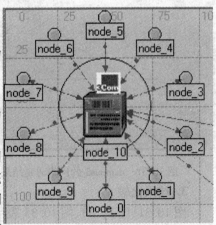

图 10.29　选中复制对象

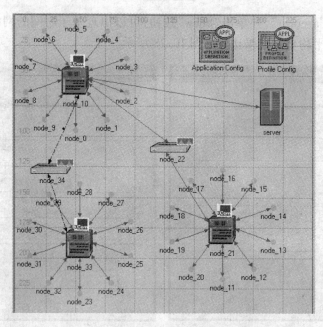

图 10.30 两次扩建后的网络拓扑

2. 运行仿真

选择"DES > Configure/Run Simulation"或者直接在工具栏中选择运行仿真按钮,仿真时间(Duration)仍然设置为 0.5。所得出 campus3 的仿真结果如图 10.31、10.32 所示。

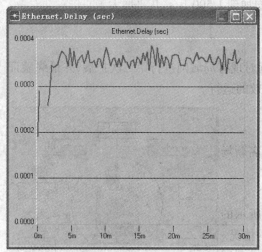

图 10.31 campus3 的网络时延结果

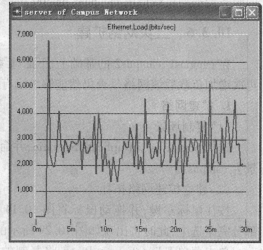

图 10.32 campus3 的服务器负载结果

3. 结果比较

图 10.31、图 10.33、图 10.35 表示网络时延的仿真结果图中横坐标表示数据传输的距离,单位为米(m);纵坐标表示传输数据的时间,单位为秒(sec)。

图 10.32、图 10.34、图 10.36 表示服务器负载量的仿真结果图中横坐标表示数据传输的距离,单位为米(m);纵坐标表示传输的数据量,单位为比特(bit)。

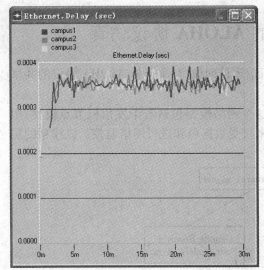

图 10.33　两次扩建后的网络时延比较

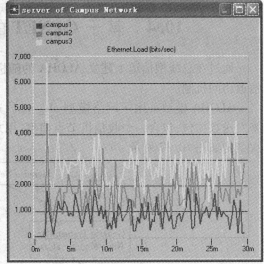
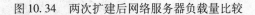

图 10.34　两次扩建后网络服务器负载量比较

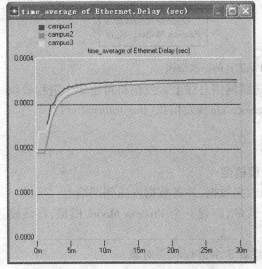

图 10.35　基于时间的网络平均时延比较

图 10.36　基于时间的服务器平均负载量比较

10.3.7　结果分析

由图 10.33 和图 10.35 中可以看出,在仿真开始时网络的时延较小,扩容前最小值为 0.000 32 s,扩容后最小值为 0.000 33 s。当系统趋于稳定后,扩容前后的网络时延几乎没有发生变化,均为 0.000 35 s 左右,因此不必担心扩容对网络时延的性能影响。

由图 10.34 中可以看出,在仿真开始时,服务器的负载非常大,其实这是一种正常现象,扩容前服务器负载量峰值 1 900 b/s,扩容后服务器负载量峰值为 6 800 b/s。再由图 10.36 我们可以看出服务器的负载量平均约 800 b/s,依照扩容的次数以一倍的数量关系最终增加到 2 500 b/s。这也为网络管理员们提供了一个参考,相对于网络硬件上的改进主要就是更新服务器。

10.4 基于 OPNET 的 ALOHA 协议仿真

通过在总线型信道上建立 ALOHA 的随机信道访问模型,来分析 ALOHA 协议的共享信道访问机制。

ALOHA 模型采用了网络模型 al_net。这个网络模型包括若干发信机节点模型,用来发送数据包;包含一个收信机节点模型,用来接受数据包和进行网络监控。该模型的层次结构如图 10.37 所示。

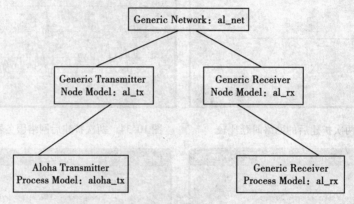

图 10.37 ALOHA 协议仿真的层次结构

发信机产生、处理数据包,并将数据包发送到网络总线上。发信机可由 3 个进程模块组成:数据包发生器(generator)、处理机(processor)、总线发信机(bus transmitter)。

10.4.1 建立进程模型

1. 建立 ALOHA 发信机的数据处理机进程模型

ALOHA 发信机的数据处理机进程从信源收集数据,并将数据发送到网络上。

(1)启动 OPNET 主程序,执行 File > New 命令,新建一个 Process Model 模型,将该模型命名为 aloha_tx,并保存。

(2)单击"Create State"按钮,在工作区中放置 3 个进程状态对象。

(3)单击鼠标右键,在弹出的快捷菜单中选择"Set Name",将第一个进程对象更名为 init。接着单击鼠标右键,选择 Make State Forced,设置该进程为强制状态。

(4)同样,将第二个进程对象更名为 idle,设置为非强制状态;将第三个进程对象更名为 tx_pkt,并将其变为强制状态。

设置后的状态对象应如图 10.38 所示。

图 10.38 初始化的处理机进程模型

（5）在工具栏中单击"Create Transition"按钮，按照如图 10.39 所示连接各进程对象。

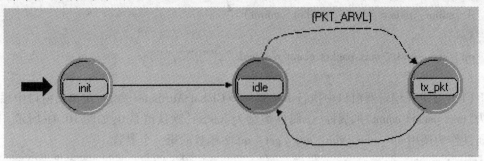

图 10.39 处理机进程模型的状态转移

（6）在 idle 状态到 tx_pkt 状态的转移线上单击鼠标右键，选择快捷菜单中"Edit Attribute"的选项，在弹出的对话框中将 Condition 设置为 PKT_ARVL。这样，当非强制状态 idle 接收到事件 PKT_ARVL 后，其状态将转移到 tx_pkt。

（7）定义 PKT_ARVL 的宏。

#define IN_STRM 0 / * 从发生器模块中输入流 * /

#define OUT_STRM 0 / * 将输出流输入到总线发信机模块 * /

#define PKT_ARVL(op_intrpt_type( ) == OPC_INTRPT_STRM) / * 有条件的宏定义 * /

Extern int subm_pkts; / * 全局变量 * /

（8）在工具栏中单击编辑状态变量按钮 SV，添加变量 max_packet_count，类型为 int。此变量记录一次仿真中能处理的包的数量最大值。如图 10.40 所示。

Type	Name	Comments
int	max_packet_count	/* number of packets to process */

图 10.40 发信机模型添加状态变量

（9）单击"init"状态的上半部分，编辑指令块中的代码。在弹出的代码编辑器中输入如下代码并保存。

/ * 得到最大的包数量，并且设置仿真运行时间 * /

op_ima_sim_attr_get_int32（"max packet count"，&max_packet_count）；

（10）单击 tx_pkt 状态的上半部分，编辑其入口执行指令块中的代码。在弹出的代码编辑器中输入如下代码并保存：

/ * 向模型外发送数据包 * /

Packet * out_pkt;

/ * 从输入流中接收数据包，将接收到的数据包向模型外发送，并且改变发包计数器 subm_pkts 的值 * /

out_pkt = op_pk_get(IN_STRM)；

op_pk_send(out_pkt, OUT_STRM)；

++subm_pkts；

/＊ 如果发包计数器的值等于仿真中最多能处理的包的数量则结束仿真 ＊/

if (subm _ pkts = = max _ packet _ count)

｛

op _ sim _ end("max packet count reached. ","","","") ;

｝

（11）在进程编辑器窗口中执行 Interfaces > Global Attributes 命令,在弹出窗口中添加名为"max packet count"的属性,该属性类型为 integer,默认值是 0,如图 10.41 所示。这个属性作为调用 op _ ima _ sim _ attr _ get _ int32 函数的第一个参数。

Attribute Name	Type	Units	Default Value
max packet count	integer		0

图 10.41　为发信机进程模型添加全局属性

（12）在进程编辑器窗口中,执行 Interfaces→Process Interfaces 命令,将"begsim intrpt"设置为 enabled,并将所有属性的 Status 字段设置为 hidden,单击"OK"按钮确定,如图 10.42 所示。

Attributes:

Attribute Name	Status	Initial Value
begsim intrpt	hidden	enabled
doc file	hidden	nd_module
endsim intrpt	hidden	disabled
failure intrpts	hidden	disabled
intrpt interval	hidden	disabled
priority	hidden	0
recovery intrpts	hidden	disabled

图 10.42　为发信机模型添加接口

（13）在工具栏中单击"Compile Process Model"按钮,编译该进程模块,并保存退出。

2. 建立通用收信机的数据处理机进程模型

通用收信机的数据处理机进程模型的主要功能是进行数据包计数和记录统计信息。

（1）在 OPNET 主程序中执行 File→New 命令,新建一个 Process Model 模型,将该模型命名为 al _ rx 并保存。

（2）在进程编辑器中放置两个进程状态对象,分别将两个对象命名为 init 和 idle。

（3）鼠标右键单击"init"进程状态对象,并在弹出的快捷菜单中选择"make state forced",将其设置为强制状态。

（4）按照图 10.43 所示画出相应的状态转移线。

（5）在 init 进程状态到 idle 进程状态之间的第一条状态转移线（如图 10.43 中的直线所示）附近单击鼠标右键,选择 Edit Attributes,将 condition 属性设置为 PKT _ RCVD,将 executive 属性设置为 proc _ pkt( )。这样,该进程模型在 init 状态下如果接收到 PKT _ RCVD 的事件中断,就转移到 idle 状态,同时执行 proc _ pkt( )函数代码。

（6）同样将其他各条状态转移线的 condition 和 executive 属性分别设置成如图 10.43 所示。

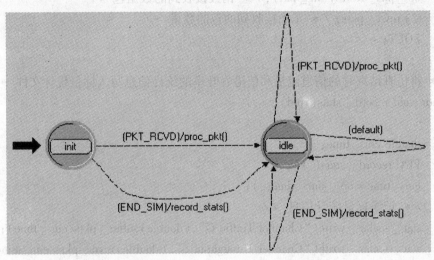

图 10.43　收信机进程模型的状态转移

（7）设置头块（Header Block）和状态变量（State Variables）。单击编辑头块代码按钮，在代码编辑器中写入下面代码并保存：

#define IN _ STRM 0 /＊ 从总线接收机中输入流 ＊/
/＊ 有条件的宏定义 ＊/
#define PKT _ RCVD（op _ intrpt _ type（）＝＝OPC _ INTRPT _ STRM）
#define END _ SIM（op _ intrpt _ type（）＝＝OPC _ INTRPT _ ENDSIM）
/＊ 全局变量 ＊/
Int subm _ pkts ＝0；

（8）在工具栏中单击编辑状态变量按钮 SV，添加变量 rcvd _ pkts，类型为 int。该变量记录一次仿真中收集到的合法数据包的个数，如图 10.44 所示。

Type	Name	Comments
int	rcvd_pkts	/＊ Received packet counter ＊/

图 10.44　为收信机进程模型添加状态变量

（9）编写收信机进程模块的函数块（Function Block）。在工具栏中单击编辑函数块代码按钮 FB，在代码编辑器中写入下面的代码并保存：

/＊ 这个函数从总线发信机接收到每一个数据包，然后将其销毁，并对接收到的数据包个数进行累加 ＊/
static void proc _ pkt（void）
{
　　Packet ＊in _ pkt；
　　FIN（proc _ pkt（））；

```
    in _ pkt = op _ pk _ get( IN _ STRM); /* 从总线接收机输入流中得到数据包 */
    op _ pk _ destroy( in _ pkt); /* 销毁接收到的数据包 */
    + + rcvd _ pkts; /* 累加接收到的包的数量 */
    FOUT;
}
/* 将仿真结束时的信道流量和信道吞吐率的统计信息写入标量统计文件 */
static void record _ stats( void)
{
    double cur _ time;
    FIN( record _ stats( ));
    cur _ time = op _ sim _ time( );
    /* 记录标量统计信息 */
op _ stat _ scalar _ write( "Channel Traffic G", ( double) subm _ pkts/cur _ time);
op _ stat _ scalar _ write( "Channel Throughput S", ( double) rcvd _ pkts/cur _ time);
FOUT;
}
```

(10)编辑进程状态对象的代码。单击"init"状态的上半部分,编辑其入口执行指令块中的代码。在弹出的代码编辑器中输入如下代码并保存:

```
/* 初始化变量 rcvd _ pkts */
rcvd _ pkts = 0;
```

(11)定义进程模型的接口。在进程编辑器窗口中,执行 Interfaces > Process Interfaces 命令,将"endsim intrpt"设置为 enable,并将所有属性的 Status 字段值设置为 hidden,单击"OK"按钮确定,如图10.45所示。

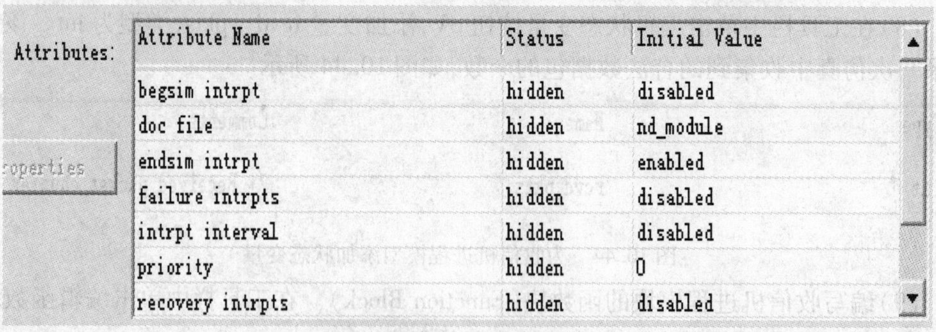

Attributes:	Attribute Name	Status	Initial Value	▲
	begsim intrpt	hidden	disabled	
	doc file	hidden	nd_module	
roperties	endsim intrpt	hidden	enabled	
	failure intrpts	hidden	disabled	
	intrpt interval	hidden	disabled	
	priority	hidden	0	
	recovery intrpts	hidden	disabled	▼

图10.45　为收信机进程模型添加接口

(12)在工具栏中单击"Compile Process Model"按钮,编译该进程模块,并保存。

10.4.2 建立节点模型

1. 建立通用发信机的节点模型

下面建立一个 ALOHA 的通用发信机节点模型。

（1）在 OPNET 主窗口中执行 File→New 命令，新建一个 Node Model 模型，将该模型命名为 al _ tx 并保存。

（2）在工具栏中单击"Create Processor"按钮，在工作区中放置两个处理机模块。单击"Create Bus Transmitter"按钮，在工具区中放置一个总线发信机模块。

（3）在模块上右击，在弹出的菜单中选择"Set Name"，将两个处理机模块分别命名为 gen 和 tx _ proc，将总线发信机模块命名为 bus _ tx。单击"Create Packet Stream"按钮，使用数据包流连线将 3 个节点模型连接起来，如图 10.46 所示。一定要注意数据包流的方向。

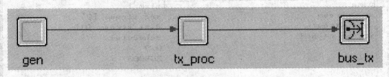

图 10.46　通用发信机节点模型

（4）在 gen 模块上单击鼠标右键，在弹出的菜单中选择"Edit Attributes"，在弹出的属性设置窗口中将"process model"属性设置为 simple _ source，如图 10.47 所示。

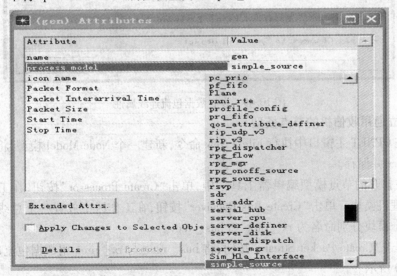

图 10.47　设置 gen 模块的进程模型

（5）选择"Packet Interarrival Time"，用鼠标右键单击该选项，并在弹出的快捷菜单中选择"Promote Attribute To Higher Level"，这时 Packet Interarrival Time 的值变为 promoted，如图 10.48 所示。

（6）选择 tx _ proc 模块并且用鼠标右键单击，从弹出的快捷菜单中选择 Edit Attributes，在弹出的属性设置窗口中将"process model"属性设置为进程模型 aloha _ tx。

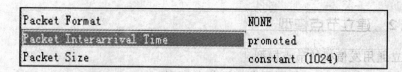

图 10.48　提升数据包到达间隔时间属性

(7)按住键盘上的"Ctrl"键,单击两条数据包流连线,同时选中后用鼠标右键单击,在弹出的快捷菜单中选择"Edit Attributes"。在弹出窗口中将 src stream 设置为 src stream [0],将 dest stream 设置为 dest stream [0],并选中"Apply changes to selected objects"复选项,单击"OK"按钮确定,如图 10.49 所示。这两个属性要与前面在 aloha _ tx 进程模块的头块(Header Block)中定义的包流索引一致。

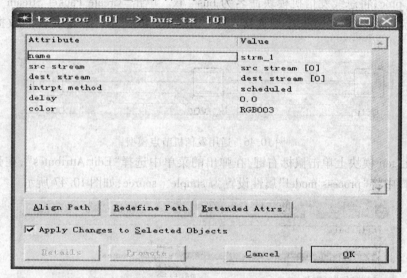

图 10.49　设置数据包流连线属性

2. 建立通用收信机的节点模型

(1)在 OPNET 主窗口中执行 File > New 命令,新建一个 Node Model 模型,将该模型命名为 cct _ rx 并保存。

(2)在打开的节点模型编辑器工具栏中,单击"Create Processor"按钮,在工作区中放置一个处理机模块。单击"Create Bus Receiver"按钮,在工作区中放置一个总线收信机模块。将两个模块分别命名为 rx _ proc 和 bus _ recv。

(3)单击"Create Packet Stream"按钮,将 bus _ recv 与 rx _ proc 用数据包流连线连接,如图 10.50 所示。

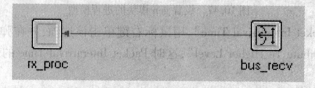

图 10.50　通用收信机节点模型

（4）鼠标右键单击 rx_proc 模块，选择 Edit Attributes，在弹出的属性设置窗口中将其 process model 属性设置为 cct_rx。

（5）在节点编辑器窗口中执行 Interfaces > Node Interfaces 命令，将 Node Types 下 mobile 和 stallite 的 supported 属性设置为 no，表示该节点模型不支持移动和卫星接口类型。将 attributes 表中所有的 status 属性设置为 hidden，如图 10.51 所示。

（6）保存该节点模型。

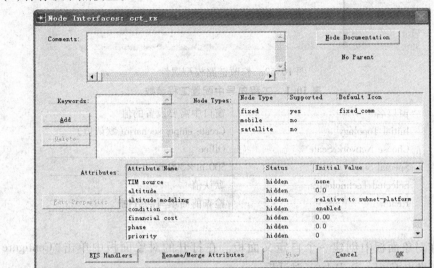

图 10.51　设置通用收信机节点模型接口属性

10.4.3　建立总线型以太网网络

1. 新建一个链路模型

要创建一个自定义的总线型链路模型，其管道阶段（Pipeline Stage）使用默认总线模型。

（1）在主窗口中执行 File→New 命令，新建一个 Link Model 模型，将该模型命名为 t_link 并保存。

（2）在链路模型编辑器中选择 Supported Link Types 表，将 ptsimp 和 ptdup 的 Supported 属性设置为 no，即本链路模型不支持点到点单工和点到点双工链路，如图 10.52 所示。

（3）关闭链路模型编辑器。

2. 网络模型的创建

（1）在 OPNET 工程窗口中执行 File→New 命令，新建一个 Project。将工程命名为 cct_network，场景命名为 aloha，并保存。

（2）在工程创建向导中，按表 10.1 所示的内容完成各个步骤。

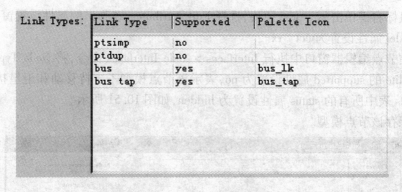

图 10.52　修改链路模型属性

表 10.1　工程向导中配置工程参数

窗口名	窗口中需要设置的值
Initial Topology	Create empty scenario(默认值)
Choose Network Scale	Office
Special Size	500 m × 500 m
Selected Technologies	默认值
Renew	检查前面填写的数据

（3）在对象面板中创建一个自定义面板。在打开的对象面板中单击"Configure Palette"按钮，弹出 Configure Palette 对话框。

（4）在对话框中单击"Clear"按钮，然后单击"Link Models"按钮，从列表中找到 cct_link，并在将其 Status 属性设置为 included，单击"OK"按钮确定，如图 10.53 所示。

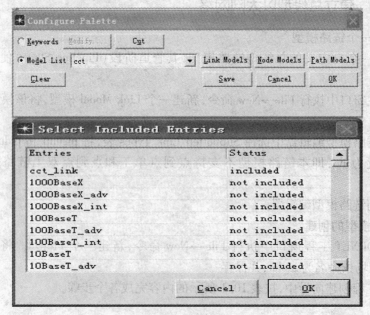

图 10.53　创建自定义对象面板 1

（5）在 Configure Palette 对话框中单击"Node Models"按钮，从列表中找到 cct _ rx 和 cct _ tx，并将 Status 属性设置为 included，单击"OK"按钮确定，如图 10.54 所示。

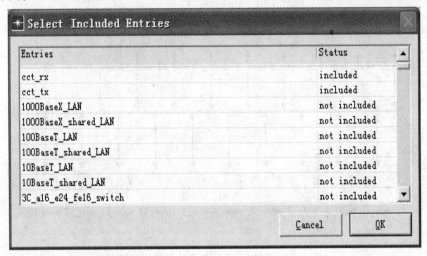

图 10.54　创建自定义对象面板 2

（6）单击"Save"按钮，将自定义面板命名为 cct 并保存。

关闭 Configure Palette 对话框后，自定义面板 cct 就可以使用了。然后创建一个总线型网络。

（7）在 OPNET 工程窗口中执行 Topology→Rapid Configuration 命令，并选择 Bus，单击"OK"按钮。

（8）按照图 10.55 来设置 Rapid Configuration 窗口中的各个参数，并单击"OK"按钮确定。

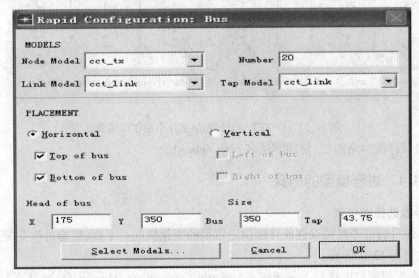

图 10.55　配置 Rapid Confirgration 的参数

（9）在工作区中，OPNET 自动创建总线型网络拓扑如图 10.56 所示，网络中总共有 20 个发信机节点。

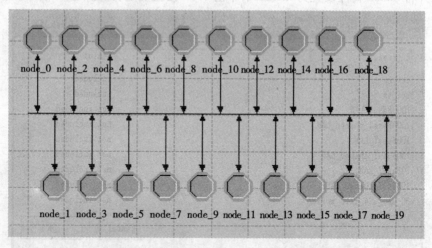

图 10.56　OPNET 自动创建的总线网络拓扑

（10）在该总线型拓扑网络上添加一个收信机节点。从面板中将收信机节点 cct _ rx 拖放到工作区。画一条总线与收信机之间的链路。完整的模型如图 10.57 所示。

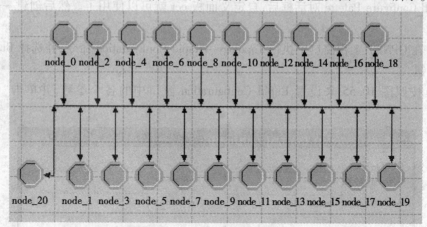

图 10.57　OPNET 为总线网络拓扑添加收信机节点

（11）保存该网络模型，使用默认名 cct _ network。

10.4.4　进程模型的仿真

1. 参数选择和仿真

仿真的目的是考察协议性能伴随信道模型的变化情况。下面，将通过改变参数 inter-rival time 进行 12 次仿真。

（1）在工程窗口中执行 Scenarios→Scenario Components→Import 命令，从下拉菜单中选择 Simulation Sequence，并在列表中选择 cct _ network – CSMA（见图 10.58）。单击 "OK" 按钮，并保存工程。

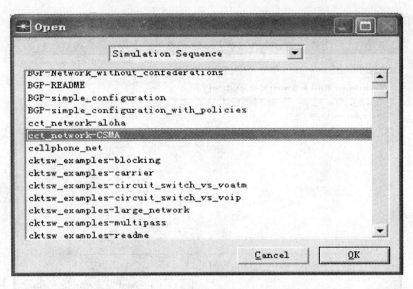

图 10.58　在下拉列表中选择 Simulation Sequence

（2）在工程窗口中，执行 Simulation→Configure Simulation（Advanced）命令，打开 Simulation Sequence 窗口。此时在窗口中看到一个仿真序列的图标，表示刚才导入的仿真序列。一个仿真序列中可包含多次不同的仿真。

（3）用鼠标右键单击仿真序列图标，在弹出的快捷菜单中选择 Edit Attribute，设置标签页，将 Network 下拉菜单设置为 cct_network-aloha，将 Probe file 下拉菜单设置为 NONE，并将 Scalar file 设置为 cct_a，设置 max_packet_count 的值为 1 000，如图 10.59 所示。

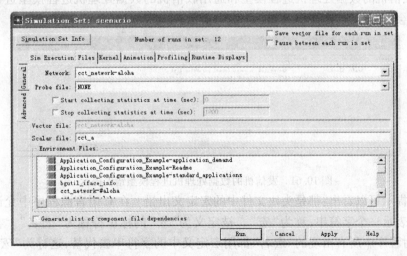

图 10.59　设置仿真序列的属性

（4）单击 General 标签下的 Global Attributes 标签页，设置 max packet count 的值为 1 000，如图 10.60 所示；单击 General 标签下的 Object Attributes 标签页，可以看到 Office Network.＊.gen. Packet Interarrival Time 属性下总共生成了 12 个不同的仿真参数。

（5）单击"Apply"按钮，保存设置。

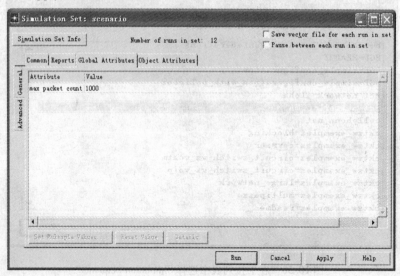

图 10.60　编辑仿真全局属性

2. 仿真调试

完成了参数设置后，单击"Run Simulation"按钮或在 Simulation Sequence 窗口的工具栏上执行仿真序列图标 ，系统提示本次仿真序列包含 12 次仿真，确定后仿真开始运行。

仿真过程中有可能会出现错误，利用 OPNET 调试工具可以进行调试。例如，在对 ALOHA 发信机的数据处理机进程模型和通用收信机的数据处理机进程模型进行仿真运行时可能会发生错误，错误提示如图 10.61 所示。

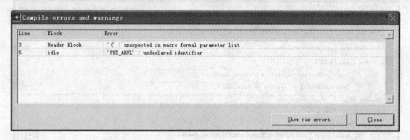

图 10.61　发信机的数据处理机进程模型错误提示

通过提示可以看出：都是头块文件中的宏定义出错。在 C 语言源程序中允许用一个标识符来表示一个字符串，称为"宏"。被定义为"宏"的标识符称为"宏名"。在编译预处理时，对程序中所有出现的"宏名"都用宏定义中的字符串去代替，这称为"宏代换"或"宏展开"。宏定义是由源程序中的宏定义命令完成的，宏代换是预处理程序自动完成的。在 C 语言中，宏分为无参数定义和有参数定义两种。下面讨论一下这两种"宏"的定义和调用。

无参数宏定义：无参数宏的宏名后不带参数，其定义的一般格式为：#define 标识符字符串。其中"#"表示这是一条预处理命令，凡是以"#"开头的都是预处理命令；"define"为宏定义命令,标识符为所定义的宏名。"字符串"可以是常数、表达式、格式串等。例如:#define M($y*y3*y$)定义 M 表达式($y*y3*y$)。在编写源程序时,所有($y*y3*y$)都可由 M 代替,而对源程序作编译时,将先由预处理程序进行宏代换,即用($y*y3*y$)表达式去置换所有宏名 M,然后再进行编译。带参宏定义一般形式为:#define 宏名(形参表)字符串在字符串中含有各个形参。带参宏调用一般形式为:宏名(实参表)。

通过了解宏定义的相关知识后,上面程序编译中的错误也就显而易见了。无参数宏定义的一般形式为:#define 标识符字符串。

注意:在 define 和标识符之间,标识符和字符串之间都有空格。

#define PKT _ ARVL (op _ intrpt _ type( ) = = OPC _ INTRPT _ STRM),其中 PKT _ ARVL 是无参数宏定义中的标识号,op _ intrpt _ type( ) = = OPC _ INTRPT _ STRM 是无参数宏定义中的字符串,由于在编程的时候标识号和字符串之间没有留空格,所以在运行的时候才会出错。

10.4.5 仿真结果分析

ALOHA 的信道性能可以通过正确接收到的数据包数量随发送数据包数量变化的函数来度量,在本拓扑网络中,信道吞吐量(Channel Throughput)是反映网络性能的典型参数。在仿真完成后,OPNET 将在标量文件 cct _ a 中记录每次仿真的结果。标量文件可以使用 Analysis Configuration 编辑器来分析查看。

(1)在工程窗口中执行 File→New 命令,在下拉菜单中选择 Analysis Configuration,单击"OK"按钮确定。

(2)在窗口中执行 File→Load Output Scalar File 命令,并选中文件 cct _ a。如图 10.62 所示。

(3)下面形成结果分析图形。在工具栏中单击"Create a Graph of Two Scalars"按钮,设置 Horizontal 为 Channel Traffic G,设置 Vertical 为 Channel Throuhput S,如图 10.63 所示。

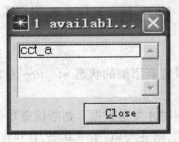

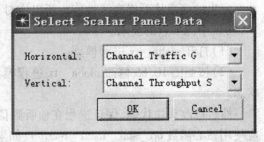

图 10.62　cct _ a 文件　　　　图 10.63　设置结果分析图形的横、纵坐标

(4)单击"OK"按钮,绘制出的结果分析图形如图 10.64 所示。

从图 10.64 可以看出,在信道流量较低的时候,信道吞吐量也较低,数据包之间的冲突较少;随着流量增加,信道吞吐量逐渐增加,并在 $G=0.5$ 左右出现最高值约为 0.18。此后,随着数据包之间冲突加剧,吞吐量反而持续下降。

在计算机通信网络中关于 ALOHA 理论分析指出,在纯 ALOHA 网络系统中,信道吞

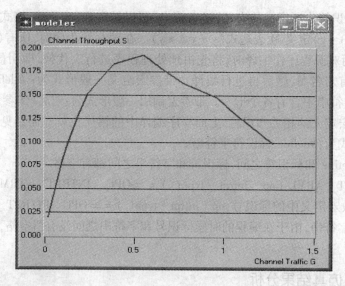

图 10.64　正确的仿真结果分析图形

吐量 S 是信道流量 G 的函数,并且有

$$S = Ge^{-2G} \qquad (10.1)$$

且 S 的最大值为

$$S_{max} = \frac{1}{2e} \approx 0.18 \qquad (10.2)$$

由此可见,实际仿真结果与理论分析结果是基本一致的。

10.5　基于 OPNET 的 CSMA 协议仿真

1. 进程模型的建立

CSMA 协议在站点发送数据包之前先侦听一下介质,相比较 ALOHA 协议而言减少了冲突发生的概率从而提高了性能。所以应对 aloha_tx 进程模型进行改进,以便满足 CSMA 协议中源节点的要求。

(1)打开 aloha_tx 进程模型。

(2)按照图 10.65 修改 aloha_tx 进程模型,且设置新添加的状态 wt_free 为非强制状态。

然后修改头块代码,保证进程在侦听到信道空闲时才发送数据。判断信道是否空闲应使用核心函数 op_stat_local_read(),如果信道忙,则进入 wt_free 状态,直到收到"信道空闲"的中断。

(3)打开头块编辑器,在头块代码的末尾添加如下代码并保存:

```
#define CH_BUSY_STAT 0
#define FREE op_stat_local_read(CH_BUSY_STAT) = = 0.0
#define PKTS_QUEUED ! op_strm_empty(IN_STRM)
#define CH_GOES_FREE op_intrpt_type() = = OPC_INTRPT_STAT
```

（4）执行 File ＞ Save As…命令,将新的进程模型保存为 csma＿tx.

（5）编译调试该进程模块,并关闭进程编辑器。

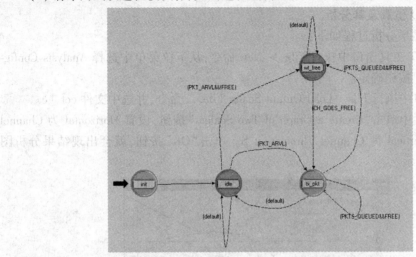

图 10.65　改进 aloha＿tx 进程模型

2. 建立发信机节点模型

修改通用发信机节点模型,总线收信机模块的 busy 统计量从 1.0(信道忙)改变为 0.0(信道空闲)时,该模块将向处理机模块发送一个中断。

（1）打开 cct＿tx 节点模型。

（2）编辑统计线属性,将 falling edge trigger 属性设置为 enable,并单击"OK"按钮确定。

（3）编辑处理机模块 tx＿proc 的属性,将 process model 属性设置为 csma＿tx.

（4）执行 File ＞ Save As…命令,将新的节点模型保存为 cct＿csma＿tx 并关闭节点编辑器。

3. 建立网络模型

建立支持 CSMA 协议的进程和节点模型后,接着修改网络模型。

（1）在工程窗口中执行 Scenarios→Duplicate Scenario...命令,复制一个新的场景,并命名为 CSMA。

（2）添加 cct＿csma＿tx 节点模型,并以默认名保存对象面板。

（3）右键单击某个发信机节点,在弹出的菜单中选择"Select Similar Nodes",同时选中 20 个发信机节点。

（4）选择任意一个节点用鼠标右键单击,在弹出的菜单中选择"Edit Attributes"。

（5）在弹出的属性编辑对话框中选择"Apply changes to selected objects"复选项。

（6）将 model 属性改为 cct＿csma＿tx,并编辑"OK"按钮确定

（7）保存该网络模型。

4. CSMA 的仿真配置

在工程窗口中执行 DES ＞ Configure ＞ Run Discrete Event Simulation,用鼠标右键单击仿真序列图标,在弹出的菜单中选择"Edit Attributes"。同时将"Seed"的值设置为 11,设

置 Advance 标签下的 Files 选项，将 Scalar file 改为 cct _ c，Probe file 为 NONE，单击"Apply"按钮，保存仿真设置，并执行仿真。

5. CSMA/CD 仿真及其分析

CSMA 仿真结果分析过程如下：

（1）在 OPNET 工具窗口中执行 File ＞ New 命令，从下拉菜单中选择 Analysis Configuration，单击"OK"按钮确定。

（2）在新窗口中执行 File→Load Output Scalar File... 命令，并选中文件 cct _ c。

（3）在工具栏中单击"Create a Graph of Two Scalars"按钮，设置 Horizontal 为 Channel Traffic G，设置 Vertical 为 Channel Throughput S。单击"OK"按钮，就会出现结果分析图形，如图 10.66 所示。

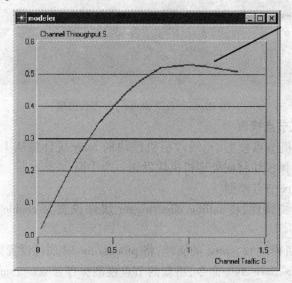

图 10.66　CSMA 协议信道吞吐量随信道流量的变化

对于 1 - 坚持 CSMA 方式，吞吐量 S 和信道流量 G 有关系为

$$S = \frac{G(1+G)\mathrm{e}^{-G}}{G+\mathrm{e}^{-G}}$$

且

$$S_{\max} = 0.5$$

可见，仿真结果与理论值相一致。

6. Aloha 与 CSMA/CD 比较

Aloha 与 CSMA/CD 两类随机接入控制方法，都是为了提高吞吐量和信道的利用率，通过减少冲突的发生来实现的，但是系统中的冲突始终是不可避免的。这将影响系统的性能，尤其是在传播时延较大而数据帧较短的情况下。

最后我们可以比较 Aloha 和 CSMA 协议，将两个协议的仿真结果分析图绘制在一起。

（1）在 Analysis Configuration 编辑器中执行 Panels→Create Vector Panel... 命令，并单击 Displayed Panel Graphs 标签，展开 Displayec Statistics 树形控件，并且选择两个分析图形，如图 10.67 所示。

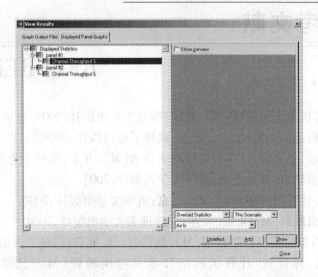

10.67　通过 Create Vector Panel…命令创建新的分析图形

（3）将显示模式改为 Overlaid Statistics，如图 10.67 所示，单击"Show"按钮，会在同一窗口中同时绘制出两个仿真的结果图形。

（4）在结果图形窗口中的图形区域用鼠标右键单击，在弹出的菜单中选择"Edit Graph Properties"，将弹出图形属性对话框。

（5）在图形属性对话框中，按照前面打开 Aloha 和 CSMA 分析图形的顺序，分别为图形重新命名，即将 Aloha 和 Custom title 命名为"Aloha Channel Throughput S"，将 CSMA 的 Custom title 命名为"CSMA Channel Throughput S"。

（6）单击"Apply"按钮，并单击"OK"按钮确认，得到新的仿真结果，如图 10.68 所示。

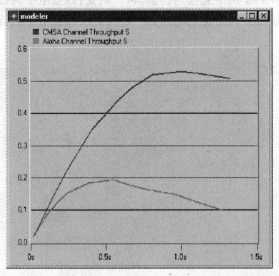

图 10.68　OPNET 在同一窗口中时绘制两个仿真结果图形

由图 10.68 得出，在相同吞吐量的情况下，CSMA 协议表现出比 Aloha 协议更加优越的性能。

参考文献

REFERENCE

[1]吴丹,等.计算机通信网基础[M].北京:冶金工业出版社,2004.

[2]周德新.计算机通信网基础[M].北京:机械工业出版社,2008.

[3]王景中,张萌萌,鲁远耀.计算机通信网络技术[M].北京:机械工业出版社,2010.

[4]张曾科.计算机网络[M].北京:清华大学出版社,2003.

[5]黄永锋,李星.计算机网络教程[M].北京:清华大学出版社,2006.

[6]谢希仁.计算机网络[M].4版.大连:大连理工大学出版社,2004.

[7]W A SHAY.数据通信与网络教程[M].高传善,译.北京:机械工业出版社,2005.

[8]杨青,崔建群,郑世钰.计算机网络技术及应用教程[M].北京:清华大学出版
社,2007.

[9]胡道元.计算机网络(高级)[M].北京:清华大学出版社,1999.

[10]杨心强,等.数据通信与计算机网络[M].北京:电子工业出版社,1999.

[11]蔡皖东.计算机网络[M].西安:西安电子科技大学出版社,2003.

[12]马时来.计算机网络实用技术教程[M].2版.北京:清华大学出版社,2007.

[13]周明天,汪文勇.TCP/IP网络原理与技术[M].北京:清华大学出版社,1999.

[14]吴功宜.计算机网络[M].2版.北京:清华大学出版社,2007.

[15]朱金华.计算机网络技术及应用[M].北京:中国铁道出版社,2008.

[16]李馨.OPNET Modeler 网络建模与仿真[M].西安:西安电子科技大学出版社,2006.

[17]龙华.OPNET Modeler 网络建模与仿真[M].西安:西安电子科技大学出版社,2006.